T0262528

LADY JANE

Lady Jane

Los Milford I

Charlotte Grey

VERGARA

Papel certificado por el Forest Stewardship Council®

MIXTO
Papel procedente de
fuentes responsables
FSC
www.fsc.org   FSC® C117695

Penguin
Random House
Grupo Editorial

Primera edición: julio de 2021

Printed in Spain – Impreso en España

ISBN: 978-84-18620-02-7
Depósito legal: B-6.772-2021

Compuesto en Comptex&Ass., S. L.
Impreso en Liberdúplex
Sant Llorenç d'Hortons (Barcelona)

VE 2 0 0 2 7

1

Londres, primavera de 1814

Todo el mundo sabe que a una joven soltera que posea cierta fortuna le hace falta un esposo.

Oliver Milford, conde de Crampton, lo sabía también. Sin duda ese era el motivo por el que esa noche de entre todas las noches había abandonado el confort de su estudio en la planta baja para acompañar a su hija Jane al baile de debutantes.

Toda la casa había sido un revuelo constante desde primera hora de la tarde, como si peinarse y ponerse un vestido requiriesen de algún tipo de estrategia que le era absolutamente desconocida. Clementine hubiera sabido qué hacer. Clementine siempre sabía qué hacer.

El conde observó a su hijo mayor, Lucien, vizconde Danforth, título de cortesía que le había cedido unos años atrás. Estaba cómodamente apoltronado en una butaca, con una pierna cruzada sobre la otra y con cierto aire indolente, casi aburrido. En ese instante se observaba las uñas, cortadas con pulcritud. Oliver Milford aprovechó para mirarse las suyas, mucho menos cuidadas que las de su primogénito. Había sido incapaz de hacer desaparecer del todo los restos de tinta de sus dedos, uñas incluidas, a pesar de que Cedric, el mayordomo, había probado todo tipo de remedios. Por suerte, pensó, no sería necesario que se quitase los guantes durante la velada.

El alboroto en el piso de arriba arreció, por lo que el conde decidió subir a echar un vistazo. Lucien ni siquiera había cambiado de posición, como si aquello no fuese con él. Oliver Milford abandonó la estancia sin que el joven le dedicase ni una sola mirada y ascendió las escaleras con paso firme, pero sin prisas. Al llegar a la planta superior, a punto estuvo de chocar con Alice, la doncella de Jane, que corría por el pasillo en dirección al cuarto de su hija con un par de guantes entre las manos.

La habitación se encontraba a la izquierda, y la puerta estaba abierta. Hacía años que el conde no entraba en los aposentos de Jane, no habría sido correcto que lo hiciera. Ya no era una niña, hacía pocos días que había cumplido los veinte años. Sin embargo, recordaba a la perfección cada detalle de aquella estancia, como si no hubiera transcurrido más de una década desde que le leyó su último cuento antes de irse a dormir. La joven situada de pie frente al gran espejo apenas se parecía a aquella pequeña de cabello revuelto que se escondía bajo las sábanas cuando él imitaba la voz del villano de turno. Llevaba un vestido de color hueso, confeccionado en seda y gasa, con un lazo ocre bajo el busto, y un pronunciado escote cuadrado adornado con un volante. Este hacía juego con el borde de las mangas, que dejaban parte del brazo al descubierto. Jane se había convertido en una preciosa mujer, en alguien que muy pronto abandonaría aquella casa para siempre, llevándose con ella otro pedazo de Clementine.

—¡Papá! —exclamó ella, al verlo en el reflejo del espejo—. ¡Tienes que decirle a Emma que deje de molestar!

—¡Yo no estoy molestando! —se defendió su hermana, tendida sobre la cama, con el codo flexionado y la cabeza apoyada sobre la palma. Su cabello castaño caía en ondas alrededor de su rostro.

—¿Cómo que no? —insistió Jane—. ¡Has manchado mis

guantes nuevos! Alice ha tenido que ir a lavarlos y ahora me los tendré que poner mojados.

—¡Ha sido un accidente!

—Uno de esos accidentes tuyos, supongo —dijo Oliver Milford, que sonrió sin querer. Después de todo, constató, sus hijas no habían crecido tanto.

El conde observó a la doncella de Emma, que también se encontraba allí, subida a una silla y añadiendo más alfileres a aquella preciosa cabecita mientras Alice ayudaba a su hija a colocarse los guantes.

—Los he planchado un poco —le decía—, pero siguen estando húmedos.

—Ufff —se quejó Jane, que lanzó una mirada furibunda en dirección a su hermana—. Eres incorregible, Emma. Siempre tienes que llamar la atención.

—No soy yo la que se está disfrazando para acudir a ese estúpido baile.

—Pronto cumplirás los dieciocho —señaló el padre—. El año que viene, como mucho el siguiente, tendrás que hacer lo mismo.

—Bueno, ya lo veremos.

—¡¡¡Por Dios, Kenneth!!! —exclamó entonces Jane—. ¡¿Qué estás haciendo?!

Oliver dirigió la vista hacia el tocador, donde su hijo de ocho años parecía muy ocupado con los utensilios de belleza de su hermana mayor.

—Preparándome para la fiesta —aseguró el pequeño.

El conde ahogó una exclamación en cuanto el niño se volvió hacia ellos con un pequeño pompón en la mano derecha. Resultaba evidente que había estado aplicándose aquellos polvos blancos en una cantidad tan generosa que parecía haberse caído dentro de un saco de harina.

—¡Oh, por Dios! —Jane parecía al borde de las lágrimas—. ¿Dónde está Molly?

La niñera surgió del interior del vestidor con una fina capa de satén en la mano izquierda y un cepillo en la derecha.

—Estoy aquí, milady. Casi he terminado.

El pequeño se había levantado y ahora se encontraba junto a su hermana, a la que cogió del vestido, dejando sobre él un manchurrón de color beige. A saber con qué más había estado trasteando en el tocador.

—¡¡¡Kenneth!!! —chilló Jane, apartándose. Eso hizo reír a Emma, que se incorporó de un salto y se quedó sentada sobre la cama, observando la escena.

El labio inferior de Jane había comenzado a temblar y Oliver conocía aquel gesto muy bien. Su hija estaba a punto de echarse a llorar. No a dejar escapar unas lágrimas, no. A llorar de verdad, con sollozos, mocos e hipidos. Cuando hubiera terminado, sus preciosos ojos castaños estarían hinchados y enrojecidos, y aquel exquisito peinado sería historia.

—¡Todo el mundo fuera de la habitación! —sonó de repente una voz autoritaria justo sobre su hombro, antes de que hubiera tenido tiempo de intervenir.

Oliver no necesitó darse la vuelta para saber quién había pronunciado esas palabras. Lady Ophelia Drummond entró en la estancia seguida de su dama de compañía, la honorable señorita Cicely Shepherd.

—¡Tía Ophelia! —exclamó Jane, arrojándose en sus brazos.

—Tranquila, niña, todo va a salir bien —la calmó la mujer—. Y ahora, todos fuera —repitió— excepto tú, Alice.

—Sí, milady. —La doncella hizo una pequeña reverencia.

No fue necesario repetir la orden. Tanto Emma y su doncella como Kenneth y la niñera salieron del cuarto sin rechistar. Oliver siempre había admirado el carácter enérgico de la prima de su difunta esposa y su facilidad para hacerse cargo de cualquier situación.

—Tú también, Oliver —le dijo entonces, con una sonrisa—. Yo me ocupo de todo.

—Gracias, Ophelia —le susurró—. Estaré abajo si me necesitas.

El conde besó a su hija en la frente y abandonó la estancia, aliviado a su pesar.

Ophelia sabría qué hacer, pensó. Ophelia siempre sabía qué hacer.

El enorme salón de baile de los duques de Oakford estaba atestado esa noche. Situada entre su padre y su hermano, Jane suspiró. Al final todo había salido bien. Su tía había logrado arreglar el desastre y alejar de ella el ánimo sombrío que se le había instalado sobre los hombros. Y después todo se había desarrollado con una fluidez casi desconcertante. Ni siquiera había titubeado cuando le tocó hacer la reverencia frente a la reina Charlotte.

Los nervios, sin embargo, seguían ahí, asentados en algún lugar de sus entrañas, recorriendo su cuerpo a base de latigazos y de sudores fríos. Llevaba años preparándose para ese día, para ese momento. Era consciente de que su deber como mujer era encontrar un esposo apropiado, casarse y tener hijos. Pero ahora, justo cuando se iniciaba el camino que habría de llevarla al altar, tenía miedo. ¿Y si se equivocaba? ¿Y si Lucien, o su padre, escogían a alguien que no le gustase en absoluto? A pesar de que ambos habían acordado que ella tendría la última palabra, no conseguía confiar completamente en que, llegado el caso, respetaran esa promesa.

Exploró con cierto disimulo el abarrotado salón con la mirada, preguntándose si su futuro esposo se encontraría entre el nutrido grupo de hombres que pululaban por la lujosa estancia. Fue entonces cuando se tropezó con la intrigante mirada de uno de ellos, fija en su persona. El hombre en cuestión se hallaba al fondo de la habitación, apoyado contra la pared, con los brazos y las piernas cruzados. Era alto, más alto que la mayoría, de complexión media y ancho de espaldas, e increíblemente atractivo. Su cabello oscuro coronaba un rostro de mentón cuadrado, labios finos y una nariz recta flanqueada por dos ojos que parecían haber sido robados a la noche. Si su postura indicaba cierta dosis de aburrimiento, tal vez incluso de hastío, la intensidad de su oscura mirada lo desmentía por completo. Durante unos segundos, ambos se observaron a través del vaivén de gente que se movía entre ellos. Jane sintió un escalofrío azotando su espina dorsal. Su tía Ophelia escogió ese momento para acercarse a su sobrina. Jane retiró la vista solo un instante para darle la bienvenida y, cuando volvió a dirigirla hacia aquel rincón, el hombre había desaparecido.

—Lucien, querido —dijo lady Drummond—, creo que será mejor que tu padre y tú alternéis un poco con los invitados.

—Pero... no podemos dejar sola a Jane.

—Yo me quedaré con ella —aseguró su tía—. ¿Crees que muchos pretendientes se atreverán siquiera a acercarse a una muchacha tan bien custodiada? Querido, tu imponente presencia y ese ceño fruncido alejarían hasta al más osado.

—¿Y no es esa la intención? —se mofó su hermano.

—Creo que tu tía tiene razón, Lucien —intervino el padre—. ¿No ha venido lady Clare?

Jane había visto hacía unos minutos a la prometida de Lucien, hija del conde de Saybrook, con quien tenía previsto casarse a finales de año. Ambas se habían saludado con cortés frialdad, apenas habían comenzado a conocerse.

—Eh, sí —respondió su hermano.

—Entonces tal vez deberías invitarla a bailar —se apresuró a añadir su tía—. Y tú, Oliver, creo que podrías acercarte a saludar a alguno de tus amigos, seguro que encontraréis alguna piedra interesante sobre la que hablar.

El conde recibía visitas con cierta frecuencia en la mansión Milford y acostumbraba a encerrarse con alguna de ellas en el despacho o la biblioteca para charlar sobre sus estudios de geología. Su colección de minerales, rocas y gemas era famosa en todo Londres. Al menos un par de sus interlocutores más asiduos se encontraban allí esa noche.

—Yo me quedaré con Jane —insistió lady Ophelia—, y me encargaré de que no se acerque ningún personaje indeseado.

Lucien asintió, aunque no parecía muy convencido, y se alejó de ellas sin mirar atrás. Su padre hizo lo propio después de besarla en la mejilla.

Jane se sintió desnuda durante un instante y miró de reojo a su tía, ataviada con un elegante vestido color esmeralda que hacía resaltar aún más su melena pelirroja y que hacía juego con sus increíbles ojos, un rasgo que había deseado para sí misma desde la niñez. Eran del mismo tono verde intenso que los de su madre y los de Emma. Al menos, agradecía no haber heredado aquel cabello tan escandaloso, brillante como una hoguera. «Así nunca olvido de dónde vengo», acostumbraba a decir su tía, como si su acento no revelase ya a las claras su origen escocés. A Jane siempre le había parecido una mujer increíblemente hermosa y le resultaba extraño que no se hubiera vuelto a casar después de la muerte de su esposo, un matrimonio que había durado poco más de dos años. Proposiciones no le habían faltado, lo sabía a ciencia cierta. Incluso ahora, con cuarenta y cuatro ya cumplidos, aún levantaba rumores a su paso y miradas cargadas de intenciones.

Como si la marcha de su padre y de su hermano hubiese sido alguna especie de señal convenida, los jóvenes —y no tan jóvenes— comenzaron a acercarse para solicitar bailar una pieza con Jane. Lady Ophelia hizo las presentaciones pertinentes y respondió en su nombre, rechazando a unos y aceptando a otros, con tal gracia y naturalidad que consiguió que nadie se sintiese ofendido. Ese donaire y esa capacidad para amoldarse a cualquier ambiente eran otros de los rasgos que envidiaba de su tía. Hubo un momento en el que la cantidad de caballeros que solicitaban su atención logró incluso marearla. Sentía las mejillas adormecidas a fuerza de sonreír, y la espalda agarrotada a base de mantener aquella postura erguida y rígida, como su hermano Lucien le había enseñado a hacer.

Justin Rowe, vizconde Malbury, fue el primer hombre con el que Jane bailó aquella noche. No era mucho mayor que ella, y casi de la misma estatura. Se movía con soltura y elegancia, y Jane se dejó llevar, aunque sin llegar a relajarse del todo. Aquello era muy distinto a lo que había aprendido con el profesor de baile, incluso a lo que había ensayado los últimos días con su hermano. Entonces no se encontraba en tal estado de excitación y de nervios, y no temía dar un tropiezo y hacer el ridículo delante de todos. Solo cuando él la acompañó de vuelta hasta donde se encontraba su tía pudo relajar los hombros.

Esa noche bailó con tantos caballeros que al final todos los rostros se convirtieron en un batiburrillo en su cabeza. Se veía incapaz de asignar un título a cada uno de ellos. De vez en cuando, sin embargo, se sorprendía a sí misma buscando la mirada del desconocido del inicio de la velada, sin éxito alguno. ¿Habría abandonado la fiesta? ¿Tan temprano?

Con buen criterio, lady Ophelia había reservado algunos momentos de descanso entre una pieza y otra.

—Es poco conveniente que bailes demasiado —le había dicho—. No estás acostumbrada y acabarás agotada. Y eso, niña mía, se reflejará en tu rostro, en tu mirada y en tu postura. Todos los placeres de la vida deben disfrutarse con mesura, recuérdalo.

—Lo haré, tía.

—O casi todos —añadió con un guiño que Jane no estuvo muy segura de cómo interpretar.

Durante esos breves períodos de solaz, lady Ophelia aprovechó para recorrer con ella el salón y presentarle a algunas personas. Lady Ethel Beaumont fue sin duda la más memorable. Su carácter extrovertido y el sonido de su risa la convertían en el centro de muchas veladas, según le aseguró su tía. Jane suponía que también se debía a su aspecto, ya que se trataba de una mujer muy hermosa, rubia y de ojos claros, con el izquierdo ligeramente torcido hacia dentro. El pequeño defecto, lejos de afearla, proporcionaba a su rostro asimétrico aún más atractivo.

—Cuando se casó era una joven muy tímida —le susurró lady Ophelia al oído—. Pero en cuanto enviudó, hace al menos siete años, se transformó por completo.

Jane la observó con renovado interés. En ese momento, rodeada de un pequeño grupo de invitados, narraba en tono jocoso cómo hacía unos días se había caído de su caballo mientras paseaba por Hyde Park.

—La verdad, no comprendo por qué las mujeres no podemos montar como los hombres —finalizó.

—Eso sería totalmente indecoroso, milady —señaló una matrona, con una sonrisa algo forzada.

—Tal vez lo que debería evitar es participar en carreras improvisadas —apuntó con picardía un caballero, lo que provocó la hilaridad de lady Ethel.

—Quizá sería lo más apropiado —contestó ella, que miró

hacia arriba y se abanicó un par de veces—, y también mucho más aburrido.

A Jane le habría gustado permanecer algo más de tiempo cerca de aquella mujer fascinante y poco convencional, mucho más interesante que la que le fue presentada a continuación, lady Philippa Ashland, vizcondesa Osburn. Su hija Margaret también debutaba esa noche, y Jane y ella intercambiaron una mirada de simpatía. La madre, sin embargo, se mostró mucho más circunspecta, hasta seca en opinión de Jane.

—Solo está celosa —le dijo su tía después.

—¿Celosa? ¿De quién?

—Pues de ti, por supuesto.

Jane la miró con una ceja alzada.

—Estás siendo la sensación de la noche, querida. ¿Sabes cuántas peticiones para bailar he rechazado en tu nombre? ¿Imaginas cuántas ha recibido lady Margaret?

Jane no pudo evitar lanzar una mirada a la aludida y a su anodino aspecto, y sintió pena por ella. Con gusto le habría cedido a la mitad de sus compañeros de baile. El deseo no había acabado de materializarse en su ánimo cuando su mirada volvió a tropezar con la del hombre misterioso, que la observaba en una postura muy similar a la del inicio de la velada, aunque desde un punto distinto del salón. Cuando lo vio descruzar piernas y brazos y dirigirse hacia ellas, el corazón comenzó a latirle tan deprisa que temió caer fulminada allí mismo.

Blake Norwood, marqués de Heyworth, estaba disfrutando de la velada más de lo que había esperado. Y ni siquiera le había hecho falta bailar con ninguna de las jóvenes que lo miraban con un interés mal disimulado, alentadas sin duda por sus madres. Pese a que la mayoría le consideraba un hombre un tanto arisco, y sin duda demasiado extravagante para los cánones de su cerrado círculo, también era un marqués, y el poseedor de una de las fortunas más grandes de Inglaterra.

No, su interés esa noche había sido acaparado por una de las jóvenes debutantes, cuyo cabello castaño arrojaba destellos plateados, seguramente a causa de las horquillas que debían sujetar su peinado. Por suerte, o por desgracia, no había heredado el intenso color rojo de la mujer que la acompañaba, sin duda su madre, pero aun así aquellos reflejos habían llamado su atención de inmediato. Cuando sus ojos se encontraron al fin, atisbó en ellos algo más, algo puro e indomable, algo que le removió las tripas por primera vez desde su llegada a aquel país, casi dos años atrás.

Como era su costumbre, Blake apenas participó en la fiesta y, fiel a sus hábitos, buscó un lugar elevado desde el que poder observarlo todo sin ser visto. Le gustaba contemplar el intrincado juego que se desarrollaba a sus pies, los aleteos de pestañas y abanicos, los gestos ocultos entre enamorados, las miradas lascivas entre los amantes, los movimientos de unos y otros por obtener el mejor partido posible. Todo el mundo quería ser el primero en mover ficha, en proclamar su estatus, en alzarse con la victoria. Le divertía aquella frivolidad, no podía negarlo y, en ocasiones, incluso se atrevía a disfrutarla brevemente, sintiéndose uno más entre ellos.

Desde su atalaya, contempló a placer aquella pequeña joya que pronto se vio rodeada por un corro de aduladores y petimetres, de jóvenes apuestos y viudos de buen ver, de hombres con títulos más grandes que el suyo y de otros que no tenían dónde caerse muertos y que regalaban los oídos de muchachas incautas en busca de sus patrimonios. La vio mostrarse amable con todos ellos y bailar con un buen número de candidatos, aunque con una rigidez que intuía era impostada. Se preguntó cómo se movería si fuese capaz de olvidar dónde se encontraba y se limitaba a disfrutar.

Durante toda la noche observó su figura estilizada, la suave y tal vez escasa curva de sus caderas, el pecho poco voluminoso pero apetecible, los hombros suaves y redondeados, y aquel hueco entre el cuello y la clavícula que le apeteció llenar de besos.

La velada no tardaría en concluir y decidió que había llegado el momento de conocer a la joven. En el salón había sin duda otras más bonitas que ella, más elegantes o sofisticadas, pero esta en particular poseía una frescura e irradiaba una luz que atraían a cuantos se hallasen próximos a ella.

Una vez en el salón, se acomodó y se dedicó a observarla un poco más, aguardando el momento propicio para acercarse. Cuando sus miradas tropezaron de nuevo, supo que ese momento había llegado.

A Jane se le secó la boca de inmediato. Conforme aquel hombre se acercaba, pudo apreciar la suave cadencia de sus felinos pasos, el firme contorno de su mandíbula, los labios formando un atisbo de sonrisa y los ojos oscuros y brillantes tan fijos en ella que se sintió casi desnuda.

—Lord Heyworth, qué inesperado placer —escuchó decir a su tía.

—Lady Drummond, no sabía que tenía usted una hija tan encantadora. —Su voz era algo ronca, y pareció acariciar toda la piel de Jane.

—En realidad es mi sobrina, lady Jane Milford.

—Eso no le resta ningún mérito —entonces se volvió hacia ella—. Creo que está disfrutando de la velada, milady.

—Eh, sí —balbuceó ella, que no sabía dónde se encontraba su propia voz.

—Si desea bailar una pieza —intervino su tía—, queda algún hueco en su carné.

—En realidad no, pero muchas gracias —contestó él, con la vista aún fija en ella.

Jane había estado luchando contra la tentación de alzar su brazo y recolocar el cabello de lord Heyworth, algo más largo de lo que dictaba la moda.

Durante unos segundos —toda la noche en realidad, aunque se negara a reconocerlo— había estado fantaseando con la idea de bailar con ese caballero en particular, de sentir su cuerpo lo bastante cerca como para poder aspirar su aroma. Que finalmente se hubiera acercado y no quisiera bailar con ella le resultó bastante decepcionante.

—Oh —fue todo lo que pudo decir. ¿Es que se había vuelto muda?, se reprochó internamente.

—Parece desilusionada.

Fue el tono en el que lo dijo, una mezcla entre burla y arrogancia, lo que hizo que Jane despertara de su breve ensoñación.

—No entiendo por qué habría de estarlo —respondió, alzando la barbilla—. Creo que esta noche he bailado suficiente.

—Me consta. Parece que la mitad de los caballeros del salón le han solicitado una pieza.

—¿Se ha pasado la noche vigilando a todas las debutantes?

—Solo a las que me han resultado interesantes.

—Supongo que debo sentirme honrada de haber figurado entre ellas.

Lord Heyworth no contestó, solo sonrió y ladeó un poco la cabeza, lo suficiente para que Jane sintiera un nuevo latigazo sacudiendo sus costillas.

—Confío en que volveremos a vernos, lady Jane.

Tomó su mano enguantada y se la llevó a los labios, mientras ella contenía la respiración. A través de la fina tela sintió la calidez de su aliento, que se desplazó por el resto de su cuerpo. Luego se despidió de su tía y se alejó de ellas.

—Creo que nunca había visto una conversación tan apasionada entre dos personas sobre un tema tan estúpido —musitó lady Ophelia.

—¿Qué quería Heyworth? —Lucien se materializó a su lado.

—¿Qué? —Jane se sobresaltó.

—El marqués, ¿qué quería?

—Saludarme.

—Nada más. ¿No ha solicitado un baile? —preguntó en dirección a su tía.

—No.

—Mejor.

—¿Mejor? —Jane lo miró con una ceja alzada.

—No me gusta ese hombre.

Jane dirigió la mirada en la dirección por la que el marqués se había marchado. Por alguna extraña razón, presentía que su marcha habría dejado alguna estela de fuego a su paso, o habría partido el salón en dos como hizo Moisés con el mar Rojo.

—¿Por qué? —se atrevió a preguntar a su hermano.

—Es soberbio, extravagante... y americano.

—¡Americano!

Jane se llevó una mano al pecho. Su hermano Nathan se hallaba en ese momento sirviendo como alférez en la Marina de su Majestad, participando en la guerra contra los Estados Unidos.

—Lucien, por favor —intervino su tía—. Su padre era tan inglés como tú, y su madre también nació aquí.

—Pero él ha pasado en América la mayor parte de su vida —señaló con una mueca.

—Si decidieras instalarte en Alemania durante una temporada, ¿te convertiría eso en alemán?

—Por supuesto que no. Y no estamos hablando de eso.

—¿Seguro? —Su tía lo miró con el ceño ligeramente fruncido.

—Ni siquiera sabemos cómo fue capaz de sortear el bloqueo británico cuando llegó aquí. Ya estábamos en guerra.

—Bueno, sin duda es un hombre de recursos.

—Es posible —aseguró Lucien, que volvió a centrarse en su hermana—. Sería conveniente que le evitases, Jane.

Pero Jane ni siquiera fue capaz de asentir. El único hombre que parecía haber despertado algo de interés en ella era precisamente el único al que no debía acercarse.

2

Jane estaba agotada. Le dolía la espalda, le dolían los pies, hasta la cabeza parecía a punto de estallarle. Solo deseaba quitarse toda aquella ropa, meterse en la cama y dormir durante dos días seguidos. Pensó en despertar a su doncella Alice para que la ayudara, ni fuerzas para alzar los brazos tenía, pero al final desechó la idea. No quería molestarla, era casi de madrugada.

Se despidió de su padre y de su hermano y subió a su cuarto, luchando contra el deseo de acurrucarse en medio de las escaleras y echar una breve siesta.

—¡Qué tarde llegas! Seguro que eso es una buena señal. —La voz burlona de su hermana la sobresaltó. Estaba tumbada sobre su cama, con un libro abierto en el regazo. Sin duda se había quedado dormida esperándola.

—Emma, por favor, ahora no.

—Dios, tienes un aspecto horrible.

—¿En serio? —La tentación de mirarse en el espejo para comprobarlo fue casi abrumadora. En lugar de eso, se dejó caer sobre la cama, junto a Emma—. Estoy tan cansada que me da absolutamente igual.

—¿Cómo ha sido?

—¿Eh?

—La presentación, el baile... No te has vestido así para dar un paseo por la ciudad, ¿verdad?

—Emma, de verdad...

—¿Has conocido a alguien interesante?

La imagen fugaz de cierto marqués pasó por su cabeza un instante.

—A varias personas, en realidad. Mañana te lo cuento, ¿de acuerdo? No... no puedo más.

Emma se mordió el labio y asintió, conforme.

—Te ayudaré a quitarte el vestido —le dijo—, y todos esos alfileres del pelo.

—Ay, Dios, el pelo —bufó Jane—. Te juro que si no me diera miedo clavarme uno mientras duermo, me metería ahora mismo en la cama.

—Venga, perezosa. Entre las dos será solo un momento.

—No importa. Debes de estar cansada, vete a dormir si quieres.

—Yo no me he pasado la noche en un salón de baile —contestó con una risita.

Jane se dejó conducir hasta el tocador, donde su hermana se ocupó de liberar su melena. Era cierto, pensó nada más mirarse en el espejo. Presentaba un aspecto cansado, con el rostro macilento y los ojos ligeramente hinchados. Luego la ayudó a quitarse el maquillaje y el vestido, las enaguas y el corsé. Tras ponerse un camisón, Jane apenas podía mantener los ojos abiertos mientras Emma la conducía hasta su cama y la arropaba, como si fuese una niña pequeña.

Antes de marcharse le dio un beso en la mejilla.

—Hoy estabas preciosa, hermanita —le susurró al oído—. Y mañana quiero todos los detalles.

Jane sonrió, ya con los ojos cerrados, y la escuchó apagar la lámpara de la mesita y cerrar la puerta con suavidad. A veces, su hermana podía ser la persona más maravillosa del mundo.

Al día siguiente, la mansión de los Milford en Oxford Street fue un hervidero de idas y venidas. Llegaron un sinfín de pequeños obsequios, flores de todo tipo y bombones de las mejores chocolaterías de Londres, y con ellos una larga lista de jóvenes a presentar sus respetos a Jane, que se sentía abrumada entre tantas atenciones. Recibió una invitación para asistir a las carreras de caballos, dos para dar un paseo por Hyde Park, otras dos para asistir a una exposición en la Royal Academy, varias propuestas para tomar el té y un buen puñado de fiestas a las que acudir.

Su tía, lady Ophelia, estaba allí de nuevo para hacer de anfitriona, sentada en un sofá junto a su inseparable Cicely. Lucien ocupaba el que había enfrente, y lanzaba miradas de soslayo hacia el otro extremo de la habitación, el lugar que habían acondicionado para que Jane recibiera a las visitas, con varias butacas individuales y un par de mesitas para tomar el té. El ama de llaves, la señora Grant, dirigía a un pequeño ejército de criadas que no cesaban de dar viajes desde las cocinas con más dulces y refrigerios.

—Mis padres celebran una fiesta la semana próxima —le decía en ese instante Walter Egerton, conde de Glenwood, posando en ella sus inmensos y algo saltones ojos azules—. Sería un honor contar con su presencia.

—Es muy amable, milord. —Jane sonrió, sin comprometerse. Era consciente de que le resultaría del todo imposible acudir a todos los actos a los que la habían invitado.

—Espero que disfrutara anoche del baile —continuó lord Glenwood—, fue un placer tener la oportunidad de disfrutar de su compañía. Su técnica es encomiable.

—También usted es un excelente bailarín.

El conde sonrió ante el cumplido, lo que acentuó aún más su indudable atractivo. No era un hombre muy alto, pero sus anchas espaldas hablaban de una vida no exenta de ejercicio. Vestía impecablemente, con un chaleco drapeado en azul y oro que Jane no dejaba de admirar, y peinaba su cabello rubio claro hacia atrás, despejando un rostro de rasgos armoniosos.

—¿Cuáles son sus aficiones favoritas? —le preguntó en ese instante, igual que habían hecho los anteriores invitados e igual que, probablemente, harían los restantes.

—Me gusta coser, leer y tocar el piano —contestó de forma mecánica.

—Sería un privilegio escucharla tocar alguna vez.

Pronunció las últimas palabras acercándose un poco más a ella. A ese paso, pensó Jane, el hombre se caería de la butaca, porque ya apenas ocupaba el filo del asiento. Ella, por el contrario, se echó un poco hacia atrás, para mantener la distancia, y lanzó una mirada a Lucien, que permanecía atento a la escena desde el otro extremo del salón. Lord Glenwood comprendió al acto que su visita debía finalizar y se despidió con exquisita cortesía, al tiempo que reiteraba su deseo de volver a verla.

—Confío en que asistirá mañana a la fiesta de los Waverley —le dijo.

—Sí, creo que sí.

—Entonces espero poder contar con el beneplácito de su hermano para solicitarle un baile.

Jane asintió con una sonrisa y lord Glenwood se alejó, intercambió una breve charla con Lucien y abandonó la casa. Antes de que hubiera puesto un pie en la calle, ya había otro joven sentado junto a Jane.

—Oh, Dios, creo que nunca había visto a tantos pretendientes entrando y saliendo de una misma casa —suspiró lady Phoebe Stanton, que observaba la entrada de la mansión desde una de las ventanas del piso de arriba.

—No es para tanto —se quejó Emma, molesta porque los invitados de su hermana estuvieran estropeando aquel rato con sus amigas.

Esa mañana, Jane le había contado algunos detalles de la fiesta, los suficientes como para llegar a la conclusión de que no se había perdido nada extraordinario. Excepto, quizá, a esa intrigante lady Ethel, cuya personalidad le resultaba sumamente atractiva.

—¿Os dais cuenta de que el próximo año nosotras estaremos igual que Jane? —Lady Amelia Lowell se tumbó sobre la cama de Emma. Su cabello negro, casi azulado, se desparramó por la colcha.

—Hummm, ¿por qué el tiempo pasará tan despacio? —se lamentó Phoebe, que tomó asiento también.

—¿Despacio? —Emma las miró a ambas, aunque sus ojos se detuvieron un poco más en Phoebe. Siempre se detenían un poco más en ella, en sus ojos color miel y en sus rizos dorados—. ¡Pero si hace nada éramos unas niñas que jugaban con muñecas!

—Ufff, de eso hace una eternidad.

—Yo ya he elegido el vestido que llevaré en mi baile de presentación.

—¡Amelia! —exclamó Phoebe, que se colocó de rodillas sobre el colchón—. ¿Dónde lo has encargado? ¿Cómo es?

Amelia soltó una risita.

—Color vainilla, de satén, y lo hará mi modista de siempre.

—¿No es un poco pronto para eso? —intervino Emma—. Quiero decir, de aquí a entonces igual has cambiado de opinión.

—¿Y qué importa? Siempre podré hacerme otro distinto.

—Exacto —señaló Phoebe—. No sé por qué últimamente estás tan huraña, Emma.

—No estoy huraña.

—Oh, ya lo creo que sí —afirmó Amelia.

Emma se estiró sobre la cama, al lado de Amelia. Ambas se quedaron mirando al techo.

—Tengo intención de bailar toda la noche —suspiró Phoebe, mientras se unía a ellas—. Aceptaré todos los bailes que me propongan.

—¡Y yo! —apuntó Amelia.

Emma, encajonada entre ambas, tomó las manos de sus amigas, a las que conocía desde la niñez. No lograba entender por qué estaban tan ansiosas por comenzar su vida de adultas. Cuando eso sucediera, se separarían, tal vez para siempre. ¿Es que no se daban cuenta? Quizá, después de todo, sí que estaba más huraña de lo habitual. ¿Acaso era la única capaz de ver más allá de fiestas y jóvenes pretendientes?

Durante un momento, con la piel de Phoebe tan cerca de la suya, deseó que el tiempo se detuviera para siempre en ese instante.

Justo en ese. Para siempre.

El último invitado se había marchado ya y la oscuridad comenzaba a caer sobre la ciudad. Jane sentía la espalda dolorida de haber permanecido tantas horas erguida en su asiento, forzando sonrisas y comentarios amables. Su tía y lady Cicely, que como era habitual se había atiborrado de pastelillos, se despidieron y se fueron también. Jane se dejó caer sobre el sofá que habían ocupado las dos mujeres, en una pose muy poco femenina que, por una vez, su hermano Lucien no le reprochó.

—¿Y bien? —le preguntó él.

—¿Y bien qué?

—¿Algún joven te ha parecido interesante?

—Supongo. ¿Dónde está papá?

—Imagino que en su despacho, como siempre. —Lucien hizo una mueca—. ¿Estás tratando de desviar la conversación?

—Todos me han resultado agradables, Lucien, no sé qué más puedo decir —suspiró con cansancio—. Apenas he intercambiado media docena de frases con cada uno de ellos.

—Cierto. He de reconocer que no esperaba tantas visitas.

Jane se mordió el labio inferior, temiendo confesar que ella había echado en falta al menos una.

—Imagino que tendré que hacer una selección.

—¿Qué? —Jane despegó la espalda del sofá.

—No te alteres, solo confeccionaré una lista con los candidatos más prometedores. Quizá entre ellos encuentres a tu futuro esposo.

—¿No crees que eso debería decidirlo yo?

—Te estás alterando. —El tono de voz de Lucien apenas había variado, mientras el suyo se soliviantaba por momentos.

—¡Por supuesto que me estoy alterando! Estás hablando de mi futuro, Lucien.

—Solo trato de facilitarte las cosas.

—No necesito que me facilites nada. Tengo criterio suficiente como para tomar mis propias decisiones.

—Es posible, pero no voy a permitir que alguno de esos hombres trate de aprovecharse de ti.

—Oh, por Dios, Lucien. Te recuerdo que nadie ha pedido mi mano. Solo han venido a intentar conocerme un poco mejor, igual que yo a ellos.

—Tienes razón —accedió al fin—, tal vez sea demasiado pronto para pensar en nada.

—Gracias. —Jane se dejó caer otra vez sobre el sofá.

—Jane, ¿podrías sentarte como una dama?

—Estamos en casa, y no hay nadie más que nosotros.

—Aun así.

—¿Crees que, un buen día, olvidaré mis modales y me repantigaré de este modo en el sillón de alguno de nuestros anfitriones? —se burló ella, que adoraba tomarle el pelo a su hermano, sobre todo cuando se mostraba tan serio e imbuido en su papel como en ese instante.

—No quiero ni imaginarlo.

—Eres un esnob, Lucien.

—Y tú una deslenguada.

—Y tú un cansino.

—Y tú...

—¿Os estáis peleando sin mí? —La voz de Emma interrumpió aquella andanada de puyas.

Entró en la habitación, echó una ojeada a sus hermanos para comprobar que aquellos comentarios no iban en serio, y se dejó caer junto a Jane.

—¡Ay! —Emma volvió a levantarse, con una mano masajeando una nalga. Con la otra cogió algo del sofá y bufó.

—Es una de las piedras de papá —rio Jane. Era habitual encontrar fragmentos de todo tipo repartidos por la casa. Al conde le gustaba llevar una siempre encima, para observarla bajo distintos tipos de luz, y con frecuencia la olvidaba en cualquier rincón.

—Es un trozo de malaquita —comentó Emma, que era quien más conocía el trabajo de su padre.

La dejó sobre una de las mesitas y volvió a sentarse, adoptando una postura tan indecorosa como la de su hermana.

—A Lucien le va a dar un pasmo —musitó Jane a su lado.

Entonces ambas comenzaron a reírse, mientras forzaban sus

cuerpos a adoptar extrañas posturas. Lucien las observó un instante y movió la cabeza de un lado a otro.

—Estáis locas, las dos —apuntó, antes de levantarse y salir de la habitación.

Ninguna pudo ver que se iba sonriendo.

A la mañana siguiente, Jane estaba ansiosa por volver a ver a su mejor amiga, Evangeline Caldwell. Había regresado la noche anterior de una de sus propiedades en el campo y no veía el momento de finalizar el desayuno y acercarse hasta su casa, a solo una manzana de distancia.

Evangeline había sido presentada el año anterior, e incluso había recibido un par de propuestas de matrimonio que su padre, el rígido barón Bingham, había rechazado. No supuso ningún drama, porque su amiga no estaba especialmente interesada en ninguno de los dos caballeros, y eso le permitía, además, poder disfrutar de una segunda temporada en compañía de Jane, como ambas habían soñado desde niñas. Si las cosas hubieran sido distintas, deberían haber asistido a su primer baile juntas al cumplir los dieciocho. Pero solo un par de meses antes de ese acontecimiento la madre de Jane había fallecido tras varios años de enfermedad. Evangeline, que se sentía muy unida a los Milford, decidió posponer su presentación un año. El barón no le había consentido un segundo aplazamiento para coincidir con Jane, que había guardado luto durante dos temporadas. Pero ahora estarían juntas, pensó, mientras picoteaba de su plato en el desayuno.

Sentado a la cabecera de la mesa, su padre ojeaba con su habitual aire distraído el periódico de la mañana. En el otro extremo, su hermano Lucien hacía lo mismo, y Emma y ella, sentadas frente a frente, comían en silencio. Kenneth, el hermano menor, estaría a esas horas con su tutor, recibiendo sus clases.

Cedric llegó con la bandeja del correo y la dejó en una mesita auxiliar. Casi toda la correspondencia de la casa iba dirigida al conde o a su hijo mayor, desde facturas a invitaciones a bailes o veladas. A pesar de ello, a Jane le gustaba ojear la correspondencia, y esa mañana en particular el número de sobres era mayor de lo acostumbrado. Con toda probabilidad muchas de esas misivas contenían más invitaciones y, como siempre, irían dirigidas a nombre del conde de Crampton. Seguramente Lucien les echaría luego un vistazo para decidir cuáles aceptarían y cuáles no. Comprobó con sorpresa que había un sobre dirigido a ella en particular. No reconoció la letra y no llevaba remitente. En un acto instintivo, la metió con disimulo en el bolsillo de su falda para leerla más tarde.

¿Por qué había hecho eso?, se preguntó, mientras volvía a la mesa con la cabeza baja para evitar que nadie se fijase en sus mejillas, seguramente arreboladas. En aquella casa no se tenía por costumbre abrir el correo de los demás. El corazón le latía deprisa y aquel trozo de papel parecía quemarle la piel a través de la tela.

—Pareces nerviosa —dijo entonces Emma.

—¿Eh?

—¿Es por el baile de esta noche?

Por el rabillo del ojo, Jane vio que Lucien había dejado de prestar atención al periódico para centrarla en ella.

—¿Ocurre algo, Jane? —le preguntó.

—No, en absoluto.

—Creí que te hacía ilusión acudir a casa de los Waverley —le dijo, con una ceja alzada—. Con Evangeline.

—Por supuesto que sí. Me apetece mucho —aseguró—. Solo estaba pensando en el vestido que voy a ponerme.

Emma resopló. Lucien movió la cabeza de uno a otro lado y volvió a sumergirse en la lectura. Su padre ni siquiera se había dado cuenta de nada, como casi siempre. Desde que Clementine Milford había fallecido, estaba más ausente que nunca. Y Jane volvió a centrarse en el contenido de su plato, deseando salir de allí cuanto antes para descubrir al autor de aquel mensaje.

Cuando al fin se encontró a solas en su cuarto, la abrió con cierta premura. Pero aquella carta no era, como había sospechado, el arrebato de algún joven enamorado, o de algún misterioso marqués con una invitación inesperada.

Querida lady Jane:

El debut de una joven en sociedad siempre es un motivo de celebración, y sin duda uno de los acontecimientos más esperados por las muchachas de su edad. Es muy probable que a partir de ahora se vea usted sumergida, probablemente sin quererlo, en una vorágine de fiestas y todo tipo de actos sociales con el propósito de que encuentre un marido adecuado. No se deje obnubilar por el fasto, por las grandes fortunas o por encumbrados títulos. Es necesario que se tome cierto tiempo para calibrar bien sus posibles opciones. Si no tuviera la suerte de poder casarse por amor, debe al menos encontrar a un hombre con el que pueda convivir en armonía.

Tómese su tiempo, no importa que necesite dos temporadas para ello, tres, o incluso cuatro. Y hágase estas preguntas: ¿Su futuro pretendiente es un buen conversador? ¿La escucha cuando le pregunta algo, o se limita a asentir, aguardando a que finalice usted de hablar? ¿Comparten intereses comunes? ¿Posee un carácter amable? ¿Es, en cambio, un tirano? ¿Cómo se comporta con otras personas inferiores a él?

Cuando esté junto a él, preste también atención a su propio cuerpo. ¿Los latidos de su corazón se aceleran? ¿Siente la boca seca? ¿La piel erizada, aunque sea levemente?

No tenga miedo a expresarse, lady Jane, no tema preguntar por las cosas que le interesan ni proporcione tampoco respuestas ensayadas que no la comprometan a nada. Y no renuncie a descubrir si el hombre con el que compartirá su vida puede llenarla de pasión.

La vida es un juego, no lo olvide, y usted debe aprender a jugar con sus propias reglas.

Suya afectuosa,

LADY MINERVA

Jane tuvo que leer la carta dos veces. ¿Por qué aquella mujer se atrevía a darle aquel tipo de consejos? ¿Y por qué a ella?

Comprobó una vez más la misiva, cuya letra le era del todo desconocida.

¿Quién era lady Minerva?

3

Jane abrazó con fuerza a Evangeline. ¡Cómo la había echado de menos en las últimas semanas!

—¡Tienes que contarme un montón de cosas! —la apremió su amiga.

Estaban en las habitaciones de Evangeline, en el saloncito que antecedía al dormitorio, una estancia que Jane siempre le había envidiado. Decorada en tonos blancos y azules, contaba con varios sofás y sillones, y un secreter que tenía un compartimento oculto que ambas habían descubierto siendo niñas y donde guardaban algunas fruslerías que, en otro tiempo, les habían parecido importantes.

—Primero tú —le dijo—. ¿Qué tal en el campo?

—Aburrido —resopló Evangeline—. Ojalá hubiéramos podido regresar antes y asistir a tu baile de presentación.

—Oh, eso habría sido maravilloso. Fue una pena que enfermases.

—¿A quién se le ocurre resfriarse en vísperas de una fecha tan señalada? —bufó su amiga—. A mí, por supuesto. No sé ni por qué me sorprendo.

—Evangeline, no puedo creer que sigas pensando que la mala suerte te acompaña a todas partes.

—Cierto, podría haberse quedado en Londres.

Jane no negaba que su querida amiga parecía atraer las desdichas sobre sí misma, aunque, para ser sincera, solo se trataba de pequeños golpes de mala suerte. Si daban un paseo en barca, era muy posible que Evangeline acabase mojándose de la cabeza a los pies. Si se levantaba una racha de viento, sin duda sería su sombrero el que saldría volando. Si se volcaba un plato o una copa durante una cena, con toda probabilidad el contenido acabaría sobre su falda. Y si alguien tenía que tropezar con algún adoquín o con algún mueble cambiado de sitio, esa sería también Evangeline. Por fortuna, la mayoría de las veces se lo tomaba con buen humor, al menos si se encontraban las dos solas.

—Por Dios, ¿voy a tener que rogarte que me cuentes cómo fue tu presentación? —suplicó Evangeline, mirándola con aquellos ojos castaños muy abiertos.

Jane se rio y comenzó a hablarle de la mansión de los Oakford.

—¡No, no! —la interrumpió—. ¡Desde el principio!

—¡Ese es el principio!

—Ni hablar. ¿Qué pensaste al despertar esa mañana? ¿Qué hiciste durante el día? ¿Quién te ayudó a vestirte?

—¿Quieres que te cuente cómo fue todo el día? —Jane alzó las cejas.

—¡Por supuesto! Te recuerdo que me lo perdí.

Jane movió la cabeza de uno a otro lado y sonrió.

—De acuerdo —accedió—. Pero será mejor que pidas que nos preparen té, porque tengo muchas cosas que explicarte, entre ellas que estuve a punto de no poder utilizar el vestido que me ayudaste a elegir para el baile.

Evangeline abrió la boca, asombrada, y se apresuró a llamar a una de las criadas para que les subieran té y pastas. Jane le dijo que aquella mañana se había despertado con los nervios ya instalados en su estómago, que casi le habían robado el apetito, y que pasó la jornada esperando la llegada de la noche. Le sorprendió comprobar que no recordaba a qué había dedicado todas aquellas horas.

Luego le contó el percance con Kenneth y cómo lady Ophelia se había hecho cargo de la situación, ordenando que lavasen aquel trozo de vestido y que encendiesen la chimenea para secarlo frente a la lumbre, mientras le narraba algunas anécdotas sobre su juventud y le acariciaba el dorso de la mano, hasta que logró serenar su espíritu.

Le habló de la presentación ante la reina y volvió a mencionar la mansión de los duques de Oakford y el ingente número de personas que había en el salón. Y finalmente comentó la cantidad de peticiones que había recibido para bailar y quién había sido su primera pareja de baile, el vizconde Malbury.

—Por cierto, ¿conoces al marqués de Heyworth? —le preguntó como al descuido.

—¡Oh, Dios! ¿Bailaste con lord Heyworth? —Evangeline se llevó una mano al corazón y elevó la vista al techo.

—¡No! Es solo que... lo vi allí, aunque sí se acercó a saludarme.

—¿De verdad? ¡Ay, Dios! ¡Te has guardado lo mejor para el final! ¿Cómo es de cerca? ¿Sus ojos brillan tanto como de lejos? ¿Cómo es su voz? ¿Huele bien?

Jane soltó una carcajada.

—¡Evangeline! ¿Y cómo es que tú no me habías hablado de él?

—Oh, bueno, nunca nos han presentado, y solo lo he visto en dos o tres ocasiones. Lo cierto es que aparece por los salones de baile, pero tengo la sensación de que no permanece en ellos mucho tiempo.

—Sí, esa impresión tengo yo también.

—¿Y bien? ¿Cómo es?

—Alto. Arrogante. Misterioso. Guapo.

—¿Y la voz?

—Terciopelo —reconoció, con una mueca.

Entonces fue Evangeline quien soltó la carcajada, haciendo que todas las ondas de su cabello castaño se movieran al compás de su risa.

—¿Crees que asistirá a la fiesta de los Waverley de esta noche? —le preguntó su amiga.

—No lo sé —contestó Jane, aunque en su fuero interno deseara con todas sus fuerzas volver a encontrarse con él.

—¿Recibiste muchas visitas al día siguiente?

—Oh, demasiadas —resopló Jane, que se mordió el labio de inmediato—. Evangeline, lo siento.

Y lo lamentaba de verdad. Cuando Evangeline había sido presentada el año anterior, solo había recibido una visita al día siguiente, y otras dos en las jornadas posteriores. Muchas menos de las que sus padres, los barones Bingham, anhelaban. Y, desde luego, muchas menos de las que la propia Evangeline esperaba. Aún recordaba la decepción que aquello había supuesto para su amiga. Jane no lograba entenderlo, ni siquiera teniendo en cuenta que solo era la hija de un barón, el rango más bajo de la nobleza, ni que su padre tuviese fama de rígido, huraño y avaro. Evangeline no era una joven muy agraciada, pero poseía un carácter dulce, algo tímido en ocasiones, un gran corazón, y unos preciosos y chispeantes ojos castaños. ¿Cómo era posible que todos los hombres de Inglaterra no cayeran fulminados de amor a sus pies?

—¿Por qué? —Evangeline hizo un gesto con la mano, restándole importancia—. Sabes que cualquier cosa buena que te suceda, me hace feliz.

—¿Y recibir tantas visitas es algo bueno?

—¿No lo es?

Jane se encogió de hombros, no muy segura de su respuesta.

Sí, tal vez el hecho de despertar el interés de tantos caballeros fuese bueno para su futuro, pero, a priori, se le antojaba más una molestia que una ventaja.

Siguieron charlando durante más de una hora, en la que Jane tuvo que morderse los carrillos en más de una ocasión para no comentarle nada sobre la extraña carta que había recibido. Durante un breve instante, pensó incluso en que había sido la propia Evangeline quien se la había enviado, como parte de alguna especie de broma, pero lo descartó de inmediato. No era su estilo. Si tenía que decirle algo lo hacía sin tapujos y sin subterfugios. No, lady Minerva debía de ser otra persona, probablemente alguien a quien conociera.

Alguien como lady Ophelia Drummond, su tía.

George Brummel, a quien todos apodaban Beau Brummel, se sentó frente a Blake en la mesa de juego. A sus treinta y seis años seguía siendo un hombre atractivo y un ejemplo de elegancia y distinción. Hacía ya un tiempo que había perdido el favor del príncipe regente, cuya amistad se había roto, decían, debido a sus continuas bromas y comentarios de mal gusto. Era el tipo de persona que representaba justamente todo lo que Blake despreciaba de la aristocracia. Sin embargo, sus orígenes eran modestos y había logrado hacerse un hueco a base de tesón y de un despilfarro sin precedentes, un despilfarro que parecía comenzar a pasarle factura. Blake había oído decir que sus deudas comenzaban a acumularse y que sombrereros, sastres y tenderos hacían cola a diario frente a su puerta.

Pese a todo, le caía bien. Era deslenguado y mordaz, tan corrosivo que ni siquiera sus amigos escapaban a su afilada lengua. Blake no se consideraba parte integrante de su pequeña camarilla, aunque a menudo recibía invitaciones para asistir a alguna de sus veladas. Cenas pantagruélicas, hermosas cortesanas, opio y alcohol a raudales... Brummel había adoptado todos los vicios que había adquirido durante su amistad con Prinny, como sus más allegados conocían al que más tarde sería Jorge IV.

Esa noche en particular, Blake había decidido aceptar su invitación en lugar de asistir al baile de los Waverley. No llevaba allí ni una hora y ya comenzaba a arrepentirse. Todo le resultaba demasiado estridente, frívolo en exceso. Esa apreciación le resultaba harto curiosa, teniendo en cuenta que él mismo se esforzaba por ser conocido por sus extravagancias. Quizá ese era el motivo por el que George Brummel parecía tenerle cierto aprecio, porque lo veía como a un igual.

Pero no lo eran.

Blake no era nieto de un tendero, ni hijo del secretario de ningún lord, como Brummel. Al contrario, su padre había sido noble, primo hermano del difunto marqués de Heyworth, en quien habría recaído el título si no hubiera muerto cuando él tenía ocho años. Y Blake no había deseado fervientemente, como Brummel, formar parte de esa aristocracia. De hecho, descubrir que era el último heredero al título después de las muertes de varios parientes, le había pillado tan de sorpresa que, en un principio, no había sabido qué hacer. «Debes aceptarlo —le había dicho su abuelo materno allí en Filadelfia—. Debes viajar a Inglaterra y convertirte en el nuevo marqués. Es lo que tu padre habría querido. Y tu madre también.»

Su madre, Nora Norwood, tampoco estaba ya para disfrutar de ese pequeño triunfo. Y esa era una de las cosas que más le pesaban. Le habría encantado poder llevarla con él a Inglaterra para ocupar al fin el lugar que se merecía, tras años de desprecios por parte de los Heyworth y de otros sectores de la alta sociedad. Solo porque su familia era americana, como si eso fuese una especie de lacra. Y porque su esposo, Ernest Norwood, se había casado con ella por amor, desoyendo los consejos y hasta las amenazas de varios miembros de su propia familia.

Sumido en sus pensamientos, apenas prestaba atención a las cartas. Blake apostaba sin miramientos, a veces cantidades astronómicas, solo por escandalizar un poco a aquella sociedad tan pagada de sí misma. Por desgracia, ganaba más veces de las que perdía, aumentando así su ya formidable fortuna y su fama de excéntrico. Estaba a punto de llevar a cabo una de esas jugadas absurdas cuando alzó la mirada para observar a Brummel. Sabía que no se resistiría a aceptar el envite, contaba con ello. Y que tampoco dejaría de pagar la apuesta. Las deudas de juego eran sagradas, una cuestión de honor, por encima de todo tipo de acreedores. Pero entonces apreció un pequeño gesto en el rictus de su boca, un atisbo de amargura que asomó los dientes, y se contuvo. No iba a ser él quien clavara el ataúd de aquel hombre y lo lanzara de cabeza a la ruina.

Con un estudiado gesto de hastío lanzó las cartas boca abajo sobre la mesa.

—Usted gana, Brummel.

—¿Cómo?

—Esta noche no me apetece mucho jugar.

—¿Se aburre? —le preguntó el dandi con retintín.

—Sí, creo que sí —reconoció sin ambages.

—Tal vez podría charlar con alguna de las señoritas, o fumar un poco de opio.

Ninguna de las dos perspectivas lo atraía. Las jóvenes, aunque hermosas, estaban allí por dinero, y él jamás había pagado por mantener sexo con ninguna mujer. Y la idea de perder el control sobre sí mismo a consecuencia del uso de sustancias como el opio se le antojaba un auténtico disparate.

—Creo que voy a retirarme ya —anunció mientras se ponía en pie.

—Es muy temprano, Heyworth. A no ser que haya alguna dama aguardando por usted —apuntó con un guiño—, en cuyo caso le deseo una feliz velada.

Blake torció el gesto. No, no existía ninguna dama que lo estuviera esperando en ningún lugar. Aunque entonces recordó el baile de los Waverley. Aún era temprano y en ese momento estaría en su máximo apogeo. La perspectiva de volver a ver a lady Jane le calentó el ánimo.

—Hummm, tal vez —contestó, con una sonrisa de medio lado.

Brummel soltó una risotada, se levantó y le palmeó la espalda con afecto.

—Siempre es un placer verlo, milord. —Bajó la voz y se aproximó unos centímetros—. Será mejor que no la haga esperar.

Cinco minutos después, el marqués de Heyworth subía a su carruaje.

La velada acababa de mejorar.

A pesar de que esa noche estaba bailando mucho menos, Jane estaba disfrutando muchísimo más. Contar con la presencia de Evangeline a su lado conseguía que todo adquiriese más color. Como si fuese capaz de verlo todo con otros ojos. Su amiga era una joven ingeniosa, aunque ese ingenio solo lo mostrase cuando se hallaban a solas. En cuanto había una tercera persona presente, enmudecía, o esa chispa que vivía en ella se apagaba. Así había sucedido todas las veces en las que algún caballero se había aproximado a solicitar un baile, en la mayoría de casos a Jane. Por consideración a su amiga, había declinado la mayoría de las peticiones.

—Jane, no me gusta lo que estás haciendo —le decía Evangeline en ese momento.

—¿Qué?

—¿Crees que soy ciega? ¿O estúpida? —le preguntó, aunque sonreía—. Sé que estás rechazando muchos bailes por mi causa. Sabes que no me sucederá nada si me quedo unos minutos a solas, ¿verdad?

—Oh, pero es que no me interesa ninguno de esos caballeros.

—¡Pero si ni siquiera los conoces!

—Lo sé. Pero mira, ese no para de tirarse del chaleco y de retocarse el pelo con disimulo. Y no hace más que mirar a su madre, aquella matrona de allí. Seguro que esperando su aprobación. ¿Te imaginas tener una suegra como esa?

Evangeline siguió la dirección de la mirada de Jane y, en efecto, vio a una oronda mujer vestida en tonos marrones que no perdía de vista a su retoño y que observaba todo el salón como si buscase una presa apropiada.

—¿Y ese otro? —continuó Jane—. La última vez no paró de hablar de sus caballos y de sus perros. Y está deseando que llegue agosto para que comience la temporada de caza. Y aquel de allí —hizo un gesto con la cabeza en dirección a un apuesto duque que en ese instante charlaba con otro hombre— aprieta demasiado al bailar, como si quisiera meterme dentro de su ropa.

—¡Jane! —Evangeline se cubrió la boca con el abanico mientras se reía con todo el disimulo del que era capaz—. ¡No pueden ser todos tan terribles!

—Probablemente no —reconoció su amiga—. Pero estoy mejor aquí contigo.

Jane había exagerado, no podía negarlo. Como tampoco podía negar que se sentía culpable por recibir tanta atención, como si su amiga no fuese también merecedora de ella. Era consciente de que, en realidad, no era responsable de la estupidez del género masculino, o de la falta de vista de la mayoría de los caballeros allí presentes, pero tampoco quería contribuir a aumentar la desazón de Evangeline.

En ese momento vio cómo el conde de Glenwood se aproximaba. Estaba más atractivo que cuando lo había visto en su casa, con una chaqueta negra bordada y un chaleco a juego que hacía resplandecer la blancura de su camisa y de su corbatín.

—Lady Jane, señorita Caldwell —las saludó y besó sus manos enguantadas—. Es un placer verlas aquí esta noche.

—Milord, el placer es mutuo —contestó Jane por las dos. Evangeline, como tenía por costumbre, pareció disminuir de tamaño.

—Creo que en su casa me prometió usted un baile, lady Jane.

—En efecto, lo recuerdo. —Jane sonrió y aceptó el brazo que el conde le ofrecía. Le guiñó un ojo a su amiga, y Evangeline asintió con una sonrisa.

Lord Glenwood era un excelente bailarín, Jane no había mentido cuando lo mencionó durante su visita.

—Esta noche está usted aún más encantadora que la primera vez —musitó él, clavando en ella el azul de sus ojos.

Jane desvió la vista, algo turbada por la intensidad de aquella mirada. Durante toda la noche había tenido muy presente la carta de lady Minerva, como si fuese un nuevo traje que hubiera decidido ponerse. No había sentido su pulso temblar ante la presencia de ninguno de los hombres que se encontraban allí y solo ahora, en brazos de Walter Egerton, el conde de Glenwood, su corazón pareció variar de ritmo. ¿Sería eso algún tipo de señal?

Walter y Jane. Jane y Walter. La concordancia de sus nombres no tenía mal sonido, se dijo. De inmediato se reprochó un pensamiento tan pueril.

—¿Se encuentra bien? —susurró lord Glenwood.

—¿Eh?

—Parecía usted... no sé. ¿Distraída?

—Oh, no. En realidad... —hizo una pausa y recordó de nuevo las palabras de aquella misiva, grabadas en su memoria—. ¿Cree que la guerra se alargará mucho más?

El conde dio un ligero traspié.

—¿Cómo?

—La guerra.

—Sí, sí, la he oído —le dijo—. Una dama como usted no debería preocuparse por esos asuntos, lady Jane.

—¿A usted no le inquietan?

—Por supuesto, como a todos los británicos —respondió con rotundidad—. Pero la guerra es algo... feo.

Algo «feo», había dicho. Como si fuese un vestido pasado de moda o un cuadro mediocre. Jane alzó las cejas.

—Londres está precioso en primavera —continuó lord Glenwood—. Disfrute de la ciudad y de todo lo maravilloso que puede ofrecerle. No pierda el tiempo angustiándose por cosas que están lejos de su alcance.

—Comprendo —musitó ella, algo decepcionada.

—Por favor, le ruego que no me malinterprete —se apresuró a aclarar—. Es usted una joven deliciosa y no me gustaría verla sufrir. Si le sirve de consuelo, nuestros soldados son los mejores del mundo.

Lo dijo con una sonrisa de ánimo, que Jane correspondió. Tal vez había escogido un tema demasiado espinoso para una primera conversación seria con un futuro pretendiente.

—Me comentó que toca el piano —le dijo él—. ¿Cuál es su compositor favorito? ¿Bach no le parece sublime?

Volvían a terreno seguro, Jane fue consciente de ello, y se dejó llevar. Durante el resto de la pieza solo conversaron sobre temas socialmente aceptables y, a su pesar, logró incluso disfrutarlo.

—Glenwood parece un buen bailarín —le comentó Evangeline cuando se reunió con ella.

—Oh, sí, sin duda lo es.

—Tendrías que haber visto cómo te miraba.

—¿Tú crees? —Jane se volvió y buscó al conde entre la multitud, pero no logró verlo.

—Parecías un dulce y él un niño hambriento.

Jane tosió para disimular la risa. No estaba bien visto que una joven se riera a carcajadas en medio de una fiesta.

—Oh, Dios, hablando de dulces —susurró su amiga, tensa.

A Jane se le erizó todo el vello del cuerpo. Ni siquiera necesitó darse la vuelta para mirar en la dirección en la que lo hacía su amiga. Todo el calor del mundo pareció concentrarse en su nuca.

El marqués de Heyworth estaba allí.

4

Hacía ya casi una hora que Blake había llegado al salón de los Waverley. La enorme mansión, situada en una de las mejores calles del exclusivo barrio de Mayfair, estaba iluminada como una noche estrellada. En la entrada, varias antorchas alumbraban los alrededores, donde aguardaban los ociosos cocheros y sus carruajes. El acceso a la vivienda había sido decorado con multitud de lámparas, así como los jardines. Las libreas de criados y lacayos, en tono carmesí con botones y adornos dorados, brillaban como hogueras encendidas. El interior contaba con tantas velas, candelabros y palmatorias, sin mencionar las enormes lámparas que colgaban del techo, que tuvo la sensación de que se había hecho de día sin darse cuenta. Lo cierto era que tanta luz le molestaba. Prefería de lejos la iluminación más tenue, más íntima, donde las imperfecciones propias y ajenas se suavizaban.

Su intención de pasar desapercibido se fue al traste antes incluso de entrar en el concurrido salón. Como si hubiese estado aguardando su llegada, lady Aileen Lockport se aproximó con paso decidido y una sonrisa adornando sus bellas facciones. La joven era, sin lugar a dudas, una de las más hermosas de Londres. De toda Inglaterra, se atrevería a decir. Su cabello dorado enmarcaba un rostro de rasgos armoniosos, de labios jugosos y ojos aguamarina, rodeados por unas pestañas larguísimas que no hacían sino aumentar la intensidad azul de su mirada. Sus formas redondeadas y algo exuberantes, a las que sabía sacar buen partido, lograron alterarle el pulso un instante.

Lady Aileen era muy consciente de su belleza y ese era, probablemente, uno de sus mayores defectos. Todos sus movimientos, incluso los que parecían casuales, estaban bien estudiados, buscando causar un efecto devastador entre los hombres. Era capaz de variar el tono de voz para convertirla en un susurro sensual, y aletear aquellas pestañas para conseguir que cualquier hombre olvidara durante un instante dónde se encontraba. La temporada anterior había causado una considerable impresión, y recibido más propuestas de matrimonio que todo el resto de jóvenes juntas. Blake había visto a muchos de aquellos caballeros languidecer por ella, y a lady Aileen disfrutar con toda la atención que recibía y que había aprendido a gestionar de forma notable.

Sin embargo, la novedad había pasado, y ese año había nuevas candidatas, algunas casi tan hermosas como ella y mucho menos frívolas. En el último baile en el que habían coincidido, Blake se había dado cuenta de que el interés que despertaba lady Aileen había menguado, probablemente mucho más de lo que ella esperaba. Por fortuna, él no se contaba entre sus *víctimas*. Habían bailado en un par de ocasiones sin que él llegara a caer presa de su hechizo y eso, lejos de desanimarla, la había hecho redoblar sus esfuerzos. Blake estaba convencido de que ello se debía más a una cuestión de orgullo que de verdadero interés hacia su persona, como si la joven no pudiera aceptar que él no se contara entre sus conquistas.

—Lord Heyworth, qué inesperado placer encontrarlo aquí —lo saludó, con una sonrisa bien estudiada mientras le tendía una mano para que se la besara—. Confío en que se quedará el tiempo suficiente como para contentar a todas las jóvenes presentes.

—Lo cierto es que aún no lo he decidido —contestó él, que no quería comprometerse ni solicitarle un baile, como parecía ser la intención de lady Aileen.

—Tal vez pueda convencerlo entonces. —La mujer se aproximó unos centímetros, demasiados para su gusto y para lo que dictaban las reglas sociales.

—Si no me encontrara tan cansado sin duda usted sería un excelente motivo para quedarse.

—Oh, ¿viene de otra fiesta? —Hizo un mohín.

—En efecto, aunque puedo asegurarle que de una mucho menos encantadora que esta.

—Espero que decida usted quedarse con nosotros, milord. Su presencia siempre es bienvenida. Quizá podamos vernos más tarde...

Su voz insinuante no dejaba resquicio a la duda, pero él mantuvo la distancia.

—Tal vez, milady. Tal vez.

Blake inclinó la cabeza a modo de despedida y se alejó, antes de que ella lograra comprometerlo para alguna pieza.

Entró en el atestado salón y lo recorrió con la vista, voraz. No tardó ni un segundo en localizar a lady Jane, que esa noche había acudido en compañía de una joven a la que recordaba vagamente de la temporada anterior. La muy honorable señorita Evangeline Caldwell. El nombre de la muchacha acudió a su mente de inmediato. No habían sido presentados formalmente, pero Blake poseía una excelente memoria. Con discreción, y esquivando a varios conocidos, encontró el lugar apropiado para poder observarla a placer. Vio a lady Jane charlar con su amiga, e incluso las sorprendió riéndose de forma disimulada, lo que evidenciaba el grado de intimidad que existía entre ambas. No fue eso, sin embargo, lo que más le llamó la atención. Fue algo totalmente distinto, y que aún reflejaba con mayor claridad el carácter de la joven; la vio rechazar a varios caballeros que acudieron a solicitar un baile. Para una joven debutante, aquello era poco menos que un suicidio social, aunque a ella no parecía importarle. Y, por el modo en el que miraba a Evangeline, intuyó que lo hacía por ella, que no parecía despertar ni una quinta parte de interés que lady Jane. No poseía esa belleza etérea, ni esa luz que parecía rodearla como un aura, aunque no estaba exenta de virtudes. Poseía un cutis suave y un precioso cabello castaño, y sus ojos chispeaban mientras hablaba con lady Jane, aunque se tornaban opacos si había alguien más presente.

Blake comenzó a moverse hacia las jóvenes, respondiendo a varios saludos pero sin detenerse en demasía, hasta que al fin se halló lo bastante cerca. Su mirada y la de la señorita Caldwell se encontraron un instante y la vio mover los labios, aunque no llegó a saber si lady Jane, de espaldas a él, reaccionaba de algún modo, porque en ese momento se vio obligado a detenerse para saludar a los anfitriones.

Cuando al fin se liberó, las dos jóvenes se encontraban una junto a la otra, mirando en su dirección, aunque ambas apartaron la vista en cuanto lo sorprendieron mirándolas a su vez. Blake sonrió para sus adentros y, con paso decidido, recorrió los últimos metros.

La increíble fortuna del marqués de Heyworth no provenía exclusivamente de su título. En América era un brillante hombre de negocios, con una extraordinaria visión para las oportunidades y para cerrar los tratos más ventajosos. Y, como buen hombre de negocios, había elaborado sus propias teorías. A veces, el éxito de una buena operación consistía en demostrar cierta falta de interés en el bien que se deseaba adquirir, y con esa máxima en mente se acercó hasta las damas.

—Un placer verla de nuevo, lady Jane —saludó.

—Buenas noches, lord Heyworth.

Blake ignoró el leve temblor en la voz de la joven y besó la mano enguantada que ella le tendía. Luego se volvió hacia su acompañante.

—Oh, permítame que le presente a mi amiga, la muy honorable señorita Evangeline Caldwell —dijo lady Jane.

—Un verdadero placer, milady. —Blake retuvo su mano un segundo más de lo aconsejable—. ¿Tendría el honor de concederme el próximo baile, señorita Caldwell?

—¿Yo? —La joven miró a su amiga, aunque Blake mantuvo la vista fija en ella.

—A menos que ya se lo haya prometido a algún otro caballero.

—Oh, no, en absoluto.

Blake sonrió y le tendió el brazo. La vio mirar a lady Jane, como si aguardara su permiso, y el marqués resistió la tentación de observarla también. En ese momento comenzaba a sonar una nueva pieza, y la joven pareció decidirse, porque aceptó su brazo y se alejaron en dirección al centro de la sala.

Otra de las máximas que el marqués había aprendido en sus negocios era que un producto se revalorizaba de inmediato en cuanto alguien de cierto estatus se interesaba en él. No es que pensase en aquella joven como si se tratase de algo con lo que se pudiera comerciar, pero sabía lo que sucedería a continuación. Ya podía sentir fijos en ellos los ojos de un buen número de caballeros, como si la señorita Caldwell se hubiera materializado de la nada a su lado, en lugar de llevar toda la noche allí. Blake Norwood no se consideraba adalid de ninguna causa y sus motivos para bailar con aquella muchacha eran en parte egoístas, pero también era cierto que la joven le había hecho recordar a su propia madre, Nora Norwood. En otro tiempo, posiblemente en un salón muy semejante a aquel, ella habría sido otra Evangeline Caldwell, invisible a ojos de aquellos refinados aristócratas, sin una cuna lo bastante lujosa como para ser considerada uno de ellos. No era el mismo caso, desde luego, puesto que era la hija de un barón, pero la situación sí debía de ser similar.

Trató de darle algo de conversación. Le preguntó si disfrutaba de la velada, qué piezas le gustaba más bailar o si también a ella le parecía que la iluminación era excesiva, pero la joven contestó con frases cortas, sin mirarle a los ojos, claramente cohibida. La escena le recordó a otras muchas vividas en los últimos diecinueve meses, como si todas aquellas damas hubieran recibido algún tipo de manual de etiqueta en el que se les prohibía expresarse con libertad. O quizá se trataba de él, pensó, de esa fama que le precedía y que las predisponía de antemano en su contra.

Al finalizar la pieza la condujo hasta donde aguardaba su amiga, que no les había perdido de vista ni un segundo.

Había llegado el momento de conocer más de cerca a lady Jane.

Desde luego que Jane no había dejado de observar al marqués, que se movía por el salón como si hubiese nacido en él. En cuanto lo había visto aproximarse a ellas el pulso se le había acelerado, y lo sintió latir furioso en la base de su cuello. Sin su tía Ophelia, que esa noche no se encontraba allí, y con Lucien en la otra punta de la sala charlando con su futuro suegro, el conde de Saybrook, se sentía casi desnuda.

No lograba explicarse por qué la presencia de ese hombre causaba tantos estragos en su cuerpo. Había bailado con lord Glenwood y con el vizconde Malbury, con quien se estrenó el primer día, y ninguno de ellos, pese a su indudable atractivo, había logrado alterarla hasta ese extremo. Era cierto que tampoco ninguno de ellos poseía ese aire misterioso y casi peligroso que envolvía al marqués, ni esa intensa mirada oscura que parecía recorrerla por entero cada vez que la miraba.

Cuando finalmente él llegó hasta ellas, la voz le tembló al saludarlo, cosa que se reprochó de inmediato, y casi suspiró de alivio cuando solicitó un baile a Evangeline. En ese momento ambos se acercaban de nuevo y Jane tuvo que hacer acopio de toda su fuerza de voluntad para mantenerse serena. Si no aprendía pronto a hablar en presencia de aquel hombre iba a pensar que era una idiota.

—Ha sido un honor bailar con usted, señorita Caldwell —decía en ese instante el marqués a su amiga.

Evangeline balbuceó algo, y Jane se congratuló al descubrir que no era la única a quien la presencia de aquel caballero robaba el sentido del habla.

—¿Tiene ya todos los bailes comprometidos, lady Jane, o aún queda algún hueco libre? Si es así, ¿me concedería el honor?

Jane creyó caerse dentro de aquellos ojos, tan oscuros y profundos como una sima.

—Por sup... —se vio obligada a carraspear—. Por supuesto, milord.

Apenas sintió nada al posar su mano enguantada sobre la manga de aquella chaqueta verde oscuro, ni al recorrer los escasos metros hasta el centro del salón. Cuando él se volvió hacia ella y colocó su mano sobre su espalda, cuando se aproximó lo suficiente como para poder contarle las pestañas, y cuando la envolvió con su aroma a cítricos y a roble, fue cuando Jane sintió todo su cuerpo sublevarse. ¿Sería aquello a lo que lady Minerva se refería cuando hablaba de sentir la piel erizada? Porque la suya parecía querer arder en llamas de un momento a otro.

—Podemos comenzar cuando lo desee —musitó él, tan cerca de su oído que su aliento le hizo cosquillas sobre la piel.

La pieza había comenzado y ellos estaban ahí parados, atrayendo las miradas de los demás.

Jane se mordió el labio y se limitó a asentir. Lord Heyworth movió el cuerpo imperceptiblemente, como el buen bailarín que era. Y ella, pese a que se consideraba igual de buena en esas lides, no reaccionó a tiempo, lo que la llevó a pisarle.

—Oh, lo siento —se disculpó, sin atreverse a mirarlo y con un incendio en las mejillas.

—No se disculpe, no ha sido nada.

El sonido de su voz la desconcertó de nuevo y su pie encontró el modo de volver a pisar el del marqués.

—Si no deseaba bailar conmigo no tenía más que decirlo —bromeó él.

—Le juro que no ha sido a propósito.

—Me consta. La he visto bailar en otras ocasiones y juraría que no tiene dos pies derechos.

Jane sonrió. El marqués no carecía de sentido del humor, y eso le gustaba, le gustaba mucho.

—¿Le han dicho en alguna ocasión que está preciosa cuando sonríe? —le susurró.

Jane volvió a tropezar con sus zapatos. Dios, ¡qué ganas tenía de que acabase aquella pieza para encerrarse en un armario y no salir hasta el día del Juicio Final!

—De acuerdo —carraspeó él—. Tal vez podríamos encontrar un tema de conversación menos oneroso para mis pobres pies.

—Eh, sí —musitó ella.

—¿Alguna idea?

Ella alzó un poco la cabeza, lo justo para echar un rápido vistazo a aquellos ojos antes de volver a centrar los suyos en el corbatín, el sitio más seguro de toda su persona. En ese momento su cerebro parecía haberse evaporado, porque no se le ocurrió ni una triste frase que decirle. Definitivamente, el marqués de Heyworth iba a pensar que era idiota, o algo peor.

—¿Cree que la guerra finalizará pronto? —Fue lo único que se le ocurrió en ese instante. La misma pregunta que le había formulado a lord Glenwood.

Se preparó para un largo monólogo sobre lo poco adecuado que era que una joven se preocupase por esos asuntos. Al menos, mientras él hablase, ella no tendría por qué hacerlo.

—¿Cuál de ellas? —preguntó él, en cambio.

—¿Eh?

—¿La guerra en Europa? ¿La guerra contra los Estados Unidos?

—¿Ambas?

—¿Lo pregunta o lo afirma?

—Ambas —repitió con una entonación diferente.

—Debo decirle que me parece una inquietud poco habitual para una joven de su edad...

—Oh, ya. Imaginé que diría algo así —lo interrumpió. El discursito había llegado, después de todo. Para su sorpresa, comenzaba a sentirse más segura entre sus brazos. Al menos, no había vuelto a pisarle.

—Poco habitual pero sumamente interesante.

—¿Usted cree? —Se aventuró a mirarlo. No había burla en sus ojos.

No se atrevió a decirle que su interés en la guerra era tangencial. Estaba al tanto de lo que sucedía a través de los periódicos que se recibían en la mansión, pero su verdadero interés residía en averiguar si su hermano Nathan regresaría pronto a casa. Temía por él, y cada día que transcurría sin recibir noticias, temía un poco más. Tanto su padre como Lucien insistían en que no se preocupara, y le aseguraban que su hermano estaba bien.

—En realidad me interesa más la guerra contra los Estados Unidos —dijo al fin—. Aunque no sé si es un tema apropiado para comentarlo precisamente con usted.

—¿Conmigo? Ah, ya comprendo.

—No... no quería ser descortés. —Volvía a balbucear.

—Imagino que sus fuentes la habrán informado de que nací en Inglaterra, y que viví aquí hasta los ocho años. Supongo que eso me hace tan inglés como a usted.

—Sí, desde luego.

—Tengo familia en los Estados Unidos, familia a la que adoro. Así es que, de algún modo, también soy un poco americano.

Que aquel hombre tuviese familia era algo en lo que Jane ni siquiera había pensado. ¡Pues claro que tenía familia! No se había caído del firmamento. Imaginarlo con padres, hermanos, tíos, primos y abuelos lo convirtió, durante unos segundos, en alguien humano.

—Aunque, en este caso —continuó—, debo decir que no puedo posicionarme en ninguno de los dos bandos.

—¡Pero acaba de decir que es usted inglés!

—En efecto. Pero que el gobierno británico quisiera penalizar a los Estados Unidos por dedicarse al comercio me parece excesivo.

—Al comercio con el enemigo. ¡Vendían a Francia!

—Que qué está en guerra con Gran Bretaña, no con América. Y reclutar a marinos norteamericanos a la fuerza para combatir a Napoleón, ¿le parece a usted aceptable?

Jane calibró su respuesta. Imaginó a Nathan siendo alistado contra sus deseos en una guerra que no era la suya.

—No, supongo que no —reconoció al fin.

—Hay muchos más asuntos en un conflicto, siempre los hay, y este no es una excepción. Nunca existe una sola razón para iniciar una guerra. De todos modos, no creo que se alargue mucho más.

—Oh, ¿de verdad?

—Napoleón ha sido derrotado en Francia. Probablemente, ahora los británicos centrarán todos sus esfuerzos en la otra contienda.

Lo miró con las cejas alzadas.

—Para estar tan interesada en la guerra, lady Jane, parece estar muy desinformada. Hace días que los diarios no hablan de otra cosa.

Tuvo que morderse los labios. Había estado tan embebida en sus propios asuntos que ni siquiera había prestado atención a nada más.

Lord Heyworth se detuvo de pronto y solo entonces Jane fue consciente de que la pieza había concluido. No sería apropiado que continuaran bailando, así es que él le ofreció el brazo para conducirla de nuevo junto a Evangeline, que en ese momento charlaba con un joven.

—No voy a decirle que ha sido un baile encantador, lady Jane —le susurró el marqués—, pero sin duda ha sido el más estimulante del que he disfrutado en mucho tiempo. Espero que volvamos a vernos muy pronto.

Jane asintió, de nuevo sin voz.

Aquello sonaba como una promesa.

~~ 5 ~~

Había luz en una de las ventanas de la planta baja, en la biblioteca. Emma se mordió el labio inferior, indecisa, y se pegó al muro de la mansión. El frío de la piedra traspasó la tela de su capa y se le adhirió a la piel. No podía entrar en la casa en ese momento. Para acceder a la escalera debía pasar frente a la puerta de esa habitación. ¿Y si justo en ese momento su padre o su hermano Lucien decidían salir y se la encontraban en el pasillo? ¿Qué explicación podía darles?

Durante unos minutos se dedicó a elaborar distintas historias, y cada una le sonaba menos convincente que la anterior. Con su padre aún podría tener una oportunidad. Con decirle que había salido al jardín a contemplar las estrellas probablemente no le preguntaría nada más. Pero Lucien era distinto. Él no se tragaría una historia tan burda, la conocía demasiado bien.

Al fin decidió asomarse a la ventana, rezando para que fuese su padre y no su hermano quien se encontrase allí. Para su sorpresa, era Jane quien ocupaba la habitación, con un montón de periódicos entre las manos. ¿Qué estaría haciendo levantada tan tarde?

Con paso decidido, Emma fue hasta la entrada de servicio y entró en la mansión con la discreción habitual. Recorrió la planta baja en dirección a la escalera, pero, al llegar a la biblioteca, descubrió consternada que la puerta estaba abierta. Jane la oiría al pasar, o la vería por el rabillo del ojo.

Trató de pensar con rapidez. Podía esconderse en el salón hasta que su hermana se hubiera acostado. Esa parecía la idea más razonable y también la más segura. Pero tenía frío, y mucho sueño. Corría el riesgo de quedarse dormida en uno de los sofás, y eso sí que sería terrible. De pie en medio del pasillo no sabía por qué opción decidirse. Entonces oyó un ruido proveniente de la biblioteca y eso fue lo que la decidió. Arrojó el bulto que llevaba en las manos a un rincón y caminó con paso resuelto.

—¡Emma! —Su hermana apareció en el pasillo, con una jarra vacía en las manos. Su sobresalto estuvo a punto de hacerla reír, especialmente cuando vio cómo se llevaba una mano al pecho—. ¡Me has dado un susto de muerte!

—¿Qué haces levantada? —le preguntó.

Jane la miró con suspicacia. Observó su vestido sencillo y la capa que la cubría.

—¿Que qué hago levantada *yo*? —inquirió, totalmente recuperada de la impresión.

—No tenía sueño y he paseado un rato por el jardín.

—¿Con este frío?

Su hermana entrecerró los ojos, no muy convencida con su explicación, pero era evidente que su mente estaba centrada en otros asuntos, lo que sin duda fue una suerte para ella.

—¿Por qué no te has acostado tú?

—Estaba leyendo el periódico. Bueno, varios de ellos.

—¿Las notas de sociedad? —se burló.

—Las noticias. ¿Sabes que Napoleón ha sido derrotado en Francia?

Emma la miró. La miró bien. ¿Aquella era su hermana? Se acercó un poco más, pero no olió en ella ni una pizca de alcohol.

—¿De repente te interesa la guerra?

—¿Te das cuenta de lo que eso significa? —le preguntó, obviando su tono sarcástico—. Gran Bretaña concentrará todos sus esfuerzos en la guerra contra los americanos, y Nathan podrá volver pronto a casa.

—¿De verdad? —Emma olvidó sus preocupaciones durante un instante—. ¿Los periódicos dicen eso?

—Eh, no, pero aún no los he leído todos. Iba a llenar la jarra de agua —le dijo, alzando el recipiente que llevaba entre las manos.

—Podríamos pedirle a la señora Grant que nos preparara algo de té.

—Emma, ¿has visto la hora que es?

—Oh, sí, cierto. De acuerdo, tú ve a buscar el agua. Yo subo a cambiarme.

—Emma...

—Iremos más rápidas si somos dos, Jane.

Su hermana asintió con una sonrisa y se alejó por el pasillo. En cuanto dobló la esquina, Emma recuperó el hatillo que había escondido y corrió escaleras arriba, hasta su habitación. Una vez allí se quitó la capa, se lavó un poco, se puso el camisón y las pantuflas y se envolvió en una gruesa bata. Antes de abandonar su cuarto, abrió el bulto que había traído y sacó las ropas que contenía. No podía dejarlas allí o se arrugarían tanto que no volverían a servirle. Con gran cuidado, las colgó de una percha en su enorme armario, al fondo del todo.

Hasta ese momento, su doncella jamás le había preguntado por qué uno de los trajes de su hermano Nathan estaba guardado en su ropero, escondido entre sus vestidos viejos.

Si llegaba el caso, ya inventaría alguna historia convincente.

Jane tenía sueño, y se veía obligada a hacer verdaderos esfuerzos para no dormirse en medio del salón, rodeada de flores y admiradores a partes iguales. Emma y ella se habían ido a la cama casi de madrugada, sin haber encontrado lo que buscaban. Eso no significaba nada, por supuesto, y estaba convencida de que las reflexiones del marqués tenían tanto sentido que sin duda sería así como todo sucedería. Sin revelar su procedencia, las había compartido con Emma, y a ella también le habían parecido lógicas. Incluso su padre, a la hora del desayuno, las encontró razonables. Lástima que esa mañana Lucien hubiera salido tan temprano, porque le habría encantado conocer su opinión.

Trató de concentrarse en el joven que en ese momento charlaba con ella. El vizconde Malbury alababa las excelencias del té verde, mucho más suave que el habitual y más extendido té negro, aunque Jane solo le escuchaba a medias. Permanecía con un oído atento al sonido de la puerta, y con el rabillo del ojo observaba a los jóvenes congregados en el salón. Lord Heyworth no había aparecido tampoco esa mañana y tuvo que hacer verdaderos esfuerzos para mostrarse encantada con las visitas que sí habían acudido.

¿Por qué le importaba tanto que él no estuviera allí? Solo habían bailado en una ocasión, y Jane aún se ruborizaba al recordar su torpeza. Habían mantenido una conversación que él había calificado como «estimulante». Ahora, al rememorarla, se le antojaba totalmente impropia y fuera de lugar. Apenas se conocían y parecía evidente que él no tenía intención de remediar esa situación.

«Solo os habéis visto dos veces, Jane —se dijo—. ¡Dos veces! La temporada acaba de empezar, con toda probabilidad coincidirás con él en más ocasiones.»

Se repitió eso como un mantra a lo largo de todo el día, sin que ello lograra mitigar su decepción.

No conseguía entender por qué, de entre todos los caballeros que había conocido en los últimos días, él era el único al que echaba de menos.

Cómodamente sentado en una de las mullidas butacas del Brooks's, uno de los clubes de caballeros más exclusivos de Londres, Blake Norwood también pensaba en cierta señorita con la que había compartido un baile y una conversación poco convencional. De hecho, su imagen le había acompañado a lo largo de todo el día y, esa noche, a fuerza de rememorarla, la sentía casi como a una vieja conocida. Era absurdo, por supuesto, pero hasta él a veces caía vencido por la irracionalidad.

El club estaba bastante concurrido a esas horas, prueba evidente de que esa noche no se celebraba ninguna fiesta importante. Las salas de juego estaban abarrotadas, con grupos de caballeros jugando a las cartas o a los dados y apostando auténticas fortunas. Un rato antes había visto cómo cierto duque perdía en una sola mano un tercio de sus propiedades.

Deambuló por las diversas estancias sin un objetivo concreto, y se acercó a comprobar las nuevas anotaciones que figuraban en el libro de apuestas del club, siempre abierto y a la vista sobre una mesa colocada junto a uno de los ventanales. Su propio nombre figuraba en un buen número de ellas, casi todas igual de absurdas que las demás. Entre otras, cien guineas a qué camarero servía la primera copa durante una ronda, cincuenta libras sobre si llovería o no una aburrida tarde del pasado octubre, o doscientas a que las pelucas masculinas no volverían a ponerse de moda, pese a la insistencia de su oponente, cuya incipiente calvicie sin duda clamaba por ello. Echó un rápido vistazo a las últimas anotaciones y, a pocas líneas de llegar al final, se vio obligado a releer una de ellas. Lord Glenwood se había jugado treinta libras contra lord Malbury. El objetivo de la apuesta: ser el primero en obtener un baile de lady J.

Blake supo de inmediato a quién correspondía dicha inicial, había visto a ambos hombres bailar con ella. Que el nombre de la joven figurase en aquel libro lleno de vilezas, entre ellas muchas relacionadas con prácticas sexuales, le pareció de mal gusto. Una de las anotaciones más legendarias, que databa hacía unos treinta años, era una apuesta en la que lord Cholmondeley le había entregado a lord Derby dos guineas, y en la que este se comprometía a entregarle quinientas cada vez que se *follara* a una mujer en un globo a mil yardas de altura. Ambos hombres, ya de edad avanzada, continuaban frecuentando el club y nunca se había sabido si la apuesta había llegado a resolverse.

Pese a su arrebato inicial, debía reconocer que la apuesta entre los dos jóvenes respecto a lady Jane era bastante banal, nada en realidad que atentara contra la reputación de la muchacha, y que sin duda se trataba de un pique entre ambos jóvenes, probablemente alentados por algunas copas de más. Eso, al menos, trató de razonar la parte más fría de su cerebro, porque sus manos ansiaban encontrarse con los rostros de los caballeros en cuestión. Barrió la sala con rapidez y no vio a ninguno de ellos allí, lo que fue una suerte para ambos y, con toda seguridad, también para él.

Sí vio, en cambio, a un pequeño grupo de nobles reunidos en torno al duque de Clarence, William Henry, el tercer hijo de Jorge III. Blake no lograba simpatizar con ningún miembro de aquella familia. El padre, el actual monarca, padecía una especie de locura que lo había inhabilitado. El hijo mayor era tan pretencioso y caprichoso como un bebé grande. Y el duque de Clarence, con aquella cabeza de huevo y su propensión a utilizar un lenguaje malsonante y ofensivo, le resultaba casi ridículo. Pero Blake sentía la sangre caliente en ese momento y, a falta de otro lugar donde descargar su mal humor, se aproximó con cierta cautela.

—Estos malditos ineptos no sabrían cómo ganar una guerra ni aunque les dibujaran un mapa —vociferaba en ese momento el duque, para regocijo de su camarilla—. Hombres con experiencia y con huevos es lo que se necesita para ganar a esos americanos. ¡Si Nelson aún viviera habría acabado con ellos hace meses!

—Desde luego que sí —asintió uno, que alzó la copa y dio un buen sorbo de ella.

—¿Hombres como usted, milord? —Blake no había podido morderse la lengua.

El duque clavó en él sus ojos oscuros. A sus casi cincuenta años, comenzaba a acusar cierto sobrepeso, aunque una nimiedad en comparación con su hermano George. Sus abultadas mejillas habían adquirido un tono carmesí, prueba de que había bebido ya algo más de la cuenta.

—Es bien conocido que me he puesto al servicio del Almirantazgo en innumerables ocasiones, lord Heyworth. Como bien debe saber, serví en la Marina en mis años jóvenes.

—Todo el mundo lo sabe, Excelencia —apuntó Blake—. Hay personas que...

No pudo terminar la frase. En ese momento, el vizconde Danforth, Lucien Milford, chocó con él y derramó parte del contenido de su copa sobre su chaqueta.

—¿Pero qué...? —exclamó Blake, retirándose un paso.

—Milord, ¡no sabe cuánto lo lamento! —se disculpó, con la lengua trabada. Luego le tomó con fuerza del brazo—. Permítame que lo acompañe a que le limpien la ropa. Creo que esta noche he bebido demasiado.

Soltó una risotada y los demás lo corearon, pero no soltó al marqués, al que casi arrastró lejos del grupo.

—¿Se puede saber qué...? —Blake trató de desasirse.

—Debe usted de haber perdido el juicio. —El vizconde hablaba ahora sin ningún rastro de ebriedad en la voz—. No me cae usted simpático, Heyworth, pero tampoco me gustaría ver su cabeza clavada en una pica.

—¿En una pica? Me parece que exagera usted, *amigo*.

—O mucho me equivoco o estaba a punto de insultar al duque.

—Bueno, solo iba a mencionar que hay personas que solo saben contar una y otra vez la misma historia. —Blake sonrió de medio lado.

Ambos hombres habían desaparecido tras una pequeña puerta de servicio, donde un criado acudió con presteza y ayudó al marqués a quitarse la chaqueta.

—Recuerde que el duque es el hijo del rey, el hermano del actual regente. ¿Cree que se habría tomado el comentario de buen talante?

—Me es indiferente.

—¿En serio? —El vizconde lo miró, burlón—. Podría perder su título.

—No estoy tan apegado a él como pueda suponer.

Lucien Milford tomó un sorbo de su copa medio vacía mientras clavaba en él su mirada celeste.

—¿Es siempre así de desagradecido? —inquirió, al fin.

—A veces lo soy mucho más —contestó, cáustico.

El vizconde dejó su copa con un gesto brusco sobre una mesa auxiliar.

—Lo recordaré la próxima vez, no lo dude.

Sin añadir nada más abandonó la salita y solo entonces Blake pudo relajar los hombros. Se había comportado como un estúpido y, sin la intervención del vizconde, no quería ni imaginar cómo habría terminado la noche. Nunca había tenido por costumbre comportarse de forma tan irracional, ni poner en peligro su honor o su fortuna. Al menos no antes de llegar a Inglaterra. Su deseo de escandalizar a aquella sociedad que había despreciado a su madre quizá estaba yendo demasiado lejos. Y ni siquiera le había dado las gracias al hombre que lo había salvado de una posible ruina. De hecho, se había comportado como un cretino con él.

Con Lucien Milford, el hermano de lady Jane.

Kenneth se encontraba mal esa mañana. Al pequeño de los Milford le dolía la garganta aunque, por fortuna, no tenía fiebre. La tarde anterior había estado correteando por el jardín en mangas de camisa y, pese a la insistencia de su hermana mayor, no había consentido en ponerse la chaqueta. Habían improvisado un pequeño partido de críquet y había formado equipo con ella y con su padre. En el bando contrario, Lucien y Emma, pese a ser uno menos, les habían dado una buena paliza. A nadie le importó mucho el resultado, de todos modos. Jane adoraba los ratos que pasaban todos juntos, a pesar de que las ausencias de su madre y de Nathan se hiciesen más evidentes.

En ese momento, Jane hacía compañía a su hermano pequeño, que había desayunado con apetito y que parecía incluso feliz con su convalecencia. Se había librado de las clases por ese día, y disfrutaba siendo el centro de atención. La cocinera le había preparado sus dulces favoritos y ella ya le había contado dos cuentos de un grueso volumen, con las tapas tan desgastadas que apenas eran capaces de sostener los pliegos de papel. Era el mismo libro que sus padres les habían leído a ella y a sus hermanos. Todos en la mansión Milford habían crecido arropados por las mismas historias.

Su padre entró en ese momento en la habitación.

—¿Cómo está mi campeón? —preguntó a su hijo, revolviéndole la mata de pelo rubio oscuro.

—Me duele la garganta —se quejó el pequeño.

Oliver Milford colocó la palma de la mano sobre la frente de Kenneth.

—No tienes fiebre —le dijo—. De todos modos, el médico vendrá esta tarde.

—¿El médico? —El niño miró a su hermana, apesadumbrado.

Kenneth odiaba las visitas del médico, todos en la casa lo hacían. Durante años habían sido tan frecuentes que la señora Grant, el ama de llaves, llegó a preguntar en una ocasión si debía colocar un plato extra en la mesa.

—¿Voy... a morirme? —Un par de lágrimas se deslizaron por las mejillas del niño.

—¡Kenneth, no! —exclamó Jane, con un nudo en la garganta.

—¡Por supuesto que no vas a morirte! ¡Qué barbaridad! —aseguró su padre—. Es solo para que te pongas bueno más rápido. Tenemos que jugar la revancha contra Lucien y Emma —añadió, con un guiño.

El pequeño buscó la mirada de Jane, que asintió con una sonrisa tranquilizadora, y solo entonces pareció relajarse un poco.

—¿Me cuentas un cuento, papá?

—Hummm, ¿qué tal una historia sobre los antiguos griegos?

—No sé —contestó Kenneth, no muy convencido con la propuesta.

—¿Seguro? Es la historia de un gigantesco caballo de madera con el que se ganó una guerra.

—Oh, te va a encantar, Kenneth —dijo Jane—. Ya lo verás.

El niño asintió, conforme, y Jane aprovechó para levantarse y dejarle el sillón a su padre. El conde besó en la frente a su hija y se acomodó en la butaca, dispuesto a narrar su historia.

Jane se demoró unos instantes para escuchar las primeras frases de aquel relato que conocía tan bien, y abandonó el cuarto con una sonrisa melancólica. A veces olvidaba lo afortunada que había sido a pesar de todo.

Bajó a la planta baja para comentar con la señora Grant el menú de la semana. Desde que su madre había muerto, era ella quien se ocupaba de dirigir la parte más prosaica de la casa. Lucien, su padre, y la tía Ophelia se encargaban del resto, lo que suponía un gran alivio. No le llevó ni siquiera una hora. La señora Grant, pese a su aspecto algo severo, los adoraba y ya tenía casi el menú preparado cuando ambas se sentaron frente a una taza de té.

Recorrió luego la casa para comprobar que todo estuviera en orden, una tarea innecesaria pero que consideraba su deber y, al pasar por el recibidor, vio una carta sobre la bandeja del correo. Esa mañana había desayunado arriba, con Kenneth, y no había estado en la mesa del comedor cuando Cedric lo había repartido. Permaneció unos segundos inmóvil, con temor a aproximarse y, al mismo tiempo, ansiosa por hacerlo. Dio un paso y luego, envalentonada, otro más.

Reconoció la letra de inmediato.

Era otra carta de lady Minerva.

᪐ 6 ᪑

Querida lady Jane:

Una mujer debería ser dueña de sus pensamientos, sus emociones y sus actos, aunque a los hombres de nuestras vidas les guste pensar que, de algún modo, todos ellos les pertenecen. No consienta que otros dicten su forma de pensar o de hacer las cosas, y mucho menos cómo debe sentir su corazón. Él es quien, en los momentos importantes, le dirá lo que ha de hacer.

No tema tampoco mostrar sus debilidades en algún momento, como pisar a su compañero de baile sin querer. Es bien conocido el instinto protector que parece acompañar a todo hombre que se precie, pero debe procurar que sus pequeñas torpezas no terminen ofreciendo de usted una imagen desalentadora.

A pesar de que las jóvenes de buena cuna han sido educadas para mostrarse solícitas y prudentes, yo en particular le aconsejaría que, sin abandonar esos preceptos, se atreva a mostrarse algo osada. Aprenda a disfrutar de los pequeños momentos de intimidad, de una conversación en los jardines —a la vista de todos, por supuesto—, o de un breve paseo por el parque. Es posible que descubra nuevas facetas de su acompañante que le indicarán si es un buen candidato para usted.

Imagino también que desconoce por completo cómo es percibir la piel de otra persona —que no sea un familiar— sobre su propia piel. Si su compañero de baile la toma del brazo, justo en la zona descubierta más allá del final del guante, no se retire de inmediato. Si tiene la oportunidad de rozar los dedos de su mano, o incluso tomársela con cualquier excusa, hágalo. Tómese un instante para saborear el contacto y para descubrir si ese roce despierta algo en su propio cuerpo.

Por último, le aconsejo que queme esta carta y todas las que le pueda escribir a partir de este día. Un secreto nunca se guarda mejor que cuando no existe nada que lo sustente.

Suya afectuosa,

LADY MINERVA

Jane terminó de leer la carta con las mejillas encarnadas. De repente, hacía demasiado calor en su cuarto. Se acercó a la ventana y la abrió de par en par. El aire fresco de aquella mañana de abril le refrescó el rostro y casi logró extinguir su desasosiego. Tomó asiento sobre la butaca más próxima al ventanal y volvió a leer la misiva. Era atrevida, bastante atrevida.

Pensó en todos los jóvenes que había conocido en los últimos días e imaginó cómo sería un momento de intimidad como describía la carta con cualquiera de ellos. Descubrió que, en casi todos los casos, lo único que podía sentir era cierto desagrado. «Vaya», pensó. No era un mal modo de descartar a varios de ellos. De hecho, imaginar las manos de ciertos personajes sobre su piel le provocó incluso repulsión. Otros, por el contrario, despertaron su curiosidad. ¿Cómo sería sentir la mano del conde de Glenwood en su brazo? ¿Y la del vizconde Malbury? ¿Qué sentiría si el marqués de Heyworth cubriera su mano con la suya?

Jane se levantó con la carta aún en las manos y pensó en qué lugar podría esconderla. Ninguno le parecía lo bastante seguro, con Emma siempre rondando por allí y con Kenneth curioseando entre sus cosas. ¿Y si la encontraba Alice, su doncella? ¿Se lo contaría a su padre? Peor aún, ¿se lo diría a su hermano Lucien? Ella no tenía un secreter con un compartimento oculto, como Evangeline. Y dejarla en casa de su amiga estaba descartado. Podría colocarlas a ambas en un buen brete.

Tuvo que volver a sentarse. Lady Minerva tenía razón en una cosa. Debía quemar aquella misiva, y la primera que había recibido también. Y todas las que llegaran a partir de ese momento, si es que tal cosa sucedía. La repasó por tercera vez, y solo entonces se dio cuenta de un detalle que le había pasado desapercibido en las dos anteriores lecturas: *No tema tampoco mostrar sus debilidades en algún momento, como pisar a su compañero de baile sin querer.* Aquel comentario era una clara referencia a lo que había sucedido en la fiesta de los Waverley, cuando había bailado con el marqués. Lady Minerva, la autora de la carta, debía de encontrarse allí entonces. Jane trató de hacer memoria, intentando recordar a todas las personas que asistieron a la fiesta, pero eran demasiadas.

Solo tenía clara una cosa. Su tía, lady Ophelia, no era una de ellas.

—Mira lo que te traigo, hermanita.

Lucien entró en el salón agitando un pequeño sobre con la mano derecha, y con una gran sonrisa de satisfacción. Jane alzó la vista de su partitura de piano.

—¿Qué es? —Intentó mostrar algo de interés, aunque lo cierto es que no le importaba demasiado de qué fiesta pudiera tratarse en esta ocasión.

—Ábrelo tú misma.

Jane sacó una pequeña tarjeta rectangular con la palabra «Almack's» en mayúsculas y bien visible, y su nombre escrito a mano. Era un vale para los bailes de ese mes, que se celebraban todos los miércoles, en el club mixto más exclusivo de Londres. Un vale intransferible y muy solicitado por la *ton*, como era conocida coloquialmente la alta sociedad británica.

—Oh, Lucien, ¿por qué lo has hecho? —No pudo evitar que su voz se tiñera de cierta decepción.

—De nada, Jane. —Su hermano pareció molestarse.

—Lo siento, no pretendía ser descortés. —Se levantó y le dio un beso en la mejilla—. Ha sido un bonito detalle por tu parte, de verdad.

—¿Sabes la lista de espera que hay para conseguir uno de estos vales? —insistió su hermano—. ¿Y sabes que muchos miembros de nuestro entorno no lo han conseguido ni lo conseguirán jamás?

—Lo sé, soy consciente.

Claro que lo era. Todo el mundo en Londres, de hecho, lo sabía. Formar parte de aquel cerrado círculo era la aspiración de muchos de los miembros de la aristocracia. Allí solo eran admitidos «los mejores», y allí se cerraban más contratos matrimoniales que en ningún otro lugar. Solo que para acceder a él no bastaba con poseer título o fortuna. Jane pensaba que era injusto para muchos de ellos, como para su amiga Evangeline, cuyo linaje no se había considerado lo bastante distinguido por las patronas de Almack's. Y es que, en aquel mundo de hombres, un reducido grupo de mujeres ostentaba el poder para decidir quién tenía derecho a ingresar en aquel selecto establecimiento de King Street, en St. James. Y eso incluía también a los caballeros, lo que no dejaba de resultar llamativo.

Aquel grupo de seis o siete damas selectas, no mucho mayores que la propia Jane, manejaban el destino de muchos de sus conocidos, a veces movidas por el capricho o las rencillas personales, y eso era precisamente lo que no le gustaba. Igual que no le agradaban algunas de esas patronas, con las que ya había coincidido. Lady Sarah Fane, por ejemplo, le había parecido una mujer maleducada e incluso grosera. A la condesa de Esterhàzy, esposa del embajador austríaco, le gustaba ser el centro de atención, sin importarle si para ello debía ridiculizar a alguien. Lady Castlereagh, esposa del secretario de Relaciones Exteriores, le parecía frívola en exceso, y lady Lieven, pese a su indudable fama como anfitriona política y diplomática, no era más que una extranjera cuyo cónyuge, en ese momento, era el embajador ruso en Londres. Al resto no las conocía en persona, pero imaginaba que no se diferenciarían mucho de sus elitistas compañeras. Que esas mujeres tuvieran en sus manos las riendas de un club tan exclusivo era casi una burla.

Jane aún recordaba cómo había llorado su amiga Evangeline al saber que su petición para ingresar en él había sido rechazada, pese a los muchos avales con los que contaba. Ambas habían criticado aquel club hasta la saciedad y Jane le había prometido que jamás pondría un pie en él. O las aceptaban a las dos, o a ninguna.

—¿Y bien? —insistió Lucien.

—Me parece maravilloso que te hayas tomado tantas molestias. —Jane lo abrazó—. ¡Eres el mejor hermano del mundo!

Lucien le devolvió el abrazo, satisfecho.

—El miércoles entonces iremos a Almack's —anunció.

Ella asintió y forzó una sonrisa. Lucien la conocía demasiado bien y temió que descubriera que su supuesta felicidad era fingida. Sin embargo, parecía tan contento consigo mismo que ni siquiera se dio cuenta.

Jane miró la tarjeta que aún sostenía entre los dedos y se preguntó cómo se lo iba a contar a Evangeline.

Hyde Park, el parque más grande de Londres y de acceso restringido a las clases pudientes, siempre era una excelente opción para pasear, para dejarse ver y para alternar con los miembros de la aristocracia. Esa tarde soleada, las sombreadas veredas estaban muy concurridas. Pequeños grupos se arracimaban bajo las carpas, tomando el té o charlando. Ellas con vestidos de muselina y gasa, a pesar de que las temperaturas no eran muy altas. Jane pensó que no era extraño que muchas de esas jóvenes acabaran en cama con pulmonía. Ella, por si acaso, llevaba una pelliza sobre los hombros, igual que Evangeline, junto a quien paseaba del brazo. Unos pasos detrás de ellas, Lucien lo hacía en compañía de su prometida, lady Clare. El pequeño Kenneth y su niñera les acompañaban esta vez. Había insistido tanto que sus hermanos no habían podido negarle aquel capricho.

En ocasiones, Jane se preguntaba si no estarían malcriando a su hermano menor. Kenneth era un niño verdaderamente especial. Divertido y vivaracho, como deben serlo todos los de su edad, pero también con una sombra de tristeza que a veces planeaba sobre él y lo volvía taciturno y reservado. De algún modo, creía que su madre había muerto por culpa suya, aunque Jane había intentado quitarle esa idea de la cabeza en multitud de ocasiones. Clementine Milford había sufrido mucho durante el parto de su último hijo, de Kenneth. Había perdido tanta sangre que los médicos habían temido por su vida, y ya nunca se había recuperado del todo. Había días, semanas enteras con suerte, en las que casi volvía a ser la misma de siempre, afectuosa, cercana, presente. La mayor parte del tiempo, sin embargo, su salud se resentía por cualquier causa, y pasaba tanto tiempo en la cama o refugiada en su habitación que apenas la veían. Durante años, los médicos habían entrado y salido de la mansión como si viviesen en ella, hasta que Clementine Milford perdió su última batalla. Aquellos recuerdos ensombrecieron el semblante de Jane.

—¿Estás bien? —le preguntó Evangeline.

—Sí, sí. Es solo... Pensaba en mi madre.

—Oh, Jane. —Su amiga apretó su brazo con afecto.

—¿A ti no te da miedo ser madre? —Se atrevió a preguntarle. Era algo en lo que había pensado en los últimos años, con más frecuencia en las últimas semanas, ahora que veía su futuro aproximarse a pasos agigantados.

—¡No puedes pensar eso!

—¿Por qué no? ¿Sabes cuántas mujeres mueren cada día durante un parto?

—¿Cuántas? —Evangeline la miró con las cejas alzadas

—Eh... No lo sé, pero seguro que muchas.

—Jane, por favor. ¿Y cuántos niños nacen al día sin ningún problema, ni para ellos ni para sus madres? ¡Seguro que muchísimos más!

—Ya, pero esa no es la cuestión.

—Pero vas a casarte, Jane. Y tu marido querrá hijos. ¿Piensas negárselos acaso?

—No, claro que no. Es solo que... me asusta.

—Recuerdo a tu madre, ¿sabes? Recuerdo cómo os miraba, cómo miraba a Kenneth. Estoy convencida de que, pese a todo, no se arrepentía de haberos traído al mundo.

—Oh, ¡claro que no! Jamás he pensado tal cosa.

—Creo que será mejor que cambiemos de tema —le susurró su amiga—. Tu hermano y lady Clare se han acercado mucho.

Jane movió la cabeza de forma imperceptible, lo suficiente como para comprobar que Evangeline tenía razón. El tema del que hablaban no se consideraba apropiado para jóvenes solteras, una estupidez en su opinión. Tan cerca, quizá, de convertirse en esposas y en futuras madres, ¿en qué otros asuntos podrían tener mayor interés? ¿Habría escuchado algo Lucien?

—¿Pero qué...? —le escuchó decir a su espalda, y encogió ligeramente los hombros, esperando una reprimenda.

—¡¡¡Es un circo!!! —exclamó Kenneth, que corrió unos pasos delante de ellos.

Jane alzó la mirada. Junto al lago Serpentine habían levantado una colorida construcción de madera adornada con banderines. Varias docenas de personas se congregaban en los alrededores y una veintena de carromatos de distintos tamaños y colores se arracimaban en un lateral. Jane jamás había visto algo así en Hyde Park y, a juzgar por los comentarios de Lucien, él tampoco.

—¿Podemos ir, Lucien? —preguntó el niño—. ¿Podemos?

—A mí también me encantaría verlo —musitó lady Clare, con su voz apocada.

—Sí, claro, vamos a acercarnos.

Kenneth echó a correr y se detuvo, volvió la cabeza para asegurarse de que lo seguían y avanzó otros cuantos pasos. Por el gesto de su semblante, era evidente que pensaba que sus hermanos no avanzaban con la debida premura. Jane sonrió. Verlo así de ilusionado le alegraba el corazón. Pensó que, en efecto, ninguna madre se arrepentiría de traer un hijo al mundo, aunque ello le costase la vida.

Uno de los mejores recuerdos de Blake Norwood tenía que ver con el circo. Su padre los había llevado a su madre y a él al Astley's Royal, un enorme anfiteatro con una gran pista central en la que había visto a varios experimentados jinetes realizar todo tipo de cabriolas a lomos de uno o varios caballos. Había soñado con aquellas acrobacias imposibles durante días, e incluso había intentado llevar a cabo algunas de ellas, con un resultado desastroso. Por fortuna, no llegó a romperse ningún hueso, pero las caídas le provocaron tal cantidad de hematomas que se vio obligado a guardar cama durante una semana.

Veinte años después, aún era capaz de recordar las exclamaciones del público, los comentarios asombrados de su padre o la mano de su madre aferrando la suya con fuerza. Sin duda habían compartido otras muchas experiencias en las siguientes semanas, antes de la muerte de su padre, solo que no era capaz de recordarlas.

Philip Astley aún vivía, según había descubierto no hacía mucho. Y aún era propietario del circo, cuyo edificio había sufrido varios incendios a lo largo de su historia y no menos remodelaciones. Con más de setenta años, aún dirigía aquel negocio, e incluso había introducido nuevos espectáculos, como acróbatas sobre cuerdas, malabaristas e incluso payasos. Estos últimos no eran del agrado de Blake, pero era evidente que hacían reír al público.

A cambio de una considerable suma de dinero, el viejo Astley había accedido a montar aquel espectáculo en Hyde Park. Algo sencillo, como le había pedido el marqués, pero vistoso. A Blake no le había costado gran esfuerzo obtener los permisos pertinentes y, en un par de días, un sinfín de obreros habían levantado aquella estructura provisional que en unos días habría desaparecido.

Salió del edificio, donde todo estaba listo para la primera función, y miró alrededor. Lady Jane se aproximaba en compañía de otras personas, entre ellas su hermano Lucien. Este se detuvo en cuanto lo vio y Blake se aproximó a presentar sus respetos.

—Debí haber supuesto que esto era cosa suya —apuntó el vizconde tras los saludos iniciales.

—Un poco de diversión no es dañino, lord Danforth. —Blake dirigió una breve pero significativa mirada a lady Jane—. He hecho que construyan un pequeño palco para mis invitados. ¿Les gustaría acompañarme?

—Gracias, creo que prefiero comprar las entradas.

—Oh, milord. Siento no poder complacerlo —le dijo con media sonrisa—. El espectáculo es gratuito.

—¿Gratuito? —Lucien Milford contempló atónito aquel despliegue—. Eso es una locura incluso para usted, Heyworth. ¿Cómo piensa recuperar lo que ha invertido en este... en este despropósito?

—¿Qué le hace suponer que tengo algún interés en hacer tal cosa?

—¿Siempre es usted así de derrochador? —Lady Jane lo miraba con cierto aire de reproche.

—A veces lo soy más, créame —contestó, burlón, al tiempo que inclinaba la cabeza en su dirección.

Lady Jane bufó como única respuesta y su amiga, la señorita Caldwell, soltó una risita que ocultó con rapidez con su mano enguantada.

—Cuando tenía la edad de este pequeño caballero —dijo Blake, señalando con la mirada a Kenneth, que lo observaba todo con la boca abierta— fui feliz una tarde en el circo. ¿Qué hay de malo en desear un poco de felicidad también para los demás?

—Sus motivos son altruistas entonces. —Lady Jane alzó las cejas, aunque no pudo dilucidar si su semblante reflejaba admiración o incredulidad.

—Probablemente sus auténticos motivos sean mucho más complejos —apuntó, certero, Lucien.

—Sin duda, milord. ¿Y qué importancia tiene? El dinero solo es dinero.

—Eso es justo lo que diría alguien que no lo necesita —dijo lady Jane, cáustica—. Si sus intenciones son en realidad tan desinteresadas, tal vez debería ayudar a alguna causa benéfica.

—Muy pobre opinión debe de tener de mí si considera que no lo hago ya, milady.

—No queremos entretenerlo más —señaló Lucien, a quien el intercambio dialéctico con su hermana no parecía haberle agradado—. Ha sido un placer, lord Heyworth.

Blake se despidió y los siguió con la vista hasta que entraron en el recinto. Él lo hizo poco después, y ocupó el pequeño palco que habían habilitado para la ocasión. Desde allí podía disfrutar de una excelente vista de todo el recinto, aunque sus ojos apenas se despegaron de lady Jane. La contempló disfrutar de la exhibición, al menos con la primera parte, hasta que fue consciente de que él la observaba. De vez en cuando, volvía la cabeza en su dirección y sus miradas se encontraban y se entrelazaban unos segundos. Blake reparó en la incomodidad de la joven, que trataba en vano de concentrarse en las actuaciones, un buen repertorio que causó furor entre el público. A pesar de la distancia, notaba sus hombros tensos, e intuía que el modo en que retorcía las manos sobre el regazo no se debía exclusivamente a los arriesgados ejercicios de los jinetes.

Hacía unos minutos se había atrevido a criticarlo de forma solapada, sin rastro de timidez, tal vez porque se encontraba segura en compañía de su hermano. Ahora, en cambio, parecía inquieta, casi como si estuviera deseando salir de allí.

Blake se echó atrás en el asiento y se relajó, dispuesto a disfrutar de aquella función en todas sus formas.

Jane debía reconocer que el espectáculo era soberbio. Kenneth, sentado entre ella y Evangeline, no paraba de aplaudir, y tanto su amiga como lady Clare no hacían más que soltar exclamaciones ante las increíbles piruetas de los acróbatas. Sin duda ella estaría comportándose de un modo muy similar si no sintiera sobre ella la inquisitiva mirada de lord Heyworth.

De vez en cuando, no podía evitar volver la vista hacia el

fondo del recinto, donde la figura medio en penumbra del marqués ocupaba aquel palco del que les había hablado. Sus ojos eran como dos ascuas ardientes que le quemaban la piel. Era un hombre de lo más extraño, debía reconocerlo. ¿A quién se le ocurriría montar un circo en medio de Hyde Park? ¿Y solo para unos días? No lograba ni imaginar el gasto que habría supuesto aquel despilfarro. Ignoraba a cuánto ascendería el montante de la fortuna del marqués, pero, con dispendios de esa índole, no iba a durarle mucho. Compadecía a la mujer que fuese a convertirse en su esposa. Seguramente acabaría arrastrándola a la ruina.

Cuando la función finalizó y todos se pusieron en pie, no pudo evitar echar una última mirada al palco, ahora vacío. Ni siquiera se había dado cuenta de que lord Heyworth ya no se encontraba en él. ¿Se habría aburrido del espectáculo que él mismo había patrocinado? Eso sí que sería gracioso, se dijo.

—¡Ha sido impresionante! —Kenneth estaba tan alterado que no paraba de dar pequeños saltitos.

—Reconozco que tienes razón —señaló Lucien—. Pero no se te ocurra intentar hacer cualquiera de esas cosas en casa, ¿me has entendido?

—Eh... no, claro. —Su hermano pequeño se mordió los carrillos, y Jane supo que eso era justamente lo que había pensado hacer.

—Esos hombres llevan años entrenándose —continuó Lucien, que conocía a Kenneth tan bien como ella—. Si trataras de imitarlos, te caerías del caballo y te romperías todos los huesos.

—¿De verdad? —La mirada del niño buscó la de su hermana, esperando confirmación.

—De verdad —contestó ella—. Y eso como poco.

Kenneth pareció convencido. Lucien ofreció el brazo a su prometida y abrieron el camino hacia la salida. Jane la observó de espaldas. Lady Clare era una joven bastante bonita, pero hablaba tan poco que ni siquiera podía asegurar si le era simpática o no. Se mostraba siempre amable, pero nunca alzaba la voz, y jamás la había visto reírse. Con lo solemne que era su hermano, sin duda sería una excelente esposa para él.

—Nunca había estado en el circo —le dijo entonces Evangeline, a su lado—. Ha sido... impresionante, como ha dicho Kenneth.

—Sí, desde luego. ¿Has visto cómo el jinete ha subido de un salto a los dos caballos? ¡Creí que iba a caerse!

—¡Y yo! —Su amiga soltó una risita y luego se aproximó a su oreja—. También ha sido impresionante ver a cierto marqués no quitarte ojo de encima.

—¿Qué? —Jane simuló sorprenderse—. No sé de lo que hablas.

—¿No? —Evangeline le dedicó un guiño—. Está bien, ya hablaremos de ello cuando estemos a solas.

El público avanzaba despacio hacia la salida y, por más que Jane deseara salir corriendo de allí, no podía pasar por encima de todas aquellas personas.

Evangeline también se había dado cuenta del interés del marqués en su persona. ¿Alguien más lo habría visto?

¿Alguien como su hermano Lucien, por ejemplo?

7

Una vez en el exterior, Jane buscó con disimulo a lord Heyworth, pero no parecía encontrarse en los alrededores. La gente formaba pequeños grupos y comentaba el espectáculo, que parecía haber conquistado a todos por igual. Apenas se habían separado unos metros cuando coincidieron con los Hinckley. El conde era un viejo conocido de la familia y su esposa, lady Pauline, era una mujer sofisticada y encantadora. Habían charlado brevemente durante la fiesta de los Waverley y siempre parecía estar al corriente de todo.

Tras los saludos de rigor, hablaron sobre el espectáculo, al que ambos habían asistido también, y el nombre del marqués salió a relucir.

—Tampoco a mí me sorprende —reconoció el conde—. Esta no es más que otra de sus extravagancias.

—Una extravagancia que todos hemos podido disfrutar —señaló su esposa.

—Sí, en eso te doy la razón. A los niños les habría encantado.

El matrimonio tenía dos hijos, el mayor de la edad de Kenneth, aunque esa tarde no los acompañaban.

—Probablemente el circo aún estará aquí unos días más —dijo Lucien—. Dudo mucho que, tras el esfuerzo que habrá supuesto montarlo, el marqués tenga intención de retirarlo tan pronto.

El conde cambió entonces de tema y él y Lucien se enredaron en una discusión sobre Napoleón y sobre cuál era el mejor modo de proceder tras su rendición. Lady Pauline se volvió hacia las damas y le preguntó a lady Clare qué tal iban los preparativos para la boda, e incluyó a las tres jóvenes en la conversación. Pero Jane no prestaba mucha atención; Kenneth no paraba de tirarle de la manga. Junto al lateral del circo había visto una pequeña carpa y desde allí podía distinguir a un par de los caballos que habían participado en la función. Eran dos ejemplares de un blanco inmaculado, con las crines trenzadas con hilos de colores y enjaezados con arneses rojos y dorados.

—¿Podemos ir a verlos, Jane? —insistía el pequeño.

—Luego, Kenneth —le respondió, mientras intentaba participar en la conversación con lady Pauline.

—Pero luego a lo mejor no están. ¡Por favor!

Jane lo miró y luego observó la pequeña carpa, apenas visible desde otro ángulo que no fuera el que ellos ocupaban. Varios carromatos, estratégicamente situados, la ocultaban de las miradas de los curiosos. De hecho, constató, los animales ya no estaban a la vista.

—De acuerdo, pero solo un minuto.

Jane se disculpó con las damas y tomó la mano de su hermano. No sabía si los dejarían acercarse. En aquella zona no había nadie. Sobrepasaron los vehículos y llegaron a la carpa. Estaba vacía.

—¡Allí! —Kenneth señaló hacia la izquierda.

Los animales se encontraban en un lateral, junto a un par de los jinetes que justo en ese momento les estaban quitando los arneses. Kenneth avivó el paso. De cerca aún eran más bonitos, con el pelo tan suave y brillante que Jane estuvo tentada de acercarse un poco más.

—Milady, no puede estar aquí —le dijo uno de los acróbatas, con amabilidad pero con firmeza.

—Está bien, Stevie —sonó una voz a su espalda.

Lord Heyworth estaba allí, en compañía de un hombre mayor que había actuado como maestro de ceremonias.

—Yo... lo siento. No queríamos molestar —se disculpó Jane.

—No lo hacen —aseguró el marqués, que se despidió del otro hombre y se acercó hasta ellos—. ¿Ha disfrutado de la función, joven Milford?

—Kenneth —respondió ella—. Se llama Kenneth.

Lord Heyworth asintió con una sonrisa.

—Oh, ya lo creo que sí —respondió el niño.

—Tal vez te gustaría montar a uno de los caballos, antes de que les quiten los arreos.

—No me parece buena idea —se apresuró a añadir ella.

—Stevie estará con él en todo momento, ¿verdad?

—Por supuesto, milord —contestó el aludido.

—¡Jane! —suplicó el niño—. ¡Por favor!

—Solo unas vueltas por la carpa —añadió el marqués—. Es muy pequeña. Stevie subirá con él y Ollie llevará las riendas. No habrá peligro.

Jane no podía negarse. Cualquier argumento que hubiera podido esgrimir ya había sido rebatido. Cuando al fin accedió, Stevie ayudó a Kenneth a montar y luego lo hizo él. El otro joven tomó las riendas. El animal comenzó a desplazarse, siguiendo las órdenes de los dos jinetes. Alzaba las patas, bailaba sobre sus cascos y se movía como si fuese un soplo de viento. Kenneth estaba encantado.

—Son unos animales preciosos, ¿verdad?

Jane se volvió hacia el marqués, que acariciaba la testuz del otro animal.

—Creo que nunca había visto ejemplares tan hermosos —confesó ella.

—Puede tocarlo si quiere. Acérquese.

Lord Heyworth le tendió la mano desnuda y, durante un fugaz instante, Jane recordó la última misiva de lady Minerva.

—Quítese el guante —le dijo él, en voz tan baja que apenas logró oírlo.

—¿Qué? —Los pensamientos comenzaron a embrollarse en su cabeza.

—Así percibirá mejor la suavidad de su pelaje.

Jane tragó saliva. Echó un vistazo a su hermano, tan ajeno a ella como si se hallase en otro planeta, y dio un paso en dirección al marqués. Y luego otro más. Hombre y caballo parecían haberse fundido en uno solo. Contempló al animal, cuyos ojos la miraban con curiosidad. Sin apartar la vista de él, se quitó uno de los guantes, como el marqués le había pedido, y alzó la mano. En cuanto apoyó la palma en el cuello, sintió vibrar el corazón de aquel ejemplar.

Entonces la mano del marqués cubrió la suya. Era grande, de dedos largos y uñas bien recortadas, y algo más morena que la de Jane. Sintió como si un rayo la hubiese atravesado de parte a parte, y fue incapaz de retirarla, pese a ser consciente de que era eso lo que debía hacer.

—No tenga miedo —le susurró él.

Lord Heyworth entrelazó un par de dedos con los de ella, y arrastró su mano por el lustroso pelaje. Era tan suave como Jane se había imaginado. La sensación resultaba tan íntima, tan poderosa, que sintió temblar cada fibra de su cuerpo.

Solo entonces se atrevió a mirar al marqués a la cara. Sus ojos brillaban como estrellas encendidas, e irradiaba un calor que la envolvía, que la quemaba.

—¡Mira, Jane! —La voz chillona de Kenneth rompió el momento.

Jane se retiró como si en realidad se hubiera quemado, y el contacto se quebró. De repente le pareció que su mano se helaba y se apresuró a cubrirla con su guante. Se volvió en dirección a su hermano, rogando para que su semblante no revelara el cúmulo de emociones que la estaban sacudiendo por dentro.

Kenneth estaba de pie sobre el caballo, con los brazos extendidos y firmemente sujeto de la cintura por Stevie.

—¡Oh, Dios! —exclamó.

Quiso correr hacia él y bajarlo de aquel animal, pero logró contenerse, como si de golpe hubiera recuperado todo su raciocinio. El caballo podría asustarse si se aproximaba con rapidez, así que contuvo la respiración. Stevie bajó a Kenneth y lo colocó en una posición segura, mientras el niño no paraba de reír. Tiró de las riendas y el caballo se detuvo. Ollie lo ayudó a bajar.

—¡Ha sido increíble, Jane!

—Ya... ya lo he visto. —Ella miró hacia el marqués, que sonreía y cuyos ojos seguían pareciéndole dos astros luminosos—. Ahora tenemos que irnos.

Kenneth les dio las gracias a los jinetes, extendiendo su diminuta mano, que ellos estrecharon con una sonrisa.

—Le estoy muy agradecido, milord —dijo el pequeño, dirigiéndose hacia el marqués. Parecía un caballero en miniatura—. Creo que nunca voy a olvidar este día.

—Yo tampoco, señor Milford.

Miró a Jane, y ella supo que su comentario no tenía nada que ver con la pequeña clase de acrobacia que su hermano acababa de recibir.

Con el corazón a punto de saltar de su cuerpo, tomó la mano de su hermano. Se despidió con amabilidad, sorprendida de no haberse saltado ni una sola palabra, y ambos se alejaron.

—Esto no se lo puedes contar a nadie, Kenneth —le dijo tras

rebasar el límite de los carromatos—. Lucien nos matará si se entera de lo que has hecho sobre ese caballo.

—De acuerdo —convino el pequeño, que conocía el carácter del hermano mayor—. Será nuestro secreto.

—Eso es.

—Gracias, Jane.

Kenneth tiró de su manga para que ella se inclinara y le dio un beso en la mejilla.

Más allá vio a Lucien, aún enfrascado en su charla con lord Hinckley, y a lady Pauline, muy concentrada en sus dos jóvenes oyentes. El tiempo parecía haberse detenido, aunque ella tenía la sensación de que habían transcurrido días, semanas incluso, desde que se había separado de ellos.

—Me gusta ese lord Heyworth, ¿sabes? —le susurró Kenneth.

—¿Sí? —Lo miró, con las cejas alzadas.

—Sí, mucho —respondió, y se soltó de su mano para correr en dirección a Lucien.

—A mí también —musitó ella al aire—. A mí también.

El circo fue el tema de conversación de esa noche a la hora de la cena. Emma escuchaba los comentarios de Kenneth, tan entusiasmado que apenas probaba bocado. Al parecer, el espectáculo había sido soberbio, incluso el circunspecto Lucien se vio obligado a reconocerlo. Durante unos instantes, Emma lamentó no haber aceptado la invitación para acompañarlos. Había preferido pasar la tarde en compañía de Phoebe y Amelia que, como venía siendo habitual, no habían dejado de hablar de vestidos y fiestas, como si de repente toda su existencia se hubiera reducido a algo tan insignificante y mundano.

—¿Sabías que en la Antigüedad los circos ya existían? —le preguntó su padre a su hermano menor.

—¿En serio?

—Ya lo creo. En la Antigua Roma, por ejemplo, eran inmensos. En la arena peleaban gladiadores, que eran grandes luchadores. Se celebraban carreras de caballos, espectáculos con fieras e incluso batallas navales. Algunos de esos gladiadores llegaron a ser personajes muy famosos.

—Oh, ¿y yo podría ser un gladiador?

—Bueno, tal vez podrías haberlo sido si hubieses nacido en aquella época.

—Ah, vaya —dijo, algo desilusionado—. ¿Y cómo se convertían en esos luchadores?

—No has tocado tu plato, Kenneth —intervino Jane—. Papá no seguirá contándote la historia si no comes algo.

—Exacto —se apresuró a contestar el conde—. Primero cena y luego te lo cuento.

Emma no dijo nada, aunque a ella también le habría gustado conocer un poco más sobre el asunto. Pensó que, cuando se reunieran luego en el salón, se quedaría un rato, en contra de lo que tenía previsto. Su intención había sido acostarse temprano y dormir un rato antes de salir más tarde, pero bien podía posponerlo unos minutos.

Esa noche tal vez cambiara de planes. Se preguntó qué aspecto tendría el circo bajo la luz de la luna, hasta que recordó que se hallaba en Hyde Park, cuyas puertas se cerraban al atardecer. Le tentó la idea de saltar los muros para colarse, pero podría ser peligroso.

Y no solo para ella.

—Papá, ¿podemos hablar unos minutos?

Jane había permanecido atenta durante todo el relato sobre los gladiadores y sobre los circos en la Antigua Roma. Kenneth y Emma se habían acostado ya y Lucien acababa de retirarse también. El conde iba a hacer lo propio cuando la pregunta de su hija volvió a dejarlo clavado en su butaca.

—Claro, Jane. ¿Qué sucede?

—Yo...

No sabía cómo comenzar a explicarse, y se preguntó incluso si aquello era una buena idea.

—No importa, papá —dijo al fin, levantándose—. Buenas noches.

—Jane.

No se atrevió a mirarlo.

—Hija, te conozco e intuyo que algo te preocupa. —El conde la cogió de la mano y la hizo sentar en la butaca más próxima a él—. Ya sé que yo no soy tu madre, pero estoy aquí, o intento estarlo al menos.

—Oh, papá, lo sé. —Jane sintió la humedad de las lágrimas. Sabía que la muerte de su madre también había sido muy dura para él—. Es solo que... no sé por dónde comenzar.

—¿Qué tal por el principio? —le dijo él, en tono risueño.

—Ni siquiera sé cuál es el principio.

Jane alzó la vista y vio a su padre aguardar pacientemente, como si tuviera todo el tiempo del mundo para ella, como si en ese momento no hubiera nada más importante que su hija. En una de sus manos resplandecía una pequeña piedra, que movía en círculos entre sus dedos. Por su brillo, supuso que se trataba de un trozo de obsidiana.

—¿Está bien mentirle a otra persona? —preguntó al fin, aunque se apresuró a continuar en cuanto vio cómo él alzaba las cejas, sorprendido con la pregunta—. Quiero decir, guardar información para no herir a alguien.

—¿Esa persona te importa?

—Oh, sí, ¡muchísimo!

—¿Has conocido a alguien que...?

—¿Qué? ¡No! Estoy hablando de Evangeline, papá.

—¿Evangeline?

—Lucien ha conseguido un vale para Almack's.

—¿Se trata de eso? —El conde sonrió, casi aliviado, y dejó la piedra sobre la mesita situada a su izquierda.

—Papá, por favor —bufó Jane—. Ya sé que a ti puede no parecerte un asunto de relevancia pero, créeme, lo es.

—Está bien, hija. ¿Cuál es el problema?

—Almack's es un club muy exclusivo, ya lo sabes.

—En efecto. Es un honor que te hayan aceptado en él, ¿no crees?

—No, papá, no lo creo. No lo creo en absoluto.

Jane le habló de sus reservas acerca del tan renombrado club, y su padre la escuchó con suma atención.

—El caso es que a Evangeline no la aceptaron el año pasado.

—¡Pero eso no fue culpa tuya!

—Pero es mi mejor amiga, papá. Y yo no quería formar parte de él tampoco. No sé por qué Lucien se ha empeñado en que asista.

—Porque te quiere y desea lo mejor para ti, ¿no te parece obvio?

—Eh, sí, claro —contestó ella, aunque lo cierto era que hasta ese momento no lo había visto de ese modo.

—¿Cuál es el problema, Jane? —insistió su padre.

—No quiero contárselo a Evangeline. Le haría daño.

—Es probable, hija, pero a veces no puedes evitar causar dolor a los demás, aunque sea sin intención.

—Podría no decirle nada.

—A lo largo de tu vida habrá momentos en los que te verás obligada a mentir. Para no sufrir o no hacer sufrir a otros —le aseguró su padre—. Para ocultar algo que te avergüenza o que podría perjudicarte, a ti o a los demás. Para protegerte o para proteger a los que te importan. ¿Lo comprendes?

Jane asintió. Durante un momento pensó también en las cartas de lady Minerva, que aún no había destruido, y se preguntó en cuáles de esas premisas encajarían. «En todas», reconoció con pesar.

—Es muy posible que en la mayoría de los casos esas mentiras no se vuelvan contra ti —continuó el conde—, y que nadie las descubra jamás. Pero uno no puede cometer una falta, aunque sea con la mejor de las intenciones, y esperar que no haya consecuencias. Y debes estar preparada para asumir las tuyas.

—Sí, papá.

—Irás a la fiesta de Almack's con tu hermano, ¿verdad?

—El miércoles.

—¿Crees que hay alguna posibilidad de que Evangeline no lo descubra? —preguntó—. ¿Cuántas personas habrá allí? ¿A cuántas de ellas conoce que, durante una conversación trivial, puedan hacer alusión al asunto?

—Oh, muchas. —Jane se llevó una mano a la frente.

—¿Piensas que Evangeline se sentirá mejor si lo descubre de ese modo a que se lo cuentes tú?

—Por supuesto que no.

—Entonces ahí está la respuesta a tu pregunta, hija.

Era obvio, claro. Tan obvio que se sintió avergonzada por habérselo planteado a su padre. Como si ella no supiera perfectamente lo que debía hacer. Era solo que... de algún modo esperaba que él le proporcionase argumentos para evitarle esa conversación, que estaba posponiendo bajo todas las excusas posibles.

—Gracias, papá. —Jane se inclinó y lo besó en la mejilla.

—Eres una buena chica, Jane. Y Evangeline te quiere mucho. Estoy convencido de que no se enfadará contigo.

—No temo su enfado.

—Lo sé. Es probable que le duela, pero también se alegrará por ti.

—¿Tú crees?

—¿No hacen eso las personas que nos quieren? ¿Alegrarse por nosotros y nuestros pequeños éxitos?

Sí, claro que era así. Si la situación fuese al revés, ella daría saltos de alegría por su amiga, estaba convencida de ello.

Le dio las buenas noches a su padre y se retiró a su habitación. Por la mañana iría a ver a Evangeline y se lo contaría todo, eso era lo que haría.

Pasó frente a la habitación de Emma y vio luz bajo la puerta. Pensó en llamar y charlar un rato, pero en ese momento no le apetecía arriesgarse a sufrir las bromas de su hermana, a quien todo aquel asunto le resultaría irrisorio. Le resultó extraño de todos modos. No hacía ni una hora había anunciado que se moría de sueño y que se iba a dormir.

¡Cualquiera entendía a Emma!

8

Desde que Blake había llegado a Inglaterra, no había cesado de escuchar hablar acerca de aquel exclusivo club de King Street. Al parecer, la buena sociedad londinense se dividía en dos grupos, los que habían sido aceptados en Almack's y los que no. Formar parte del primero de ellos se había convertido para muchos en una cuestión de honor. Blake, pese a su título y su fortuna, ni siquiera había solicitado ingresar en él. Sabía que ni una cosa ni la otra le garantizarían la entrada, y que todo dependería del capricho de un puñado de damas con las que había coincidido en numerosos bailes, pero a las que no conocía de nada.

El marqués se preciaba de ser un hombre inteligente y conocía perfectamente los motivos por los que ni siquiera había mostrado interés en conseguir uno de aquellos famosos vales. Si alguien le hubiera preguntado las razones no le habría costado enumerarlas. En primer lugar, era un desconocido, un recién llegado a la nobleza inglesa, un hombre que había pasado fuera del país la mayor parte de su vida. No tenía amigos ni conocidos que lo avalasen ni había hecho tampoco esfuerzo alguno por conseguirlos. En segundo lugar, procedía de Norteamérica, en ese momento en guerra contra Gran Bretaña. Algunos miembros de la aristocracia, incluso, lo consideraban un espía o, al menos, alguien de dudosa confianza. Por último, su madre había sido rechazada en esos mismos salones, y no había transcurrido aún el tiempo suficiente como para que ese hecho no figurase en la memoria de muchos. No se había planteado siquiera darles la oportunidad de repetir el gesto que habían tenido con Nora Norwood, y proporcionarles la satisfacción de rechazarlo a él también.

Pero el Destino, así con mayúscula, a veces juega a nuestro favor. No hacía ni dos semanas que había ganado una apuesta contra el príncipe Christoph von Lieven, el embajador ruso en Londres, cuya esposa era una de las damas patrocinadoras de Almack's. El premio consistía en uno de esos vales para asistir a un único y exclusivo baile, aunque él no iba a necesitar nada más. Ya había cumplido su propósito. Había conseguido el acceso sin necesidad de exponer su orgullo a un posible rechazo. Con ello satisfacía su curiosidad y se arrancaba esa espinita que llevaba clavada y que tenía grabado el nombre de su madre. No sabía cómo había logrado el ruso convencer a su mujer, ni cómo esta se las había ingeniado para hacer lo mismo con sus compañeras, pero Blake guardaba en el bolsillo de su chaqueta aquella tarjeta pretenciosa que le habían exigido al llegar.

Debía de reconocer que el lugar era magnífico, espacioso y decorado con gusto. Contaba con varias salas, algunas dedicadas exclusivamente al juego, y en una de ellas se hallaba en ese momento, sentado frente a un vizconde que ocultaba su cara con una máscara negra y plateada. No era la primera vez que se encontraba con alguien que decidía utilizar uno de esos artilugios para evitar que sus compañeros de mesa pudiesen leer la expresión de su rostro, pero aquella era de lejos la más sofisticada que había visto. Y efectiva.

Blake era un gran observador y no tardaba en captar hasta los más sutiles tics en los semblantes de sus rivales. A lo largo de su vida, esa capacidad le había servido también para cerrar algunos de sus negocios más ventajosos. Esa noche, sin embargo, no lograba captar ningún gesto en el hombre que tenía frente a sí, cuyos brazos no se despegaban de la mesa y que apenas movía las manos. Blake ya había perdido casi cien libras y no estaba dispuesto a perder ni una más. No había ido a Almack's a encerrarse en una habitación a jugar a las cartas. Eso podía hacerlo en el White's, en el Brooks's o en cualquiera de los otros clubes londinenses.

Abandonó la partida sin pesar y con elegancia, y se dirigió al salón de baile, una vasta estancia decorada en blanco y ocre, con grandes espejos y cortinajes azules. Cientos de velas y lámparas iluminaban a las más de doscientas personas que debían de congregarse allí. De inmediato sintió sobre él el peso de muchas miradas, algunas curiosas, otras sin duda preguntándose qué diantres hacía allí y varias de ellas provenientes de matronas que daban por supuesto que, si había sido aceptado en Almack's, bien podían perdonársele sus orígenes y sus extravagancias.

Alzó la vista hacia el balcón situado sobre la sala, donde estaba ubicada la orquesta, y contempló a los grupos de bailarines inmersos en esos momentos en una cuadrilla. Distinguió entre ellos a la exuberante lady Aileen Lockport, a quien no veía desde su breve encuentro en el baile de los Waverley, y que le dedicó una sonrisa deslumbrante en cuanto sus miradas se cruzaron. Conforme las figuras se sucedían y los danzantes cambiaban de lugar, fue reconociendo a unos y a otros. Allí estaba el vizconde Malbury, cuya pareja de baile le sacaba varios centímetros de altura, y también el siempre apuesto lord Glenwood. Claro, hubiera resultado extraño no encontrarlos allí. Sí que le causó mayor sorpresa comprobar quién era su pareja de baile, y no porque ella no mereciera hallarse allí, sino porque Blake no había contado con ello. Un pequeño error de juicio que no lamentó.

Lady Jane estaba absolutamente deliciosa esa noche.

Su padre tenía razón, como casi siempre. Evangeline no se había enfadado con Jane. De hecho, se había alegrado mucho e incluso habían bromeado con la idea de que Jane la colara en Almack's por alguna puerta secundaria. Todo el mundo querría estar allí ese miércoles para la Fiesta de la Victoria, como las patrocinadoras la habían bautizado. La derrota de Napoleón era ya un hecho consumado y las celebraciones se multiplicaban por todos los rincones del país.

—Prométeme que te divertirás —le había dicho.

—Por supuesto.

—Y que tratarás de mostrarte amable con esas damas.

—Hummm.

—¡Jane! Ya sabes lo que podría ocurrir si te enemistaras con ellas.

Claro que lo sabía. De hecho, no sería la primera en sufrir las consecuencias de algo así. De repente, podía verse aislada socialmente, y eso no la perjudicaría solo a ella. Toda su familia pagaría las consecuencias.

—¿Crees que el marqués estará allí? —le preguntó Evangeline.

—¿Qué marqués? —disimuló.

—¡Ja! Buen intento. Sabes perfectamente de quién hablo.

—No lo creo —contestó al fin. Era inútil tratar de disimular con alguien tan perspicaz como su amiga—. Dudo mucho que las patrocinadoras lo consideren alguien aceptable para su club.

—Sí, es probable. Lo que demuestra, una vez más, lo equivocadas que están.

Jane no quiso repetirse, pero le habría encantado volver a decirle que Evangeline Caldwell debería poseer un vale de esos, o un ciento, y que a su llegada merecía que la recibieran incluso con una larga alfombra roja y dorada.

—Seguro que lord Glenwood sí estará —apuntó Jane.

—Es guapo.

—Sí.

—Y rico, muy rico.

—También.

—Parece amable y bastante inteligente —señaló Evangeline.

—Yo también lo creo. —Jane recordó al conde, su cabello rubio, sus ojos azules y su innata elegancia—. ¿Y qué opinas de Malbury?

—Es un poco bajito, ¿no?

—Sí, tal vez. Pero es agradable. Quiero decir... nunca me siento cohibida en su presencia.

—Y si se sobrepasase contigo no te costaría mucho reducirle —bromeó su amiga.

Jane no pudo evitar reírse. ¿Cómo se le ocurrían esas cosas a Evangeline? Imaginarse tirando al vizconde al suelo después de que él hubiera intentado besarla no hizo sino aumentar sus carcajadas.

—Oh, Dios, te voy a echar de menos esta noche, Evie —le dijo, usando su diminutivo, ese que solo utilizaba cuando estaban a solas.

—Bueno, Lucien estará contigo, y también lady Clare.

—Ya.

—¿Y tu tía Ophelia?

—Me temo que no. No es miembro del club y, por lo que yo sé, tampoco tiene ningún interés en formar parte de él.

—De todos modos estarás bien.

—Lo sé.

—Y mañana vendrás a verme y me lo contarás todo.

—¡Por supuesto!

Querida señorita Caldwell:

Es evidente que el mercado matrimonial se ha convertido en una especie de carrera para obtener el mejor partido posible, y que usted ya lleva dos temporadas participando en él sin haber alcanzado su propósito. Es muy posible que eso le cause cierta inquietud, aunque no debería. ¿Qué importancia puede tener un año, dos, o incluso tres si de lo que estamos hablando es del resto de su vida? ¿Estaría dispuesta a tomar una decisión precipitada y tal vez errónea en su deseo por encontrar esposo?

No tenga prisa, querida Evangeline, pues hasta los más torpes e ignorantes saben que las cosas que más apreciamos tardan en llegar. Y una de ellas, créame, no es ser aceptada en Almack's.

Todas las jóvenes debutantes aspiran a formar parte de un club tan exclusivo, como si eso fuese una especie de salvoconducto directo al matrimonio. Es posible que en muchos casos ese sea el resultado final, pero no entrar en dicho círculo no implica que la dama en cuestión sea menos valiosa que las demás, o sus posibilidades más escasas. Incluso las personas más elevadas de nuestra sociedad se equivocan o cometen errores de juicio, y que una joven como usted haya sido rechazada en Almack's lo demuestra con creces.

No se deje influenciar por cuestiones que escapan a su control, ni atormentar por lo que no son más que los caprichos de un puñado de matronas aburridas. Usted vale mucho más que todo eso y hay muchos salones en Londres con más brillo que Almack's, no lo olvide.

Suya afectuosa,

LADY MINERVA

En cuanto Jane había llegado al club en compañía de su hermano y de la prometida de este, había sido debidamente presentada a las anfitrionas. Compuso la mejor de sus sonrisas, que le salió natural en cuanto tuvo la oportunidad de charlar unos minutos con lady Sefton, la mayor de las damas y sin duda la más amable.

Del brazo de Lucien, que llevaba a lady Clare agarrada del otro, recorrieron las diversas estancias, todas decoradas con elegancia. Una vez en el salón, tomó nota mental de todos los adornos, desde los medallones clásicos que ornaban las paredes hasta las columnas doradas y aquellos espejos que parecían aumentar el tamaño de la sala. Al día siguiente pretendía proporcionarle un informe lo más detallado posible a su amiga. Esa noche, ella sería sus ojos.

Como esperaba, lord Glenwood estaba allí, y se acercó nada más verles. Tras los saludos de rigor solicitó el primer baile y Jane aceptó encantada. Vestía impecable, como siempre, con el corbatín de un blanco tan brillante que la luz de las lámparas se reflejaba en él. Charlaron del tiempo, el tema más inofensivo y socorrido de todos, y luego del mismo club. Al parecer, los Glenwood habían sido miembros desde su inauguración a mediados del siglo anterior.

—¿Tiene muchos hermanos, milord? —le preguntó ella.

—Me temo que no tantos como usted —contestó con una sonrisa—. Tengo dos, una hermana y un hermano, ambos menores que yo.

—Ah, ¿viven en Londres también?

—Por temporadas. Philip estudia en Oxford y Frances vive en Sussex con su marido, el vizconde Wallesprof, y su hija recién nacida.

—Así es que ya tiene usted una sobrina.

—En efecto, y debo decir que es tan preciosa como su madre.

El comentario, pronunciado con orgullo y con un deje de ternura, la conmovió.

—¿Le gustan las familias numerosas, lady Jane?

—No sabría decirle, milord —contestó ella—. Estoy muy orgullosa de mis hermanos, no puedo negarlo, y los quiero mucho.

—Pero...

Jane lo miró con las cejas alzadas.

—Intuyo cierto reparo en su respuesta —aclaró el conde.

La pieza terminó en ese mismo instante, lo que la libró de verse obligada a contestar. Era impensable que le hablara de su miedo a ser madre y de que la idea de traer al mundo a varios hijos la aterrorizaba.

—¿Le apetece un vaso de limonada?

—Ah, sí, muchas gracias.

Lord Glenwood la acompañó hasta una de las largas mesas que había colocadas al fondo del salón, donde le sirvió la bebida. Jane tomó nota de la escasez de variedad en los tentempiés, que se reducían a tortas glaseadas y a finas lonchas de pan cubiertas de mantequilla fresca.

—Es una pena que aquí no se pueda beber nada más fuerte que limonada o té —apuntó él, con una mueca.

—Es posible que ello nos evite también algunas escenas desagradables.

Jane aludía al pequeño altercado que cierto noble de alcurnia había protagonizado al final de la fiesta de los Waverley. El exceso de bebida había conseguido que perdiera el equilibrio, con tan mala fortuna que arrastró con él a su esposa, y ambos acabaron en el suelo.

—Imagino que se refiere a...

—En efecto —le cortó Jane—. Fue lamentable.

—Tal vez debería saber que yo jamás bebo más de lo debido, nunca. —Se acercó un poco más a ella, casi hasta rozarla con su cuerpo—. No me gusta perder el control, excepto si el motivo fuese alguien como usted.

Jane sintió todo el calor del mundo concentrarse en sus mejillas, y retiró la vista de inmediato.

—La he incomodado —se disculpó lord Glenwood—. Lo siento.

—No... es solo que... —Jane carraspeó. ¿Dónde se habían metido las palabras? ¡No era capaz de encontrar ninguna!

—Es usted tan adorable... —musitó él, muy cerca de su oído.

Por suerte, se hallaban en un salón concurrido, y la presencia de Jane había despertado el interés de varios caballeros. Uno de ellos se aproximó en ese instante y solicitó un baile, haciendo caso omiso al ceño fruncido del conde. Jane aceptó sin pensárselo y se despidió de lord Glenwood con una sonrisa.

Necesitó cinco largos minutos para apagar el rubor de su cuerpo.

Después de bailar con un duque y con el vizconde Malbury, Jane se reunió con lady Clare, que charlaba en ese momento con lady Pauline Hinckley, a quien habían encontrado unos días atrás en Hyde Park.

—Está usted preciosa esta noche, lady Jane —la saludó con afecto.

—Es muy amable, milady.

—¿Qué le parece el club? —Recorrió la estancia con la mirada—. Tengo entendido que aún no había estado en Almack's.

—No hay duda de que la decoración es exquisita.

—A mí también me impresionó la primera vez —reconoció lady Clare, con una sonrisa amable que dirigió especialmente a su futura cuñada.

Jane sintió un cosquilleo en la nuca y tuvo la sensación de que alguien la observaba. No era extraño, a decir verdad: ella debía de ser una de las novedades de la noche. Con disimulo, y sin dejar de prestar atención a la conversación, se giró un poco. Lady Pauline les contaba en ese instante cómo había sido su debut en el club varios años atrás, pero Jane solo escuchaba a medias. Recorrió el salón con la mirada, pero nadie parecía prestarle una atención especial, no al menos una tan intensa como la que sentía recorrerle la piel.

Pensó en lord Glenwood, que en ese instante bailaba con la preciosa lady Aileen Lockport. La joven llevaba un vestido de seda de color tostado con adornos en blanco y oro y era casi tan bonito como la joven que lo vestía. El conde parecía bastante concentrado en ella, así es que era poco probable que hubiese estado observando a Jane.

—Es un hombre muy apuesto —comentó lady Pauline en voz baja.

—¿Quién? —Jane enrojeció. No quería que la mujer pensara que había estado fijándose en el conde más de lo aconsejable.

—Lord Glenwood, por supuesto.

—Sí, lo es.

—Los he visto bailar hace unos minutos y hacen ustedes una pareja magnífica, si me permite decírselo —continuó la mujer.

Jane sabía que era cierto. Había tenido la oportunidad de ver sus imágenes reflejadas en varios de los espejos distribuidos por la sala y también había tenido esa sensación.

—No creo que lady Aileen suponga ningún problema.

—¿Cómo? —Jane no sabía a qué se refería la dama.

—La joven que baila con él —le aclaró su cuñada—. Se presentó el año pasado y recibió una considerable cantidad de propuestas de matrimonio.

Jane volvió a mirar a la joven. Era realmente una belleza, con aquel cabello de oro y aquellos enormes ojos azules. Cayó en la cuenta de que su aspecto físico era muy similar al del conde.

—No aceptó ninguna —añadió lady Pauline.

—Bueno, tal vez no estaba preparada aún para contraer matrimonio —la defendió Jane, que no lograba quitarse de encima la sensación de estar siendo observada.

—Es cierto que una joven no tiene por qué comprometerse en su primera temporada —comentó la dama—, pero me temo que lady Aileen disfruta demasiado siendo el centro de atención como para comprometerse con un solo hombre. Solo que su carácter díscolo al final puede perjudicarla más de lo que ella cree.

Jane iba a replicar algo, pero en ese momento alzó la vista hacia el balcón donde tocaba la orquesta y olvidó lo que pensaba decir. Junto a una de las columnas, el marqués de Heyworth la miraba con una intensidad que la hizo estremecer. Retiró la vista de inmediato. ¿Qué hacía aquel hombre allí? Sin duda era una de las últimas personas que esperaba encontrar en aquel lugar.

—¿Está bien, querida? —se interesó lady Pauline.

—Sí, sí... es solo que he cogido algo de frío.

—¿Frío? Hay tanta gente aquí que no se puede ni respirar —añadió lady Clare.

Jane intentó volver a concentrarse en la charla, pero había perdido por completo el interés en lady Aileen, en lord Glenwood y en todos los allí presentes. El corazón comenzó a bombearle deprisa, como si llevara un tambor escondido bajo el corsé. Por el rabillo del ojo vio cómo el marqués se movía y bajaba la escalera. La boca de Jane se secó por completo y apenas podía despegar la lengua del paladar. El cuerpo se le tensó, a la espera de que él se acercase. Pasaron los segundos, y tal cosa no sucedió.

Se dio la vuelta y lo vio dirigirse hacia uno de los pasillos. Tal vez iba a alguna de las salas de juego, y esa posibilidad enturbió su ánimo un instante. ¿Por qué había decidido no invitarla a bailar? Por el modo en que la había mirado solo un momento antes, habría jurado que esa era justamente su intención.

A Jane le parecía injusto que hubiese de aguardar a que fuese él quien se aproximase. Si ella deseaba bailar con alguien, ¿por qué no le estaba permitido solicitarlo sin más? ¿Tan terrible sería? Sabía cuál era la respuesta a esa pregunta, por supuesto que la sabía. A las mujeres no les estaba permitido expresar de forma abierta sus deseos, debían esperar a que los hombres los adivinasen. ¡Menuda estupidez!

Supo que probablemente más tarde se arrepentiría, pero no fue capaz de ponerle freno a su osadía. Se disculpó con lady Pauline y lady Clare, musitó algo sobre ir al tocador y, sin aguardar contestación, se escabulló tras los pasos del marqués de Heyworth.

9

Blake necesitaba refrescarse. A ser posible, necesitaba hundir la cabeza en un barril de agua bien fría. Había sobrellevado con bastante entereza ver a lady Jane bailar con distintos caballeros, sonreír, mojarse los labios y moverse con aquel ligero contoneo que lo volvía loco. Desde su improvisada atalaya se había bebido cada uno de sus gestos, disfrutando del inconfesable placer de observarla a su antojo. Debería haber previsto que su escrutinio no pasaría desapercibido para la joven que, al final, había acabado descubriéndolo allá arriba. Sus miradas se habían encontrado, apenas un instante, lo suficientemente largo como para que toda la sangre del cuerpo le entrara en ebullición.

Por eso necesitaba refrescarse. Era eso o bajar al salón, tomarla en brazos y salir por la puerta, como un caballero rescatando a una princesa en uno de esos cuentos medievales. Y, en ese momento, no se sentía como un caballero. Sus instintos más primarios trataban de abrirse paso a dentelladas y él no era un hombre de las cavernas. Nunca lo había sido. Y por Dios que no iba a comenzar a serlo en ese instante.

—¡Milord! —sonó una voz a su espalda, que prefirió ignorar. ¿Dónde diablos se encontraba lo que buscaba?—. ¡Lord Heyworth!

Se detuvo en seco. Durante un segundo había pensado que

la primera llamada no iba dirigida a él. Reconoció la voz de inmediato. Dudó. Por el bien de ambos, era mejor que se alejase de ella. Solo que su cuerpo prefirió ignorar las órdenes de su cerebro y se dio la vuelta.

—Lady Jane. —La saludó con una inclinación de cabeza.

—No... no sabía que fuera usted miembro de Almack's —le dijo ella, algo tímida.

El corredor estaba desierto, aunque aún estaban a la vista de todos.

—No lo soy.

La vio morderse el labio, con toda probabilidad sin saber cómo continuar aquella conversación. ¿Por qué lo habría seguido? Se obligó a permanecer impasible, a controlar cada movimiento de sus músculos.

—¿Se marcha ya? —Ella se tomó las manos a la altura del vientre, como si no supiera qué hacer con ellas.

—Eh... no lo sé.

—Yo... esperaba que quisiera usted bailar conmigo.

—¿Qué?

La vio bajar la cabeza. ¿Había oído bien? ¿Lady Jane acababa de solicitarle un baile, de forma directa y sin subterfugios? Así debía de ser, por el modo en que ahora parecía totalmente avergonzada.

—Lo siento, yo... —Comenzó a darse la vuelta, dispuesta a regresar al salón.

Blake no necesitó nada más. En dos zancadas estaba a su altura.

—¿De verdad desea bailar conmigo? —le preguntó.

—Sí.

—Míreme a los ojos.

Ella lo hizo. Blake vio el temblor de sus pestañas y el arrebol de sus mejillas. Era valiente y osada, no había duda.

—Sí —repitió ella, que le sostuvo la mirada sin pestañear.

—¿Por qué?

Dios. Se mordía el labio de nuevo, buscando una respuesta apropiada. Quiso ser él quien dejara la impronta de sus dientes sobre aquella boca tan bien delineada y tan sugerente.

—Se lo debo a sus pobres pies.

Blake soltó una carcajada, que liberó gran parte de la tensión que acumulaba en cada centímetro de su cuerpo. Ella sonrió, satisfecha con su reacción. Era ingeniosa.

—Le aseguro que no le guardan rencor.

—¿Eh?

—Mis pies. —Blake volvió a reír—. No son rencorosos.

—Me alegro —confesó ella, divertida—. No habría sabido qué hacer con un enemigo de esa índole.

—Lo cierto, lady Jane, es que ahora mismo no me apetece ni un ápice entrar en ese salón y compartirla con todos los caballeros de un cotillón —comentó, haciendo alusión a la pieza que sonaba en ese momento, en la que hombres y mujeres intercambiaban de pareja sin cesar—. Si no le molesta, prefiero tenerla para mí solo.

Los ojos oscuros de lady Jane se abrieron aún más, sorprendida a buen seguro por sus palabras. Movido por un impulso, la tomó de la mano y la arrastró con él. Esa misma noche, mientras recorría el club, había descubierto un par de salas que no parecían destinadas a ocuparse durante la velada. Ella no opuso resistencia, sin duda porque no tenía ni idea de lo que él pretendía. Cuando llegaron frente a la puerta de una de ellas, Blake se detuvo, mordido por su conciencia.

—¿Prefiere volver al salón? —le susurró. Si le decía que sí, juraba por Dios que la llevaría de regreso y bailaría con ella como el caballero que se suponía que era, que siempre había sido.

—No —musitó lady Jane, temblando como una hoja vapuleada por un vendaval.

Blake no necesitó nada más. Comprobó que nadie los observaba y giró el picaporte. Una vez en el interior, dio la vuelta a la llave y apoyó la cabeza sobre la superficie.

Estaban a solas.

Lady Jane Milford y él estaban a solas, en una habitación a oscuras.

Jane no podía achacar aquel comportamiento tan impropio de ella a un abuso accidentado de alcohol. En aquella fiesta, como bien había señalado lord Glenwood, no se servía más que limonada y té. Ni siquiera podía atribuirlo al consejo de ser más osada que lady Minerva había mencionado en su carta, porque lo había excedido con creces. Así es que debía de existir otra razón para que se hubiera atrevido en primer lugar a seguir al marqués de Heyworth y, en segundo, y mucho más importante, para acceder a entrar con él en una habitación. Estaba tan nerviosa y emocionada que ni siquiera era capaz de enhebrar los pensamientos de uno en uno, y todos se atiborraban formando un ovillo enredado en su cabeza.

—No se mueva —dijo él. Como si fuese capaz de hacerlo, pensó ella.

Apenas había luna esa noche, pero algo de claridad se filtraba por uno de los ventanales que daban al jardín. La suficiente como para distinguir la silueta de lord Heyworth moverse por la estancia. Oyó un chasquido y, un instante después, la habitación se iluminó. Había encontrado una lámpara de aceite y el modo de encenderla. Apenas los separaban tres pasos, pero la distancia se le antojó un océano. Entonces él se dio la vuelta.

—Yo... siento haberla arrastrado hasta aquí. —No se atrevía

a mirarla a los ojos, lo que no era buena señal—. No sé... No sé lo que me ha pasado.

—Que le he pedido un baile.

—Cierto —sonrió, y esta vez sus ojos sí se centraron en los suyos. Sintió una ola de calor recorrerla entera.

—¿Le sucede muy a menudo?

—¿El qué? —Frunció levemente el ceño—. ¿Que me pidan un baile? He de reconocer que es la primera vez, al menos de forma tan abierta.

—Me refiero a dejarse llevar por un impulso.

—Ah, eso. No con mucha frecuencia. Hasta ahora he logrado sobrevivir a base de disciplina y autocontrol.

—No parece haberle ido muy bien. —Jane sonrió. No podía creerse que las palabras le fluyeran con tanta facilidad, ni que la situación no la hubiera vuelto muda de repente. De hecho, estaba asustada, de sí misma, de él y de todo lo que estaba ocurriendo. Y, cuando tenía miedo, su locuacidad era su única defensa. El pulso le atronó los oídos cuando vio que él daba un paso en su dirección—. No se mueva, por favor.

Heyworth la miró con atención y le sonrió de medio lado. Jane no pudo evitar pensar en un lobo a punto de atacar a una presa indefensa.

—¿Puedo sentarme al menos? —Señaló una de las butacas distribuidas por la estancia.

Jane echó un vistazo a su alrededor. Estaban en una sala de reducidas dimensiones, con varios sofás y sillones. Dedujo que debía utilizarse para pequeñas reuniones, tal vez incluso las de las damas patrocinadoras. Ay, Dios, si alguien los pillaba allí el escándalo iba a ser colosal. «¿Pero en qué estabas pensando?», se recriminó.

—¿Puedo? —insistió él.

—Sí —musitó ella, que se apoyó en el borde de un canapé. Las piernas habían comenzado a temblarle.

—¿Por qué me ha acompañado? —Lord Heyworth se había instalado cómodamente, como si estuviera acostumbrado a vivir situaciones de esa naturaleza.

—No lo sé.

—Si se arrepiente es libre de marcharse —le dijo—. No voy a impedírselo.

—No... no quiero irme.

—Tampoco yo quiero que lo haga —susurró él, y su voz le llegó como en ondas suaves, que la envolvieron por completo—. Antes me ha preguntado si era miembro del club.

—¿Antes?

—He pensado que podríamos charlar un poco. Tal vez así consiga relajarse.

¿Tan evidente era su estado anímico? La vergüenza le saltó a la cara.

—Nunca he solicitado pertenecer a Almack's —aclaró él.

Ella alzó las cejas. ¿Cómo diantres había hecho entonces para entrar? Pensó en la broma entre Evangeline y ella, y se preguntó si el marqués se habría colado por alguna puerta trasera.

—Gané un vale por una noche al príncipe Lieven. Como sabe, su esposa es una de las patrocinadoras.

—¿Está aquí por una apuesta? —Lo miró, atónita.

—Así es. Le sorprenderían las cosas que llegan a apostarse en los clubes de caballeros.

Blake pensó en el contenido del libro del Brooks's, aunque por nada del mundo iba a compartir aquella información con ella. Lo cierto era que la actitud de lady Jane lo tenía totalmente desorientado. Había tenido la osadía de solicitarle un baile, y no se había resistido al tirar de ella para entrar en aquel cuarto. ¿Qué había imaginado que sucedería a continuación?

El sonido de la música llegaba amortiguado pero con bastante nitidez, la suficiente como para identificar la pieza que sonaba en ese instante.

—¿Me concedería ahora ese baile? —Se levantó y le tendió la mano.

—¿Aquí? —Miró a un lado y al otro.

—¿Se le ocurre un lugar más apropiado? —Dio un paso en su dirección, y ella no se movió de sitio—. Si me pisa, nadie más que usted y yo lo sabremos.

Ella sonrió y al fin asintió. Blake decidió no darle tiempo a arrepentirse y la envolvió con su brazo, con suavidad, para no asustarla. Jane se dejó llevar y él comenzó a moverse, y todo fue... inusitadamente perfecto. Como si hubiesen bailado ya un millar de veces. Él se atrevió a acercarla un poco más a su cuerpo y aspiró su aroma a vainilla. Jane apoyó la mejilla en el pecho de él, que la estrechó un poco más, y sintió los latidos de su corazón, más acelerados de lo que aparentaba su estudiada calma. Sonrió para sí, satisfecha al descubrir que, en cierto modo, él también estaba un poco nervioso.

La pieza finalizó, pero no se separaron, y continuaron moviéndose al unísono, aunque lo que ahora sonaba tenía un ritmo más alegre. A Blake le daba igual. Aunque hubiese sonado una polca, o una danza tribal, no tenía intención de despegarse de ella, no ahora que al fin la tenía tan cerca.

Entonces Jane alzó la cabeza y lo miró. Blake se detuvo y se hundió en aquella mirada de oscuro terciopelo.

—Discúlpeme, milady, pero creo que voy a besarla.

Ella continuó mirándolo, como si no lo hubiera escuchado.

Blake se inclinó un poco más, hasta que pudo sentir el aliento de lady Jane rozar sus labios. La miró una vez más, solo para asegurarse y, cuando la vio cerrar los párpados, posó con delicadeza su boca sobre la de ella. Una especie de descarga lo recorrió de la cabeza a los pies con aquel breve contacto, y sintió el cuerpo de ella reaccionar al unísono. Empujó con suavidad con la lengua y la joven abrió la boca, un tanto indecisa, hasta que sus lenguas se encontraron. Emitió un gemido que fue como un golpe en el costado, y Blake la estrechó un poco más contra sí. Era suave y dulce, maleable como la arcilla, caliente como una llama, y en ese momento era toda suya.

Jane sentía que la cabeza se le iba por momentos, como si flotara a dos metros de su cuerpo. Cuando había seguido al marqués su única intención había sido solicitarle un baile, ni de lejos habría imaginado que se encontrarían en esa situación solo unos minutos más tarde. Podría haberse marchado cuando él se lo había ofrecido. De hecho, habría sido lo más prudente. Pero no lo había hecho y, cuando la había tomado en sus brazos para bailar al fin, tuvo la certeza de que eso no sería lo único que harían esa noche. Deseaba que la besara. Lo deseaba como solo se desean las cosas prohibidas, las cosas importantes, las inolvidables. Lo ansiaba con tanta fuerza que no habría dudado en pedírselo también.

Lo que no esperaba era que un beso fuese «así». Como un terremoto temblando bajo sus pies, como un tornado engulléndola por completo, como un huracán arrasando su piel. Se aferró a las solapas de su chaqueta para que el temporal no la arrastrara lejos de él, incapaz de ahogar los gemidos que se le escurrían por la garganta, y al final se atrevió a alzar los brazos para pegarse más al marqués. Sentía sus senos, dolorosamente sensibles, comprimidos contra el torso masculino, y su vientre frotando aquella vigorosa protuberancia bajo los pantalones de él. La sensación era exquisita, poderosa.

Blake no podía mantener las manos fijas en un solo punto. La atrapó por la nuca para profundizar el beso mientras la sujetaba por la cintura. Luego una mano bajó hasta una de sus caderas, y con la otra acarició su espalda. Le tomó la cara con las dos manos y luego estas volaron hasta sus costados. No se saciaba de ella y, al mismo tiempo, no tenía suficiente con aquel beso. Necesitaba sentirla entera. La alzó con suavidad, sin abandonar su boca, y la apoyó contra la mesa, a solo un paso de distancia. La hizo sentarse en el borde y, con un movimiento menos delicado de lo que pretendía, abrió sus piernas. De repente se detuvo. Quizá aquello era demasiado. Se retiró un instante, solo para comprobar que todo estuviera en orden. Los labios de lady Jane estaban algo hinchados, húmedos de sus besos, y su respiración agitada los había temblar. Los ojos le brillaban como si un millar de estrellas se hubieran hundido en ellos.

—Lord Heyworth... —susurró.

—Blake. Llámame Blake.

No necesitó preguntarle nada. Ahora fue ella quien echó la cabeza hacia delante para buscar sus labios y él no se hizo de rogar. En aquella posición, encajonado entre sus piernas, podía notar el calor que emanaba de ella y que estaba a punto de consumirlo.

Jane sentía que iba a estallar. La lava corría por sus venas como si fuese un volcán a punto de entrar en erupción. En aquella postura tan inapropiada, percibía el cuerpo de Blake de una forma que jamás hubiera creído posible. No podía obligar a sus caderas a detenerse. Ellas solas, como si tuviesen vida propia, buscaban el contacto con la inflamada entrepierna del marqués, anhelando algo que llevaba impreso en los huesos. Sus gemidos aumentaron de intensidad, mientras la lengua del marqués fundía en miel toda su boca. Dios, tenía la sensación de que iba a morirse allí mismo, sobre aquella mesa del Almack's.

Unos fuertes golpes en la puerta rompieron el momento. Jane volvió a la realidad con la sensación de que caía desde un precipicio.

—¿Hay alguien ahí? —Una voz masculina se oyó al otro lado.

Ambos miraron en dirección a la puerta. Jane recordaba que él había echado la llave, pero las damas patrocinadoras probablemente tendrían una copia. Entonces se miró a sí misma y miró a Blake. Él llevaba el cabello despeinado y el lazo del corbatín deshecho. Se había quitado la chaqueta, aunque no recordaba haberle visto hacerlo, y estaba colocado de pie, entre sus piernas. Y ella, sentada sobre la mesa, rodeaba sus caderas con ellas, con una manga caída y parte de un seno al descubierto. ¡Dios mío!

—Chisss —susurró él—. A lo mejor se marchan.

Jane rogó para que así fuera. Rezó a todos los dioses para que el tiempo se detuviera en ese instante. Volvieron a llamar y parecía evidente que quien fuera que los hubiese interrumpido no tenía intención de marcharse. Ambos vieron cómo el picaporte se movía y oyeron también la voz de una mujer, tal vez incluso de dos.

—¡Mierda! —masculló Blake.

Ella se quedó petrificada, sin saber qué hacer.

—Tienes que marcharte. Ahora —la apremió.

—¿Marcharme?

Lo vio recorrer la estancia con la mirada hasta detenerse en el gran ventanal que daba al jardín.

—Por ahí.

—Blake...

—No pueden pillarte aquí conmigo. —La ayudó a bajar de la mesa y le recompuso el vestido.

—¿Pero qué vas a contarles?

—Ya se me ocurrirá algo.

Sus últimas palabras llegaron acompañadas por más golpes. El marqués abrió la ventana, casi a pie de calle, y la ayudó a pasar al otro lado. Antes de que Jane tuviera tiempo de alejarse, le tomó el rostro y le dio un beso suave.

—Esto no ha terminado, Jane.

Y, sin añadir nada más, cerró la ventana.

Blake echó un vistazo rápido a la estancia. Solo disponía de unos segundos, lo sabía. No quedaba allí ni rastro de la joven y eso lo tranquilizó. Con rapidez se echó de lado sobre uno de los sofás, se tapó con la chaqueta y simuló estar dormido. Y comenzó a pensar en sus negocios en Filadelfia, en su familia, en sus amigos, en libros aburridos y en conciertos soporíferos. Todo para que aquella erección disminuyera lo suficiente como para no llamar la atención de los intrusos.

Escuchó la puerta abrirse y una serie de improperios. Abrió los ojos, simulando despertar de un sueño profundo.

—¡Lord Heyworth! —Lord Cowper, esposo de una de las damas patrocinadoras, lo miraba con asombro.

No venía solo. Su encantadora mujer lo acompañaba y, junto a ella, lady Sarah Fane, que sostenía una llave entre las manos. Blake se incorporó y se pasó la mano por el cabello.

—Oh, lo siento, ¿me he dormido? —preguntó, y se tapó la boca para ocultar un bostezo fingido.

—¡Pero será posible! —masculló lady Fane—. No sé por qué nos dejamos convencer por Dorothea para aceptar la apuesta de su esposo.

—Esto es del todo inapropiado, milord —lo acusó lord Cowper, que barrió la habitación con la mirada. Si intuía algo sospechoso, no encontraría ninguna prueba de ello. Ya ni siquiera entre los pantalones de Blake, si se hubiese atrevido a mirar en dicha dirección.

—Les ruego me disculpen. —Blake se puso en pie sin miedo—. Solo buscaba un poco de tranquilidad. Una fiesta encantadora, por cierto.

—Quizá sería conveniente que la abandonara, milord —apuntó lord Cowper, con el ceño fruncido, mientras lo observaba recolocarse el corbatín y ponerse la chaqueta.

Blake se cepilló las solapas de la chaqueta con el dorso de la mano, como si no hubiera escuchado cómo lord Cowper lo echaba de allí.

—Miladies, milord —inclinó la cabeza—, ha sido un inesperado placer poder asistir a la velada.

No aguardó respuesta y abandonó la habitación con la cabeza alta, la espalda recta y media sonrisa bailando sobre su boca. Ni siquiera podían imaginar lo sinceras que eran sus palabras.

Abandonó el edificio con la certeza de que jamás volvería a poner un pie en Almack's.

No podía importarle menos.

10

Jane necesitó unos minutos para recuperar la compostura. Con la espalda pegada al muro de la mansión aspiró un par de bocanadas de aire. Le temblaba el cuerpo entero y no era por la temperatura, bastante fresca a esas horas. Se quitó uno de los guantes y llevó sus dedos trémulos hasta su boca, donde lord Heyworth había dejado su huella. «Blake», se corrigió mentalmente.

Escuchó algunas palabras sueltas provenientes del interior de la estancia y supo que alguien había entrado al fin en ella. No se atrevió a asomarse para ver de quién se trataba. ¿Y si alguien la veía? Oh, por Dios, ¿y si a alguien se le ocurría abrir el ventanal para comprobar que no hubiera nadie ocultándose? Se alejó con paso ligero y se internó un poco más en el jardín.

Oyó voces cerca y dio un pequeño rodeo para evitarlas. Debía volver a la fiesta. ¿Y si Lucien había notado su ausencia? Se recompuso el vestido y el peinado, aunque estaba convencida de que llevaba reflejado en el rostro todo lo que acababa de suceder. Algo que todavía no había tenido tiempo de asimilar. Y aquel, desde luego, no era el momento de hacerlo. Con un gran esfuerzo de voluntad, desterró a lo más profundo de su mente las sensaciones que había experimentado con el marqués de Heyworth y trató de pensar en otra cosa, en algo más inofensivo, como en sus clases de piano o en ese bordado que tenía a medias y que languidecía en un rincón de su cuarto.

Regresó al salón con disimulo, esperando pasar desapercibida, pero no tuvo suerte. Lucien la detectó de inmediato.

—¿Dónde estabas? —le preguntó, mirando alrededor, seguro que buscando si había salido al jardín con alguien.

—He estado aquí todo el tiempo.

—No me mientas, Jane, hace rato que no te veo.

—Solo he salido un rato a la terraza, aquí mismo —señaló con la mano hacia el exterior—. En el salón hace mucho calor.

—Tienes las mejillas rojas, sí —confirmó, aunque ella sabía que no lo había convencido del todo.

¿Cuánto tiempo había permanecido ausente? Se le antojaban horas, pero no podían ser más que unos minutos.

—Fui al tocador y luego salí un rato, es todo. ¿Qué te ocurre?

—¿Has paseado con alguien por el jardín?

—¡Por supuesto que no! Ni siquiera me he internado en él. Lucien, solo me has perdido de vista un instante. ¿Qué crees que puede haber ocurrido en tan poco tiempo?

Jane tuvo que hacer un esfuerzo notable para que su voz sonara de lo más inocente, aunque bien sabía ella que, en un instante, puede ocurrir un mundo.

—Claro, perdona. —Lucien pareció convencido al fin—. Creo que lord Glenwood te buscaba para otro baile.

—Oh, por supuesto. —Sonrió, porque era lo que se esperaba de ella pero, tras haber estado entre los brazos de Blake Norwood, no soportaba la idea de que alguien que no fuese él la rozase siquiera. Sin embargo, no podía ofrecer ninguna excusa plausible. La velada aún no había concluido y, hasta que lo hiciera, debería comportarse con normalidad.

—¿Te gusta el conde? —le preguntó su hermano, bajando el tono.

—¿Quién?

—Lord Glenwood, Jane. ¿Se puede saber qué te ocurre?

—Es encantador, desde luego. —Prefirió ignorar la ceja alzada de Lucien.

—Su familia es respetable, y su fortuna, cuantiosa. Sería un excelente candidato si decidiera pedir tu mano.

—Mejor no adelantemos acontecimientos —musitó ella.

En ese momento, el conde se acercó a ellos y Jane aceptó ese baile. No podía hacer otra cosa. Sospechaba que el marqués había abandonado la fiesta después de haber sido descubierto encerrado en aquel cuarto y se preguntó qué excusa habría dado al respecto. Trató de concentrarse en los intentos de conversación que inició lord Glenwood, aunque su mente se empeñaba en viajar a otra voz y a otros ojos.

La velada se le iba a hacer interminable.

Se quitó el vestido con parsimonia, acariciando la seda, rememorando el contacto de las manos de Blake. Por fin se encontraba a solas, por fin podía pensar en lo que había sucedido esa misma noche. ¿Qué habría ocurrido si no les hubiesen interrumpido? Esa era la pregunta que llevaba horas navegando por sus pensamientos. No se atrevía ni a imaginárselo. Se recordaba totalmente abandonada a aquel beso y a aquellas caricias que la habían encendido. ¿A eso se refería lady Minerva cuando hablaba de pasión? Ni siquiera se molestó en pensar la respuesta, tenía la certeza de que era justamente eso. La supuesta dama había olvidado comentar, sin embargo, que la pasión era peligrosa, muy peligrosa.

Jane había perdido la cabeza. Totalmente. Durante los minutos que duró el encuentro con lord Heyworth no había vacilado, no había dudado, ni siquiera había sido capaz de pensar.

Se había dejado arrastrar por aquel torbellino de sensaciones que convirtió sus huesos en gelatina, sin lograr saciarse, ansiando más y más. ¿Habría intentado él seducirla por completo, sobre aquella mesa? ¿En aquella estancia del club? ¿Se habría dejado ella seducir por él? Quería pensar que no habría llegado tan lejos. Que él o ella habrían recuperado a tiempo la cordura.

«Solo ha sido un beso», se dijo. Un beso muy intenso, cierto. Avasallador, abrasador. Pero solo un beso. Él ni siquiera le había rozado los senos, pese a que estos anhelaban ser acariciados. Jane recordaba el dolor en aquella zona de su cuerpo, un dolor que, intuía, solo tenía un modo de ser aliviado. Igual que rememoraba el palpitar entre sus piernas y aquella humedad que había comenzado a notar justo en aquella zona, y cómo sus caderas se movían buscando el contacto con el pantalón del marqués.

Jane se tapó la boca con la mano en cuanto se dio cuenta de que un gemido había escapado de su garganta. En ese momento le dolía cada pulgada del cuerpo y volvía a percibir la ropa interior mojada.

«Esto es una locura», pensó. Se puso en pie y alejó aquel tipo de pensamientos de su cabeza. Tras colocarse el camisón se metió en la cama y cerró los ojos. Una sola imagen la aguardaba al otro lado de los párpados y, por más que intentó desterrarla de allí, parecía haber echado raíces, porque volvía una y otra vez.

Dio vueltas y más vueltas entre las sábanas, hasta que terminaron hechas un amasijo entre sus piernas y, cuando el día ya despuntaba, pudo al fin cerrar los ojos, vencida por el cansancio.

A la mañana siguiente, el número de candidatos que la visitaron aún fue mayor. Incluso apareció alguno al que no conocía de nada. Que ella recordara, ni siquiera habían intercambiado una palabra. Lord Glenwood y el vizconde Malbury, ya visitantes habituales, no faltaron ese día tampoco. Quien sí lo hizo fue el marqués, Blake. Jane estaba convencida de que se presentaría en la mansión Milford, o que mandaría algún presente, tal vez disculpándose por no poder acudir a verla. Ni una cosa ni la otra tuvieron lugar y, cuando al fin se quedó a solas, le resultó casi imposible esconder su decepción.

—Pareces cansada, querida. —Su tía Ophelia la tomó de la mano. Había acudido a hacer de anfitriona, una vez más—. Tengo entendido que tu presencia en Almack's fue todo un éxito.

—Debió de serlo —apuntó Lucien, que ocupaba su butaca habitual—. Esta mañana el conde de Rossville ha pedido oficialmente tu mano.

—¿Quién? —Jane lo miró, espantada.

—Creo que ni siquiera lo conoces.

—¿Y ha pedido mi mano?

—Que hayas sido aceptada en Almack's es una garantía para muchos nobles —apuntó lady Cicely, la dama de compañía de su tía. La conocía de toda la vida y era casi un miembro más de la familia, aunque no compartieran lazos de sangre.

—¡Pero eso es un disparate!

—Te alegrará saber que mis palabras han sido muy parecidas al responder a su petición —señaló Lucien—. Me ha dicho que no tenía tiempo para un cortejo largo y que le parecías una candidata apropiada.

—¿Y qué le has respondido? —Emma parecía muy interesada en aquella conversación. Había aparecido en el último momento, cuando ya apenas quedaban caballeros en la sala, y se había sentado junto a su tía con inusitada discreción.

—Que si no disponía de tiempo que lo buscase. Apenas conozco a ese hombre y, desde luego, no iba a aceptar ninguna propuesta sin consultarlo antes con mi hermana.

—Gracias, Lucien —respondió Jane, aliviada—. Aunque no recuerdo haber hablado con él.

—Me temo que se ha marchado, algo ofendido a mi parecer. —Su hermano sonrió, ladino.

—¿Acaso creía que ibas a aceptar su propuesta sin, por lo menos, pensártela un poco? —Lady Ophelia alzó las cejas—. ¿Y sin presentarse a Jane siquiera?

—Eso parece.

—En muchos casos aún sigue haciéndose así —apuntó lady Cicely—. Hay jóvenes que contraen matrimonio sin conocer siquiera a sus esposos.

—Oh, vamos, eso es más propio de la Edad Media —bufó Emma.

—Al menos ahora existen los cortejos —señaló su tía—, pero la última palabra sigue teniéndola el varón a cargo de la joven.

—Lucien jamás le haría eso a Jane —aseveró Emma—. Ni a mí.

—Pareces muy segura, hermanita —bromeó su hermano.

—Tu habitación está a solo dos puertas de la mía. —Emma hizo una mueca—. Te lo recuerdo por si lo has olvidado.

—¿Eso es una amenaza? —Lucien siguió con la chanza.

—Un aviso.

Oliver Milford no se hallaba en casa ese día. Había acudido a unas conferencias en la Royal Society, pero Jane intuyó que se mostraría conforme con la decisión tomada por su primogénito. Trató de imaginar cómo sería contraer matrimonio con alguien a quien no hubiera visto jamás. Era cierto que muchas jóvenes de su edad se casaban con los candidatos escogidos por sus padres o tutores, pero al menos habían tenido la oportunidad de conocerlos, tal vez incluso de bailar o charlar con ellos. ¿Cómo sería acudir al altar sin saber siquiera el aspecto que tendría el hombre con el que iba a compartir el resto de su vida? ¿Sin haber escuchado siquiera su voz?

La mera idea le provocó un escalofrío.

—¿Estás bien, Jane? —se interesó lady Ophelia.

—Sí, sí, pensaba en ese conde...

—Rossville —dijo Lucien.

—¿Estaba anoche en Almack's?

—Creo haberlo visto, sí. ¿Por qué?

—Me resulta extraño, nada más. Ni siquiera recuerdo que se acercara para ser presentado oficialmente.

—Imagino que sí verías al marqués de Heyworth —intervino su tía de nuevo.

—¿Qué? —Jane sintió que toda la sangre de su cuerpo la abandonaba de repente.

—¿Heyworth estaba allí? —preguntó Lucien casi a la vez.

—¿No lo visteis? —Lady Ophelia los miró de forma alternativa.

—¿Y cómo consiguió entrar en Almack's? —La voz de su hermano se había endurecido.

—He oído que ganó un vale en una apuesta.

—No sé por qué me sorprende —bufó Lucien.

—Eso no es lo peor. —Jane se tensó, aguardando las siguientes palabras de su tía—. Al parecer estuvo jugando en una de las salas y luego entró en otra, se encerró en ella y se echó una siesta.

Emma soltó una carcajada. Lady Ophelia y lady Cicely sonrieron, condescendientes, y Jane las imitó para no desentonar, aunque sentía los músculos de la cara como si fuesen de porcelana. Solo Lucien permaneció serio.

Así es que aquella era la explicación que el marqués había

proporcionado a las personas que le habían descubierto. Ingeniosa y bastante creíble. Su reputación seguía intacta gracias a él.

—Otra estupidez para añadir a su larga lista de excentricidades —señaló Lucien con una mueca de fastidio—. Seguro que lo hizo a propósito.

—¿A... propósito? —preguntó Jane, con un hilo de voz.

—Al parecer siente predilección por los escándalos y las actitudes poco ortodoxas —respondió su hermano—. Entrar en Almack's no está al alcance de cualquiera. Su pequeña siesta en un club tan exclusivo solo demuestra lo poco que le importan nuestras tradiciones. Es una burla, ¿no lo ves?

Jane tuvo que morderse la lengua. No podía defender al marqués sin exponerse ella misma, así es que prefirió guardar silencio.

—Ese marqués parece un personaje de lo más interesante —comentó Emma, con una risita.

—No imaginas cuánto —apuntó lady Ophelia. Jane la miró. Parecía haberle robado las palabras.

—Igual tiene que ver con la maldición. —Lady Cicely tomó otro pastelito del plato situado sobre la mesa del centro.

—Eso es una tontería. —Lucien cruzó las piernas y se alisó una arruga inexistente de su bien planchado pantalón.

—¿Qué maldición? —Emma abrió mucho los ojos y Jane le agradeció mentalmente que hubiera formulado la misma pregunta que a ella le ardía en la garganta.

—Dicen que el título está maldito —respondió lady Ophelia—. El viejo marqués murió hace casi cuatro años. Le sucedió su hijo mayor, que apenas lo llevó seis semanas, antes de sufrir un ataque al corazón. Luego fue su hijo menor. Llevaba ocho meses siendo marqués cuando se atragantó durante una cena y se ahogó.

—Oh, sí, fue horrible —apuntó lady Cicely—. Aún recuerdo que la cara se le puso de color azul y...

Lady Ophelia carraspeó y su dama de compañía guardó silencio. Lanzó una mirada de disculpa a las jóvenes y a Lucien, y luego se concentró en el pastelito que aún tenía entre las manos, al que apenas le había dado un bocado. Jane se preguntaba cómo mantenía aquella esbelta figura con lo aficionada que era a los dulces.

—El título lo heredó entonces el hermano del viejo marqués —continuó lady Ophelia—, cuyo estado de salud ya era muy delicado. No sobrevivió ni tres semanas. Y su hijo, el siguiente en la línea sucesoria, se cayó del caballo y se rompió el cuello solo cuatro meses después.

—Casualidades —murmuró Lucien.

—No lo discuto, sobrino, pero reconoce que son muchas, y muy seguidas.

—¿Y eso qué tiene que ver con la actitud del actual marqués?

—Igual está convencido de que su fin está próximo y solo pretende divertirse un poco. ¿No lo has pensado?

Jane se quedó muda, sin saber cómo reaccionar ante aquel cúmulo de información. ¿Existiría aquella maldición? Y, si era así, ¿Blake creería en ella? ¿Por eso se comportaba de aquella forma tan inusual?

¿Por eso la había besado?

¿Como parte de su divertimento?

Ya habían transcurrido dos días, y Jane seguía sin saber nada de Blake Norwood. Ni una triste nota había llegado desde la noche en Almack's, y eso que ahora tenía por costumbre revisar el correo a diario. La tarde anterior, Evangeline y ella habían paseado por Hyde Park en compañía de Lucien y su prometida, y Jane no había podido disimular su ansiedad. Miraba en todas direcciones por si lo veía aparecer, hasta que su amiga se dio cuenta. Jane le quitó importancia. No se había atrevido a confesarle lo que había sucedido la noche del baile.

¿Cuándo comenzamos a mentir a los que más queremos? ¿A ocultarles información escudándonos en los motivos más absurdos? Le había contado a Evangeline todo lo referente al club, desde la decoración hasta las personas que había visto allí, pasando por la comida y la música. Pero el episodio con lord Heyworth se lo había reservado para sí misma, como si al explicárselo a otra persona fuese a mancillarlo. Aunque esa persona fuese su mejor amiga, alguien en quien confiaba más incluso que en su propia hermana. Adoraba a Emma, pero su carácter rebelde a veces resultaba imprevisible. Sabía que jamás la traicionaría a conciencia, pero tenía tendencia a exaltarse o a enfadarse y, cuando lo hacía, se le escapaban cosas. Luego se arrepentía, por supuesto, y pedía disculpas. Pero lo dicho no se podía borrar, y aquello era demasiado grande. Un secreto que, a fuerza de llevar a solas, comenzaba a pesarle como una losa.

Esa tarde estaban las dos en la habitación de Evangeline, tumbadas sobre la alfombra, bebiendo té, mordisqueando unas galletas de naranja y vainilla y ojeando un par de números atrasados del *Lady's Magazine*. Jane no sabía cómo sacar el tema, ni cómo excusarse por no haberlo compartido antes con ella.

—Suéltalo ya —le dijo su amiga, sin levantar la mirada de la revista.

—¿Qué?

—Oigo tu cabecita pensar, Jane. Algo te reconcome, así es que suéltalo ya o para de pensar, que no me dejas leer.

Jane tuvo que reírse. ¿Cómo no hacerlo?

—¿Puedes oír mis pensamientos?

—Tus pensamientos no —respondió Evangeline con una sonrisa—. Solo que estás pensando.

—¿Eh?

—Respiras de otra manera, y no paras de mover tu pie derecho, ni de tocarte la cara.

—Yo no hago eso.

—Oh, ya lo creo que sí. Y me desconcentras.

Jane ni siquiera era consciente de que hacía todo eso. Evangeline nunca lo había mencionado.

—¿Y bien? —insistió su amiga.

—Tengo algo que contarte.

—Algo sobre...

—El marqués de Heyworth.

Evangeline se incorporó de golpe y se quedó sentada frente a ella, prestándole toda su atención. Tenía en la mano una de aquellas galletas, que abandonó de inmediato en el plato.

—La noche de Almack's —comenzó Jane.

—Ya he oído que estuvo allí y...

—Me besó —la interrumpió—. Nos besamos.

—No estás hablando de un beso en la mejilla.

—Oh, no.

—Uno en los labios.

—Sí. —Jane enrojeció.

—¿Un beso corto?

—No.

Jane guardó silencio. No se atrevía a mirar a su amiga. Aguardó pacientemente su reproche, comenzando por el hecho de no habérselo explicado de inmediato.

—¿Eso es todo lo que me vas a contar?

—¿Qué?

—Por Dios, Jane. ¡Es lo más emocionante que te ha pasado jamás! ¡Que nos ha pasado a ninguna de las dos! —Volvió a tumbarse sobre la alfombra y soltó una risotada—. ¡¡¡Quiero que me lo cuentes todo, ahora mismo!!!

¿Cuándo comprendemos que es absurdo mentir a los que más queremos? Solo ellos serán capaces de entendernos sin juzgarnos y de abrazarnos cuando llegue la tormenta.

Jane le contó todo lo que había sucedido en el club.

Y esta vez no omitió ningún detalle.

11

Querida lady Jane:

Es muy posible que a estas alturas ya conozca a varios caballeros capaces de despertar su interés, y es incluso probable que haya tenido la oportunidad de disfrutar de unos minutos a solas con alguno de ellos. Los momentos de intimidad son los más eficaces a la hora de juzgar si un hombre es o no el apropiado.

Sin embargo, si el momento de intimidad se alarga más de lo que las normas sociales aconsejan, es muy posible que su pretendiente albergue deseos de besarla. ¿Cómo descubrirá eso? Probablemente él habrá bajado el tono de su voz, y la distancia entre ambos habrá menguado sin que usted se haya apercibido de ello. Su mirada se tornará más intensa y con toda seguridad la centrará sobre todo en los ojos, aunque no podrá evitar dirigirla también hacia su boca, como si le pidiera permiso. Usted sentirá de repente que el aire es más caliente y el mundo más pequeño, y un irrefrenable deseo de humedecer sus propios labios.

Mi consejo es que no huya, lady Jane, a no ser que su pretendiente le cause un gran desagrado. Atrévase a descubrir el sabor de un beso y todas las emociones que recorrerán su cuerpo en un instante. No obstante, no debería pasar de ahí, ni consentir que él se tome licencias que usted no le haya permitido. Si al finalizar el beso siente un leve mareo o un temblor de piernas, si no es capaz de calmar a su desbocado corazón y le sobra incluso la piel

que lleva puesta, es posible que haya dado con el hombre perfecto
para usted, el hombre que la colmará de pasión. De la pasión al
amor, querida, hay un camino muy corto.

Suya afectuosa,

LADY MINERVA

Jane leyó la carta un par de veces, con una sonrisa nerviosa. «Demasiado tarde, lady Minerva —se dijo—. Esta vez llega demasiado tarde.»

Recordó todos los detalles de la noche en Almack's, y llegó a la conclusión de que había excedido con mucho los consejos de lady Minerva. Y se preguntó adónde la conduciría todo aquello.

A Jane le encantaban los caballos y era una de las cosas que más echaba de menos en Londres. Aunque la mansión Milford poseía un tamaño considerable, las cuadras eran pequeñas, demasiado para alojar a todos los animales de la familia. Solo albergaba el de Lucien y el de su padre, y los que se usaban para los tres carruajes con los que contaban. La yegua de Jane, Millie, vivía en su propiedad en el campo y estaba deseando que llegara agosto para volver a verla y recorrer juntas los extensos prados de Bedfordshire. Y le gustaba hacerlo a horcajadas, como los hombres, disfrutando del viento y de la sensación de volar sobre la grupa del animal. Compartía la opinión sobre ese particular de lady Ethel Beaumont, aquella mujer tan peculiar que en la fiesta de los Waverley había preguntado por qué a las mujeres no les estaba permitido montar de esa manera. Solo que Jane jamás se habría atrevido a hacerlo en un espacio tan concurrido como Hyde Park. Únicamente en su alejada y protegida propiedad se atrevía a tanto, siempre y cuando Lucien no la acompañara. Pero si salía con Emma, o incluso con Nathan, no había problema.

De hecho, su hermana hacía exactamente lo mismo, y a los tres les gustaba retarse en carreras improvisadas, que Jane ganaba más veces de las que perdía. Se consideraba una buena amazona, mucho mejor que algunos de los hombres a los que había visto montar.

Tal vez por todo eso estaba tan emocionada esa mañana en Newmarket, en Suffolk, adonde había acudido con Lucien y Evangeline a ver las carreras que inauguraban la temporada ecuestre. Gran parte de la alta sociedad londinense se encontraba allí, la mayoría solo para dejarse ver y formar parte de aquella fiesta campestre en la que las damas lucían sus mejores vestidos de mañana y los hombres sus lustrosas botas de montar, aunque no fuesen a acercarse a ninguno de los animales.

Allí estaba también lady Ethel, rodeada de un buen grupo de admiradores, con un sombrero tan extravagante como exquisito. También lord Glenwood, que se acercó a saludarles y que les presentó a su hermano menor, que se mostró algo tímido. El vizconde Malbury había acudido a su vez. Se situó a pocos pasos de ellos y la miraba de tanto en tanto con una sonrisa algo afectada. Jane, sin embargo, apenas tenía ojos para otra cosa que no fuesen los caballos, maravillosos ejemplares preparados ya para la competición. Ese año, por primera vez, iba a celebrarse la carrera 1000 Guineas Stake para yeguas jóvenes, y que precedería a la prueba estrella de la jornada, la 2000 Guineas Stake, que se celebraba desde 1809. Jane había acudido a las primeras pero, tras la muerte de su madre, no había vuelto a asistir a un acontecimiento como ese, y estaba tan nerviosa que no podía estarse quieta.

—Jane, ¿quieres parar? —le preguntó Evangeline a su lado.

—¿Te molestan mis pensamientos otra vez?

—¿Tus pensamientos? —Su amiga soltó una risita—. Me molestan tus codazos, y la pluma de tu sombrero cada vez que mueves la cabeza de un lado a otro, y el roce de tus pies con los míos. Vas a acabar pisándome.

—Oh, lo siento, Evie —dijo, al tiempo que alzaba las manos y hurgaba en su sombrero, hasta que consiguió arrancarle la pluma.

—¿Pero qué has hecho?

—Ahora ya no te molestará. —Una Jane de lo más sonriente le entregó el abalorio a su amiga—. ¿No te parece todo emocionante?

—Hay mucha gente, sí. —Evangeline contempló la pluma, sin saber muy bien qué hacer con ella.

—¿Gente? Estoy hablando de los caballos, Evie.

—Son bonitos.

—¡Evangeline!

—Jane, sabes que yo no comparto tu gusto por esos animales tan grandes.

—¡Pero si sabes montar perfectamente!

—También sé comer, y eso no implica que me guste todo lo que me sirven en el plato.

—Como el pescado. —Jane sonrió.

—¿Lo ves? Me entiendes.

—¡Mira! ¡Ya va a empezar!

Jane agarró con fuerza el brazo de su amiga y Evangeline tuvo que ahogar un exabrupto. ¿Dónde estaba Lucien cuando se le necesitaba? Alzó la mirada y lo vio unos metros más allá, muy ocupado charlando con otro caballero al que solo veía de espaldas. Todo el mundo pareció reaccionar a la vez y casi pudo sentir la energía que recorrió a la multitud, que se agolpó junto a las vallas que delimitaban el recorrido de una milla que deberían correr los caballos.

La carrera no duró mucho. De hecho, transcurrió en un suspiro. ¿Un viaje tan largo, de casi noventa millas desde Londres, para algo tan efímero?, se preguntó Evangeline, que no apartaba la vista del rostro emocionado de su mejor amiga.

—¿Lo has visto, Evie? —Daba saltitos de alegría a su lado—. ¡Ha ganado Charlotte!

Evangeline asintió, sonriente. No tenía ni idea de quién era Charlotte. Jane debió de comprenderlo al instante.

—Charlotte es la yegua que ha ganado la carrera, la que montaba Bill Clift. Es uno de los *jockeys* más famosos de Inglaterra, ¡debes de conocerlo!

—Sí, claro —respondió, y no mentía. Casi todo el mundo sabía quién era—. ¿Era tu favorita?

—Oh, sí. Su dueño es Christopher Wilson, el criador de caballos de Tadcaster. Mi padre le compró a él mi yegua, Millie. Y el caballo de Lucien también es de los suyos. ¡Vamos a verla!

Jane tiró de su manga y Evangeline se dejó arrastrar. Menos mal que el suelo de hierba amortiguaría su caída, porque estaba convencida de que su amiga conseguiría que las dos acabaran en él. Sin embargo, no había contado con que se verían obligadas a detenerse para saludar a unos y a otros. Jane se mostró amable y respondió con cortesía a todo el mundo, aunque Evangeline era consciente de su estado de excitación, que apenas lograba disimular.

Se hallaban ya muy cerca de las cuadras cuando se encontraron con los Hinckley, y se detuvieron a saludarles, especialmente a lady Pauline. No tardaron en unirse a ellos el duque de Grafton, que se lamentaba de que su yegua Vestal solo hubiera obtenido una segunda plaza, y su esposa, que asentía sonriente a todo lo que su marido decía. Pronto, el corrillo aumentó de tamaño. Evangeline sentía la mano de Jane apretando la suya, pero no veía el modo de marcharse sin ser maleducada, porque lady Pauline y la duquesa de Grafton no dejaban de darle conversación.

—Ahora vuelvo —le musitó Jane al oído, mientras soltaba su mano.

Evangeline compuso la mejor de sus sonrisas y le preguntó a lady Pauline por sus hijos. Con un poco de suerte, nadie se percataría de la ausencia de su amiga. ¿Es que no podía haber esperado un poco más?

Jane sabía que no debería haberse internado sola en aquella zona. Mozos, *jockeys* y cuidadores pululaban por doquier, y a punto estuvo de chocar con un muchacho que portada dos cubos repletos de agua. Recibió más de una mirada de reproche, pero optó por ignorarlas y dirigirse hacia las cuadras de Wilson. Poco antes de alcanzar su objetivo lo vio hablar con alguien, cuya figura quedaba oculta tras una de las columnas de madera que sostenían el tejadillo construido a modo de porche. Se aproximó, aunque no lo suficiente como para poder escuchar la conversación; no quería que pensaran que era una chismosa. Fue entonces cuando el criador la vio.

—¡Lady Jane! —Le dedicó una sonrisa afectuosa—. Es una alegría verla de nuevo en las carreras.

Jane iba a contestar pero, justo en ese momento, la figura semioculta se movió un poco y se dio la vuelta. Era Blake Norwood, el marqués de Heyworth, que la saludó con una inclinación de cabeza. Jane sintió un pellizco en el estómago. ¿Cuánto tiempo llevaba allí? No lo había visto entre los asistentes aunque, con la cantidad de gente que había, tampoco le extrañaba demasiado.

—Imagino que viene a ver a Charlotte —continuó el cuidador, ajeno a la tensión entre ambos—. ¡Hoy ha hecho un trabajo magnífico!

En ese momento la yegua castaña asomó la cabeza por encima del portón y empujó con la testuz el brazo de su dueño, que se giró hacia ella y la acarició con deleite.

—Venga, acérquese —la invitó el señor Wilson.

Jane había barajado la posibilidad de marcharse y regresar en otro momento, porque la presencia de Blake enturbiaba sus sentidos, pero en ese instante no se le ocurrió una excusa plausible. Recorrió la escasa distancia que los separaba y alzó la mano hacia el animal, que buscó el contacto. El calor que desprendía mitigó en parte su propio nerviosismo, aunque la presencia, ahora a su espalda, del marqués le impedía respirar con normalidad.

—Es preciosa, señor Wilson —musitó ella, por completo enamorada de la potra—. Verla correr ha sido un privilegio.

—Es usted muy amable, milady. Acaban de cepillarla y ahora le toca descansar —volvió a acariciar la testuz de Charlotte—. Es una campeona.

Jane iba a decir algo pero en ese momento apareció el duque de Rutland para felicitar al ganador. Su yegua, Medora, había quedado en tercer lugar. Jane pensó que había llegado el momento de despedirse y de regresar con Evangeline. Al final no había podido disfrutar de aquel momento como se había imaginado, pero al menos había tenido la suerte de poder ver a Charlotte de cerca, e incluso acariciarla.

—No sabía que le gustaran los caballos. —El marqués la había seguido y en ese momento se encontraba a su lado.

—Me parecen las criaturas más nobles y bellas que existen.

—En eso estoy de acuerdo —reconoció él, que continuó caminando junto a ella—. ¿Hace mucho que conoce al señor Wilson?

—Mi padre adquirió una yegua de sus cuadras para mí —respondió Jane—. Y el caballo que monta mi hermano procede del mismo lugar.

—Interesante.

—¿Interesante? —Lo miró, con una ceja alzada.

—Precisamente estaba comentándole mi intención de adquirir uno para mí —contestó el marqués—. Saber que su familia le tiene en tan alta estima es una garantía.

—Comprendo.

Jane ni siquiera se había dado cuenta de que se habían detenido. Blake la miró con una intensidad que aumentó la temperatura a su alrededor.

—¿Va a seguir ignorando lo que sucedió entre nosotros? —susurró él.

—Este no es el momento ni el lugar.

Jane miró, nerviosa, a su alrededor. Sin embargo, nadie parecía estar prestándoles atención. Los mozos ya estaban preparando los caballos para la próxima competición. Entonces, Blake hizo algo que la pilló por sorpresa. La tomó de la mano y tiró de ella con suavidad, y Jane se dejó conducir. Lo correcto hubiera sido soltarse y salir huyendo, buscar a Evangeline o a Lucien y ver la carrera. Pero no hizo nada de eso. Permitió que él la guiara hacia un extremo del recinto, donde se encontraban las cuadras más antiguas, que ahora solo servían para almacenar el heno. En aquella zona no había ni un alma. Blake empujó una de las puertas con suavidad y entró, con ella aún de la mano.

El lugar olía a heno fresco y a caballo, un aroma que a ella no le resultaba en absoluto molesto y, al parecer, a él tampoco. Sin mediar palabra, Blake se giró hacia ella, la tomó por la cintura y apresó su boca en un beso cargado de deseo.

Desde aquella noche en Almack's, Blake había pensado mucho en lady Jane, más de lo que era aconsejable. No había logrado borrar de su mente el sabor de sus labios y la calidez de su piel. Había incluso considerado la posibilidad de presentarse en su casa como uno más de los muchos admiradores que sabía la visitaban con cierta asiduidad, solo que él no quería ser uno más. Se negaba a formar parte de aquel rebaño de caballeros que la adulaban y la colmaban de cumplidos. Por otro lado, aquella maldición que parecía pesar sobre su familia lo obligaba a ser más cauto que los demás, por mucho que le doliese.

Encontrársela en un lugar como aquel, y sin carabina, era más de lo que hubiera podido soñar. Tan fresca, tan emocionada que le brillaba hasta la piel, tan libre y hermosa como aquella yegua que había acariciado. Todas las costuras de su piel se habían expandido ante el anhelo de tomarla de nuevo entre sus brazos, y ella debía de sentir algo muy similar, porque ni siquiera había intentado soltarse de su mano.

Y allí la tenía, al fin, para él solo durante unos minutos que no pensaba desaprovechar. El sabor de sus labios era exactamente igual a como lo recordaba, más dulce si acaso, pero tan cálido y acogedor como la primera vez. En esta ocasión no fue necesario que su lengua tratara de abrirse camino, porque fue la de ella la que salió a su encuentro.

Blake le tomó el rostro entre las manos y profundizó el beso, bebiéndose los gemidos de la joven que se sujetaba de los laterales de su chaqueta, anclándose a él. La apoyó contra la pared y, sin dejar de besarla, empezó a recorrerla con las manos. Los costados, las caderas, los hombros... El sombrerito que llevaba sobre la cabeza resbaló, soltando parcialmente su larga cabellera castaña, cuyas ondas se enredaron en su cuello. Las apartó con los dedos, dejando sobre su piel un reguero de lava. Jane tenía la cabeza alzada, con los ojos fijados en los suyos, mientras él se bebía su aliento y su mano descendía por su clavícula hasta alcanzar el nacimiento de los senos. Ella se adelantó buscando su boca, pero Blake se retiró unos milímetros. Quería verla, quería mirarla, oírla jadear mientras la acariciaba.

Envolvió con su mano uno de sus pechos, menudos y firmes, y con el índice y el pulgar pellizcó con suavidad el pezón, que respondió de inmediato a su contacto. Un nuevo gemido, casi doloroso, escapó de la garganta de Jane, y entonces sí la besó, mientras profundizaba en su caricia y la bañaba en fuego.

Le estorbaba la tela de su vestido. Ansiaba sentir el contacto de su piel contra sus dedos y, con exquisita pericia liberó uno de sus senos. Ella dio un pequeño respingo, sorprendida sin duda por su osadía, pero no lo apartó. De hecho, arqueó ligeramente la espalda buscando su contacto. Y Blake decidió no defraudarla. Abandonó sus labios y fue trazando un camino de besos hasta su destino, aquella protuberancia rosada que respondía con tanto ardor. En cuanto rodeó su pezón con los labios y lo mordisqueó con suavidad, ella se sujetó a su cabello y dejó escapar un grito de placer y asombro.

Blake succionó con deleite mientras ella se derretía en su abrazo, y luego decidió dedicarle la misma atención al otro seno, prácticamente libre. Una de las cosas que más agradecía Blake de la moda imperante eran aquellos escotes tan pronunciados y tan sencillos de asaltar. Los jadeos de Jane eran como una marea que iba y venía, y lo estaban volviendo loco.

Con la mano libre alzó un poco la falda y batalló durante unos segundos con las varias capas de enaguas. Comenzó a recorrer la pierna, cubierta por una media de suave seda, hasta que llegó a la altura de la rodilla y se tropezó con el borde de sus calzones, adornados con cintas y encajes. A través de la fina tela de algodón podía percibir su piel ardiente y palpitante. Blake se alzó un poco y volvió a hundirse en su boca, mientras le rodeaba la cintura con un brazo para pegarla a su torso y con la otra continuaba su recorrido bajo el vestido.

Sentía a Jane tan entregada, tan fuera de sí, que él mismo se notaba a punto de volar por los aires. Cambió un poco de postura para tener mejor acceso al cuerpo de la joven y finalmente alcanzó el hueco entre sus piernas. Estaba caliente, y tan húmedo que sintió cómo su mano se mojaba. No tenía fácil acceso, pero tampoco lo consideró necesario. No hizo falta más que apoyar su palma abierta contra la zona más delicada y moverla dos o tres veces, apretando con suavidad y provocando un suave roce que la hizo estallar de puro gozo.

Los gemidos de Jane se murieron en su boca y la guio por aquel camino inexplorado con el deleite más absoluto, hasta que la tormenta se fue apaciguando y ella quedó desmadejada entre sus brazos. Jane apoyó la frente en su pecho, mientras él la sostenía y le acariciaba el cabello, deseando tumbarla sobre aquel heno y hacerla suya con todas las consecuencias.

—¿Estás bien? —le susurró al oído.

Ella se estremeció, pero no contestó. Por cómo movió la cabeza imaginó que había asentido, pero le estaba privando de contemplar su rostro. Le sujetó la barbilla con los dedos y le hizo elevar la mirada. Sus ojos, ligeramente acuosos, se prendieron de los suyos. Tenía las mejillas sonrosadas y brillantes, y una fina película de sudor cubría su labio superior.

—No deberíamos... —comenzó a decir ella, con un hilo de voz.

Blake no la dejó terminar. Le robó las palabras con un beso, suave y delicado.

—Esto es solo una aventura, una aventura increíblemente placentera, Jane —musitó Blake—. Y algo tan hermoso no puede estar mal, ¿no te parece?

—Hummm, ¿no?

Era evidente que aún no era capaz de pensar con claridad. Blake no podía aventurar qué haría en cuanto fuera dueña de nuevo de todas sus facultades. Bien sabía Dios que se tenía merecida al menos una bofetada por haberla colocado en aquella situación, por mucho que hubiese disfrutado. Él sabía lo que hacía. Ella, con toda probabilidad, no tenía ni idea.

La ayudó a sentarse sobre una alpaca de heno hasta que logró normalizar su respiración. Se dio cuenta de que apenas se atrevía a mirarlo. Después de todo lo que había sucedido entre ellos, la joven parecía avergonzada. Blake tampoco tenía por costumbre comportarse de ese modo y no se lo tomó a mal, aunque sintió cierto extraño vacío en la boca del estómago.

Se apoyó contra la pared y respiró en profundidad. Su palpable excitación aún presionaba contra sus pantalones y necesitaba tranquilizarse o no podría salir de allí en todo el día.

Le llegó el ruido del exterior, lejano, casi como si perteneciera a otro mundo. La carrera estaba a punto de comenzar si es que no lo había hecho ya. Seguramente alguien la estaría echando de menos.

—Tenemos que irnos, Jane —la apremió.

—Lo sé —respondió, con un suspiro—. Lo que no sé es si podré mantenerme en pie después de esto.

Blake sonrió y le dio un beso en la coronilla. Un beso que lo sorprendió más que todo lo sucedido hasta el momento.

En él no había ni rastro de deseo.

12

Jane no podía creerse lo que había sucedido entre el marqués y ella. Las oleadas de placer que la habían sacudido habían sido tan inesperadas como estremecedoras. ¿Siempre sería así entre un hombre y una mujer? ¿Esa sed insaciable, esa ansia desbocada?

No estaba segura de qué significaba aquello, ni si cambiaría en algo la relación que existía entre ambos, pero tampoco le importaba. Blake Norwood acababa de abrir una puerta, apenas una rendija, por la que se colaba una luz cegadora, y ella quería saber qué había más allá, necesitaba saber qué más cosas la aguardaban tras aquel umbral. Era indecoroso y era impropio, pero era una aventura tan pasajera como excitante.

Vio a Blake apoyado contra la pared, con la cabeza hacia atrás y la respiración pausada. Echó un rápido vistazo a su entrepierna, aún inflamada y, cuando alzó de nuevo la vista, él la observaba con una sonrisa de delectación. Jane enrojeció y apartó la mirada.

—No tienes nada de que avergonzarte —le aseguró él, con la voz ronca.

—Yo... no entiendo muy bien qué ha sucedido.

—Has tenido un orgasmo, Jane.

—Oh, Dios. ¿Eso era...? —Se atragantó con sus propias palabras—. ¿Eso era un orgasmo?

Había oído esa palabra en alguna ocasión, e incluso la había leído en alguna novela, pero hasta ese momento no se había imaginado lo que significaba realmente. Lo arrolladora y asombrosa que era.

—Ha sido espectacular —reconoció Blake.

—¿Tú también...?

—Oh, no, yo no.

—¿Acaso no te ha gustado?

—Ni siquiera tengo palabras para expresar lo mucho que me ha gustado, Jane —contestó él—. Pero en el caso de los hombres es... distinto.

—¿Distinto?

—Nuestro cuerpo no funciona del mismo modo —le explicó—. Para alcanzar un orgasmo necesitamos algo más.

—Tal vez ahora yo podría... hacer algo.

Blake la miró con una intensidad abrasadora.

—No creas que no me tienta tu proposición, Jane, pero ya hemos provocado demasiado al destino.

Ella asintió. Tenía razón, por supuesto. ¿Cuánto rato llevaban allí? Pensó en Evangeline, y en Lucien. ¡Seguro que la estarían buscando! Ni siquiera se le ocurría qué excusa podía inventarse para su desaparición.

—Eres apasionada, Jane Milford —le dijo él—. ¡Y me encantaría enseñarte tantas cosas!

—¿Qué cosas? —La sola idea de que volviera a besarla y a acariciarla encendió su cuerpo al instante.

—Si comenzara a enumerarlas, no podríamos salir de aquí en una semana.

A Jane se le escapó una risita nerviosa. Se sentía tan libre, tan viva y tan luminosa que no le habría importado quedarse allí una semana o un mes.

—¿Irás pasado mañana a la ópera?

—¿Qué? —El cambio de tema la desconcertó un instante.

—A la ópera, pasado mañana —repitió él, sonriendo.

—Sí, creo que sí, pero no entiendo qué...

—Esa noche no te pongas enaguas.

—¿Qué? ¡No! No puedo hacer eso, Blake.

—¿Por qué no? ¿Cuántas llevas ahora? Porque me ha costado la vida alcanzar tus piernas.

—Cinco.

—¿Cinco? ¿Para qué necesitas tantas?

—La tela es muy fina, y casi transparente. Si no las llevase, la tela se me pegaría a las piernas. Solo las mujeres indecentes van sin enaguas.

—Pero será de noche.

—En la ópera también hay luz, Blake.

—Ponte solo dos.

—¿Por qué? Quiero decir... allí habrá mucha gente. No creo que tengamos la oportunidad de... en fin.

—Lo sé, aunque pienso robarte algún beso en el descanso. Mi palco no está lejos del tuyo y esa noche no tengo intención de compartirlo con nadie.

La promesa de un nuevo encuentro, aunque breve, volvió a colorear las mejillas de Jane.

—Y no te pongas las calzas —pidió él.

—¿Quieres que vaya sin ropa interior?

—Exacto.

—Pero eso es... eso es una locura.

—Solo tú y yo lo sabremos.

—No, yo no...

Blake se aproximó y la levantó del asiento. Pegó el cuerpo de Jane al suyo y la besó con ardor, hasta que ella sintió que la cabeza se le iba.

—Toda la noche ambos estaremos pensando en eso, Jane

—le susurró mientras mordisqueaba el lóbulo de su oreja—. ¿Te imaginas qué situación más excitante? Procura ocupar el asiento situado más a tu derecha, para que yo pueda verte desde el mío. Te estaré mirando, e imaginando tu piel bajo la ropa. Y tú serás consciente en todo momento del roce de la tela sobre tu piel, imaginando que son mis manos, que son mis labios quienes te recorren entera.

—Blake... —A Jane le faltaba el aliento. Todo lo que él le susurraba era tan excitante que deseó que volviera a tocarla y le proporcionara un nuevo orgasmo.

—Piensa en ello, ¿de acuerdo?

Jane asintió. ¿Cómo no iba a pensar en ello? Estaba segura de que en las próximas horas, en los próximos días, iba a rememorar cada detalle de lo que había sucedido en el interior de aquella cuadra. De todo lo que habían hecho y de todo lo que habían dicho, especialmente de todo lo que había dicho él.

—Ahora deberíamos irnos. —Blake se separó unos centímetros y cogió su sombrerito del suelo.

Con una delicadeza casi desconcertante, la ayudó a recogerse el cabello de nuevo y a sacudir su vestido. En unos segundos, no quedaba rastro en ella que indicara lo que había sucedido.

—¿Dónde te habías metido? —le preguntó Evangeline en cuanto ambas se encontraron de nuevo.

—Me entretuve en las cuadras y, cuando volví, la carrera ya estaba a punto de comenzar —mintió Jane—. No quería perdérmela, así es que la vi desde allí.

Señaló con la mano a un punto indeterminado del recorrido.

—Pues no te he visto.

—Había mucha gente.

—Ya.

—¿No te ha parecido espectacular?

—Sí, claro. ¿También has ido a ver al caballo ganador?

—Era una yegua, Evie. Se llama Olive, y es una preciosidad.

En el camino de regreso, Jane había escuchado a los asistentes mencionar a la ganadora, e incluso tuvo la fortuna de verla de refilón mientras la llevaban de regreso a las cuadras. Estaba segura de que su historia resultaba plausible, y se había mostrado convincente, aunque detectó cierta sospecha en la mirada de Evangeline. Le habría encantado compartir con su amiga lo que había sucedido, pero ni siquiera ella lo había asimilado aún. Aquello no había sido solo un beso, por muy apasionado que hubiese sido. Aquello era mucho más, algo tan grande que le daba vértigo.

Lucien se acercó en ese momento.

—Os estaba buscando, chicas —les dijo—. ¿Lo habéis pasado bien?

Jane intercambió una breve mirada con Evangeline antes de contestar.

—Oh, sí. ¿No te han parecido dos carreras magníficas?

—Ya lo creo. ¿Desde dónde las habéis visto?

—Desde allí. —Evangeline contestó por las dos y señaló al mismo lugar que un rato antes Jane le había indicado.

—Vaya. Habría sido mucho más interesante hacia el otro lado, más cerca de la meta —repuso Lucien.

—Lo recordaremos la próxima vez —contestó su amiga.

Evangeline acababa de salvarla al no mencionar que la había perdido de vista durante bastante rato, sin necesidad de pedírselo y sin que ella le explicara nada. ¿Podía tener una amiga mejor que ella?

En la mansión Milford, Emma se preguntaba algo muy parecido con respecto a Phoebe Stanton. Aunque en un principio había aceptado acompañar a sus hermanos a Newmarket, al final había decidido quedarse. Su amiga Amelia iba a estar un par de días muy atareada con la visita de unos primos de sus padres y Phoebe y ella tendrían la oportunidad de pasar algo de tiempo a solas. Y esa era una circunstancia que se daba muy pocas veces, así es que Emma no dudó en aprovecharla.

Phoebe ya llevaba un rato charlando sobre moda y vestidos, con una revista entre las manos, y Emma se había limitado a asentir, en absoluto interesada en su monólogo y centrada en exclusiva en el modo en el que la luz del sol jugaba con su dorado cabello.

—No me estás escuchando, Emma.

—No es verdad.

—¿Qué es lo último que he dicho?

—Que no te estaba escuchando. —Emma sonrió ante el bufido de su amiga.

—Antes de eso.

—¿De verdad no hay nada que te interese más que hablar de fiestas, vestidos y chicos?

—Pero, ¿es que no te das cuenta de que el año próximo seremos debutantes?

—¿Y qué? Hay cosas mucho más interesantes que eso. ¿No sientes curiosidad por saber cómo es el mundo ahí fuera?

—¿Fuera de dónde?

—Pues fuera de estas paredes, de nuestro cerrado círculo. ¿No te gustaría, no sé, conocer otros lugares de Londres? ¿Del mundo incluso?

—Oh, sí —suspiró Phoebe—. Cuando me case quiero viajar a Italia con mi marido.

—No me refiero a eso.

—¿París mejor?

—No, Phoebe, yo... —Emma hizo una pausa y miró a su amiga. No sabía cómo explicarle lo que quería decirle, ni siquiera si lo iba a entender—. Da igual.

—Es que no sé si te entiendo, Emma.

—Lo sé. No pasa nada, es culpa mía.

—Somos amigas, y sabes que puedes contarme cualquier cosa, ¿verdad? —musitó Phoebe, acercándose un poco más a ella.

Emma la miró. Se fundió en sus ojos celestes y en la suave curva de sus cejas. En sus largas pestañas y en las motas oscuras que salpicaban sus iris. No necesitó pensarlo mucho, llevaba meses imaginando ese momento. Se inclinó ligeramente y rozó los labios de su amiga con los suyos, apenas un aleteo que la atravesó de parte a parte. Se retiró unos centímetros y volvió a mirarla. Esperaba rechazo, sorpresa al menos. Pero en su mirada no había ninguna de las dos cosas. Solo curiosidad y tal vez deseo, y una corriente de afecto que le nubló la vista.

Emma volvió a inclinarse, y esta vez el beso fue más largo. Y más profundo.

Blake no recordaba si en algún momento de su vida había deseado tanto a una mujer como deseaba a lady Jane. En Filadelfia había tenido algunas amantes, nada importante, y con ellas había descubierto algunos de los secretos femeninos más ocultos. Entre ellos, el poder de la anticipación, de la fantasía incluso. Por eso se le había ocurrido lo de las enaguas y lo de la ropa interior. Sabía que era poco probable que pudieran disponer de unos minutos a solas, pero imaginarla a tan escasa distancia de esa guisa conseguía acelerarle el pulso. Y estaba casi seguro de que a ella le pasaría igual.

Apenas podía concentrarse en los papeles que estaba revisando en ese instante. Con el título había heredado una nada desdeñable cantidad de propiedades que requerían supervisión y estaba repasando los informes de su administrador. Pensó en la mansión Heyworth, en Kent, casi un palacio de cuarenta habitaciones y una de las primeras que había visitado tras convertirse en su nuevo dueño. Apenas conservaba un puñado de recuerdos de ella, cuando había estado allí con sus padres siendo niño. Las burlas de sus primos y las lágrimas de su madre se habían quedado ligadas a aquella propiedad hasta su regreso. Contemplarla a su antojo, vacía excepto por el personal de servicio, apenas logró mitigar la amargura que impregnaba aquellos muros.

Pensó en todos los varones que habían heredado la propiedad antes que él, y en que ninguno había hecho cambios sustanciales en ella, con toda probabilidad por falta de tiempo. Conservaba el espíritu del viejo marqués, y fue una de las primeras cosas que decidió erradicar de ella. Contrató a un equipo de trabajadores para que la remodelaran de arriba abajo. Las obras habían finalizado dos meses atrás y no podía estar más satisfecho con el resultado. Ya no quedaba nada en ella que pudiera colarse en sus recuerdos, o que pudiera herirla.

Decían que su título estaba maldito. Tal vez fuese cierto. Tal vez no tendría la oportunidad de disfrutar de esa casa durante mucho tiempo, pero la mansión jamás volvería a ser como era. Él mismo había quemado, en una gran pira en el patio central, casi todos los muebles, adornos, cortinas y cuadros que contenía, y el resto lo había donado. La satisfacción que había experimentado al ver arder todo aquello era uno de sus mejores recuerdos desde que había llegado a Inglaterra. Ahora, la escena de las cuadras con lady Jane era otro de ellos.

Cuando ambas imágenes se superpusieron una sobre la otra supo qué debía hacer a continuación e hizo llamar a su mayordomo. Por lo que Blake sabía, Stuart Combstone llevaba en aquella casa veinte años y había sobrevivido a todos sus señores. No era un hombre muy alto, aunque sí muy distinguido y, con la ropa adecuada, podría haber pasado sin apuros por un auténtico caballero. En una ocasión, incluso, Blake le propuso que lo acompañara al club Brooks's como su invitado, y hacerle pasar por uno de sus tíos de América, pero el hombre se había mostrado tan escandalizado que se vio obligado a retirar su propuesta.

—¿Deseaba algo, milord? —preguntó en cuanto entró en el despacho de Blake, con su traje impecable y sus exquisitos modales.

—Quisiera dar una fiesta, señor Combstone.

—Por supuesto, milord. ¿Ha pensado en alguna fecha en concreto?

—En la mansión de Kent.

—Oh, comprendo.

—¿Puede ocuparse de contratar a alguien que la organice?

—Desde luego, milord.

De haber tenido una esposa, pensó Blake, o una madre o una hermana, sin duda habría sido ella quien se habría encargado de todo. En su caso, tendría que confiar en el buen hacer de su mayordomo, que sin duda escogería a la persona indicada para ello.

—Había pensado en un fin de semana, de aquí a quince días. ¿Le parece tiempo suficiente?

—Si ya tiene la lista de asistentes sería conveniente empezar a enviar las invitaciones, milord.

—La lista, sí. —En ese momento, Blake solo tenía un nombre en mente—. La prepararé de inmediato y se la entregaré esta tarde.

—De acuerdo, milord. ¿Ha pensado en algún tema? —continuó el señor Combstone—. La última que se celebró aquí, hace apenas tres meses, estaba inspirada en la Antigua Roma.

—Creo que en esta ocasión no será necesario. Será una fiesta en el campo, solo quiero que haya entretenimientos suficientes para los invitados. Partidos de críquet, paseos a caballo, picnics, juegos...

—Comprendo. Escribiré de inmediato a la mansión para que empiecen a prepararlo todo.

—Gracias, señor Combstone.

El mayordomo abandonó la habitación y Blake se reclinó en la silla, tomó papel y pluma y escribió el primer nombre: lady Jane Milford. Su hermano Lucien no podía faltar, por supuesto, estaba convencido de que no la dejaría ir sin la debida supervisión. Y había que añadir a su prometida, lady Clare.

Blake hizo una pausa. Una fiesta en la ciudad estaba abierta a casi todo el mundo, pero cuando se celebraban en el campo la cuestión era distinta, porque los asistentes no podían regresar a sus hogares al finalizar la velada. Aunque en algunos casos los invitados alquilaban habitaciones o casas en los alrededores, lo más aconsejable era no sobrepasarse con el número de personas que podían alojarse en la propia mansión.

Y Blake no tenía intención de que Jane durmiera bajo otro techo que no fuera el suyo.

13

¡Había llegado carta de Nathan! En cuanto Lucien la había cogido de la bandeja del correo se la había entregado a su padre, con un ligero temblor en su mano que a Jane no le pasó desapercibido. Todos se arremolinaron en torno al conde, que la abrió de inmediato. Nathan les contaba que se encontraba bien y que continuaba a bordo de uno de los barcos de la Marina, y pasaba a relatarles algunas anécdotas de su vida en el mar. Jane suspiró de alivio en cuanto supo que no había participado en ninguna maniobra peligrosa y que no había entrado en combate. Eso no significaba que no fuese a hacerlo en el futuro pero, al menos de momento, estaba a salvo. ¿Por cuánto tiempo?

Jane continuaba revisando los periódicos a diario, pero no lograba sacar nada en claro, ni aventurar cuánto más iba a durar aquella guerra. Ni si su hermano regresaría de ella. Pese a todas las cosas que le estaban sucediendo, pese a todas las emociones y la excitación, seguía preocupada por él. ¿Por qué diablos se habría alistado? Entendía sus motivos, por supuesto. Como hijo menor, no tenía aspiraciones al título y debía labrarse su propio porvenir y, como muchos hijos segundos y terceros, el ejército era un objetivo apetecible, un lugar en el que poder hacer carrera. Pero solo tenía veintidós años, ¡era casi un niño! Hacía más de dos que no lo veía, pero aún lo imaginaba correteando por el jardín, subiéndose a los árboles y animando a sus hermanas a acompañarle, colándose en la cocina a robar galletas y quedándose dormido frente a la chimenea, mientras su padre les contaba alguna de sus historias sobre romanos o griegos.

Le pidió la carta a su padre cuanto finalizó la lectura y volvió a leerla, por si encontraba alguna pista oculta, algún comentario con doble sentido que solo ella captaría, alguna referencia que le indicara cuál era su verdadera situación. Pero, por más que la leyó, no pudo hallar nada de eso.

—Le vas a borrar las letras, Jane —le dijo Emma, sentada frente a ella.

—¿Eh? —Alzó la vista. Durante unos minutos había olvidado que no estaba sola.

—La carta, de tanto leerla conseguirás desgastarla.

—¡Qué estupidez! —bufó, y volvió a bajar la vista.

—Emma —la riñó el padre—, deja en paz a tu hermana.

—Es que no sé cuántas veces la ha leído ya, papá —se quejó la hermana—. Como si solo ella tuviera derecho a hacerlo.

Jane alzó la mirada.

—Oh, Emma, lo siento —se disculpó al tiempo que le tendía la misiva—. No me he dado cuenta de que tú también querrías volver a leerla.

—Es que ya ni recuerdo cuándo fue la última vez que tuvimos noticias suyas. —Su hermana tomó la carta y se arrellanó en la silla para leerla.

Casi tres meses. Ese era el tiempo que llevaban sin noticias de Nathan. Jane lo sabía bien porque había contado cada uno de los días. Entendía que, a bordo de un barco, el sistema postal no funcionase con la misma premura que en tierra, y que tenían que esperar a que alguno de los navíos regresase a Gran Bretaña para poder traer la correspondencia. Y a eso había que añadirle lo poco que le gustaba a Nathan escribir. En ocasiones, a Jane le habría gustado tener a su hermano más cerca para darle un pescozón y recordarle que en casa todos estaban preocupados por él.

Echó un vistazo a su hermana y luego a Lucien, que tampoco la perdía de vista. Intuyó que él también estaría deseando hacerse con aquel pedacito de Nathan, por mucho que intentase disimularlo y por más que insistiese en que se encontraba bien y que volvería sano y salvo. Por último miró a su padre, que había dejado el plato del desayuno a medias y que parecía perdido en sus pensamientos.

—¿Papá?

El conde pareció volver en sí y la miró.

—Nathan está bien, Jane.

—Sí, papá.

—Es un buen muchacho —continuó el padre, que movía la cabeza de arriba abajo—. Y pronto estará de vuelta.

Jane asintió, con la garganta atorada. Comprender que todos estaban tan preocupados por Nathan como ella no la consoló, pero la hizo sentirse menos sola.

—¿Cómo sabes si estás enamorada?

Jane miró a Emma, tendida sobre su cama y con un libro entre las manos. Un libro del que, por lo que había podido apreciar, no había pasado ni una página.

—¿Qué?

—Eso, que cómo sabes si quieres a alguien.

—¿Y cómo quieres que yo lo sepa?

—Has conocido a un montón de hombres en los últimos días —replicó su hermana—. No me digas que no has sentido nada por ninguno de ellos.

Jane pensó en Blake de inmediato, pero llamar amor a aquello le parecía excesivo.

—Aún no conozco a ninguno lo suficiente como para saber si estoy enamorada.

—¿Cuando estás con alguno de ellos no sientes como si te ahogaras? —Emma se había llevado una mano al cuello.

—¿Qué? ¡No! —respondió, aunque sabía que eso no era del todo cierto. Cuando Blake la miraba o la tocaba sentía exactamente eso.

—¿Y el corazón no te late más deprisa? ¿No te sudan las manos?

—¡Emma! Pero tú... ¿cómo? ¿Es que acaso...?

—¿Yo? —Su hermana soltó una risita—. ¡¡¡No!!! ¿Estás loca? ¡Pero si no he salido de aquí!

—¿Entonces?

—Lo he leído.

—¿Dónde?

—Eh, no sé. En algún libro.

—¿En ese? —Jane señaló el que tenía en el regazo.

—No, en este no. —Emma lo cerró de golpe—. Tal vez fue en una revista, no lo recuerdo. Solo pensé que tal vez tú podías saberlo, es todo.

—¿Saber el qué?

—Si cuando te enamoras sientes esas cosas. —Emma se levantó y se sentó frente al tocador—. Ya sabes, por si algún día conozco a alguien y... en fin, a lo mejor me enamoro y no me doy ni cuenta. Igual pienso que estoy enferma.

Jane se rio.

—Oh, Emma, estoy convencida de que cuando te enamores lo sabrás.

—Claro, seguro que sí. —Su hermana sonrió y Jane creyó percibir cierto aire de tristeza en su gesto, aunque no podía asegurarlo—. Voy a ver si la señora Grant ha ordenado que preparen el té.

Antes de que Jane pudiera decir nada más, Emma había salido de su habitación, dejándola con una extraña sensación bailoteando a su alrededor.

Se preguntó si, llegado el caso, ella misma reconocería esos síntomas de los que Emma le había hablado.

Querida lady Jane:

A estas alturas de la temporada es muy posible que ya haya conocido a algún joven capaz de arrancarle algún suspiro y que esté incluso valorando cuál de ellos podría ser el marido más adecuado.

Aunque el deber de una buena esposa es cuidar de su marido, de su casa y de sus hijos, no olvide que usted es, ante todo, una mujer, y que tiene sus propias necesidades, ajenas a su papel como esposa. El matrimonio no debería concebirse únicamente como un fin para obtener un heredero y perpetuar un linaje. El matrimonio debería ser algo más, una correspondencia de afectos y de respeto, un intercambio de opiniones y un espacio en el que compartir lo mejor y lo peor de cada uno. No permita que su marido la arrincone, ni ceda usted siempre a sus deseos si no son también los suyos. Si tiene la fortuna de encontrar a un hombre capaz de despertar su pasión, no tema solicitar sus atenciones ni espere a que sea siempre él quien acuda a su lecho. Un poco de iniciativa por su parte será bien vista por su compañero y le permitirá a usted disfrutar de la sensación de tomar las riendas en su relación, algo que ocurre con escasa frecuencia fuera del tálamo.

Las necesidades de un hombre, lady Jane, son distintas a las de una mujer y casi siempre mucho más sencillas. El cuerpo de un varón es diferente al nuestro y casi todo su deseo se acumula en su entrepierna. Sin embargo, despertarlo no requiere de excesivo esfuerzo. Basta una mirada sugerente, una palabra susurrada con cierta intención o un leve roce contra su cuerpo para provocar su

excitación, que será fácilmente visible. No tema si descubre esa
zona de su cuerpo inflamada, a menos que no haya sido usted
quien haya provocado dicho efecto. Si con tan poco es capaz de
lograr tanto, le auguro una vida conyugal muy placentera.
    Suya con afecto,

Lady Minerva

Jane no pudo evitar sonreír ante esa nueva carta de su anónima *amiga*. Poco podía llegar a imaginar esa lady Minerva lo cerca que había estado ya de la excitación de un hombre, aunque habría agradecido un poco más de concisión. ¿Cómo funcionaba exactamente el cuerpo de un hombre? ¿Cómo podía ella procurarle el mismo placer que él era capaz de provocar en ella? ¿Y realmente sería tan sencillo causar ese efecto en alguien como Blake, con una sola mirada suya o con una simple palabra?

A esas alturas, Jane ya era consciente de que el marqués de Heyworth era un hombre apasionado, o al menos lo era con ella. Y que el efecto era recíproco, al menos con él. No se había atrevido a ir más allá con ninguno de los otros caballeros a los que había conocido, como lord Glenwood o el vizconde Malbury, los únicos que lograban despertar en ella alguna sensación, por tibia que fuese. ¿Reaccionaría su cuerpo del mismo modo?

Escuchó ruido en el pasillo y corrió a esconder la carta entre las demás. Aún no se había atrevido a quemarlas, pese a que se lo había planteado en multitud de ocasiones. Era una estupidez, lo sabía. Corría un riesgo innecesario y si alguien las descubría el escándalo sería mayúsculo, por no hablar de las consecuencias. Pero, por alguna extraña razón, quería conservarlas, al menos de momento. Le gustaba leerlas a escondidas, encerrada dentro del ropero, y pensar en todos esos consejos y en cómo sería su vida cuando eligiese al hombre que habría de convertirse en su esposo.

Por enésima vez en los últimos días se preguntó si Blake Norwood sería ese hombre.

El King's Theatre, en Haymarket, se había engalanado para el concierto de aquella noche. Todo el mundo comentaba que sería el último de la soprano Angelica Catalani antes de que regresara a Francia. De allí se había marchado pese a que Napoleón la adoraba y le había prometido una increíble fortuna si decidía permanecer en el país. Pero ella, según decían, detestaba al corso y había terminado instalándose en Londres, donde no tenía rival. Ahora que Napoleón había sido desterrado a la isla de Elba la cantante había decidido volver al fin.

Jane llegó en compañía de su hermano y de lady Clare y, en cuanto descendieron del carruaje, se tomó unos minutos para contemplar el edificio y la fastuosa fachada porticada. Había mucha gente y supuso que, dado lo excepcional de la noche, nadie querría perderse la última interpretación de la diva. Tanta afluencia le causó cierta aprensión. ¿Cómo se le había ocurrido hacer caso a Blake? Solo llevaba dos enaguas, y había escogido un vestido lo bastante tupido como para que sus piernas no se vieran a través de la tela, pero las sentía desnudas, por no hablar de la ausencia de sus calzas.

Debía reconocer, sin embargo, que la sensación era sumamente liberadora e increíblemente sensual. Por debajo del vestido corría el fresco aire de la noche, que ascendía hasta sus muslos desnudos y hasta el punto en el que estos se unían, provocándole una sensación muy placentera.

Una vez en el hall, Jane buscó a Blake con la mirada, pero no logró distinguirlo entre la multitud. ¿Habría mantenido su promesa y estaría allí, en algún lugar? A quien sí vio casi de inmediato fue a lady Ophelia, en compañía de lady Cicely. Ambas iban a compartir el palco con ellos y todos juntos comenzaron a subir las escaleras. Las arañas que colgaban del techo y los apliques de las paredes arrancaban destellos de todas las superficies y, si no fuese por la algarabía de la concurrencia, el espectáculo habría resultado estremecedor.

Lo primero que hizo al llegar al palco fue dejar su bolsito sobre la silla que iba a ocupar, la que Blake le había indicado. Los demás se habían quedado rezagados en la salita previa, donde les aguardaban bebidas y algunos dulces. Echó un rápido vistazo al frente, pero en el palco de Heyworth no vio movimiento alguno.

—¿Temes que te quiten el sitio? —Lady Ophelia estaba a su lado. Jane la miró con extrañeza y su tía señaló hacia la silla, sobre cuya superficie brillaba su ridículo.

—Oh, no, solo quería comprobar si el teatro estaba muy lleno —disimuló ella, que echó un rápido vistazo hacia abajo—. Y quería colocarme bien los guantes.

Hizo exactamente eso mientras lady Ophelia se aproximaba a la barandilla.

—Creo que hoy no quedará ni un asiento libre.

—La reina también ha venido. —Jane miraba en dirección al palco en el que la reina Charlotte y sus acompañantes tomaban asiento.

—Tengo entendido que es una gran admiradora de la Catalani.

—¿Es cierto que este será su último concierto en Inglaterra?

—¿Quién sabe? Con los años he aprendido que los artistas son personas muy volubles y que se mueven por impulsos —contestó su tía—. Quizá cuando vuelva a Francia eche de menos los escenarios ingleses.

—Sí, tal vez.

—Vaya, veo que ni siquiera el marqués de Heyworth ha querido perderse el concierto.

En cuanto su tía pronunció el nombre de Blake, el cuerpo de Jane se tensó y su cabeza se movió hacia la izquierda. Allí estaba él, de pie en mitad de su palco vacío, con una mano apoyada en la barandilla y mirando también hacia abajo. Al alzar la cabeza sus miradas se encontraron un instante, apenas un segundo que a ella le hizo sentirse totalmente desnuda. Blake miró entonces en dirección a lady Ophelia, sonrió e inclinó la cabeza a modo de saludo.

—Un hombre encantador y sumamente atractivo, ¿no te parece? —musitó su tía mientras devolvía el saludo.

—Eh, sí —balbuceó Jane, que se sentía tan expuesta como si llevase todos sus pensamientos grabados en la cara.

—Según creo no es uno de tus visitantes habituales, ¿verdad? —Lady Ophelia chasqueó la lengua—. Una lástima.

—¿Por qué es una lástima?

—Bueno, no hay duda de que es uno de los hombres más interesantes de Londres.

—Y un derrochador —comentó Jane. Por nada del mundo deseaba que su tía adivinase el interés que el marqués despertaba en ella y ese comentario, a fin de cuentas, era una de las cosas que pensaba sobre él.

—Tiene dinero suficiente como para derrocharlo a su antojo.

—Hizo construir un circo en Hyde Park, tía —continuó—. ¡Un circo que se desmanteló solo una semana después!

—Sí, ¿no te parece increíble? —Lady Ophelia soltó una risita—. Desde luego, la mujer que logre cazarlo no tendrá una vida aburrida.

—¿Qué os resulta tan divertido? —Lucien entró en el palco, seguido por lady Clare y lady Cicely.

—Comentábamos que sería gracioso que la Catalani descubriera al llegar a París lo mucho que va a echar de menos Londres —contestó lady Ophelia, volviéndose hacia su sobrino.

Jane no entendía por qué su tía había decidido omitir que, en realidad, estaban hablando sobre Heyworth, pero se lo agradeció.

—Dudo mucho que allí la vayan a tratar mejor que aquí —aseguró su hermano, mientras tomaba la mano de lady Clare para que tomase asiento.

—Oh, ha venido la reina —comentó su prometida.

—Creo que nunca había visto el teatro tan lleno. —Lady Cicely echó un vistazo a su alrededor—. Todos los palcos están llenos.

—Menos el de Heyworth —añadió Lucien, con el ceño ligeramente fruncido. Jane ni siquiera miró en la dirección en la que lo hacía su hermano.

—Quizá prefiera deleitarse con la música sin interrupciones —comentó lady Ophelia.

—¿Lo dice por mí, tía? —Lucien sonrió, pícaro.

—Dios sabe que la ópera no es uno de tus pasatiempos favoritos, ni el de tu padre —comentó la mujer—. Pero te agradecería que hoy te limitaras a disfrutar de la velada en silencio.

Jane vio que lady Clare trataba de disimular una sonrisa mientras miraba a Lucien quien, a su vez, había alzado las cejas en dirección a lady Ophelia.

—Si te aburres, ahí tienes la salita —continuó la dama—. O puedes salir al pasillo a charlar con los demás caballeros. Todos sabemos que, en cuanto empieza la función, muchos de ellos se escabullen de los palcos. A veces pienso que a los hombres os falta sensibilidad para apreciar la música.

—Tal vez eso sea exagerar, querida —apuntó lady Cicely.

—A mí no me falta sensibilidad —se defendió Lucien—, es solo que, a veces, estos conciertos me parecen demasiado largos.

La discusión acabó ahí, porque justo en ese momento la intensidad de las luces de la sala menguó. El espectáculo estaba a punto de comenzar. Jane recogió su bolsito, tomó asiento y miró con disimulo al palco de Blake. En él apenas quedaba una diminuta luz que alumbraba tenuemente uno de los lados de su rostro, vuelto hacia ella. La piel de Jane se erizó y volvió a ser plenamente consciente de la ausencia de su ropa interior. Notaba entre las piernas el roce de la tela, un suave cosquilleo que la llevó de regreso a aquella cuadra. Movió las caderas dos o tres veces, frotando el interior de sus muslos, y provocando que aquel cosquilleo en su entrepierna aumentara de intensidad. El calor comenzó a ascender por su cuerpo en oleadas.

Las luces se apagaron al fin y el sonido de los primeros violines sobrevoló la sala. Trató de concentrarse en lo que sucedía en el escenario pero le resultaba casi imposible. Sentía sobre ella la mirada de Blake y casi podía percibir sus manos recorriéndola. De vez en cuando se atrevía a mirar en su dirección, solo para comprobar que él permanecía tan ajeno a la ópera como ella misma. Percibirle tan pendiente de ella, y que supiera —o al menos intuyera— que no llevaba nada bajo sus enaguas era una sensación excitante y poderosa. A medida que esa sensación aumentaba notaba cómo su sexo se humedecía, anhelando el contacto.

Cuando llegó el descanso estaba acalorada y casi sin respiración.

—Creo que nunca había visto a nadie emocionarse tanto en la ópera. —Lady Ophelia malinterpretó sus síntomas, lo que fue una suerte para ella.

—Está siendo una velada magnífica —se atrevió a decir.

—Oh, ya lo creo —corroboró su tía—. Pero será mejor que salgas un rato a tomar el aire, querida.

Pero Jane no se movió de su sitio. Tenía miedo de levantarse y de que las piernas no la sostuvieran. Con las luces de nuevo encendidas, ni siquiera se atrevía a mirar en dirección a Blake, aunque percibía su presencia como si se encontrase a solo dos pasos de ella.

—Puedo acompañarte al tocador —le dijo lady Clare—. Creo que a mí también me vendrá bien estirar un poco las piernas.

Jane la miró. Lucien y ella habían ocupado las sillas de atrás y, durante un breve segundo, se preguntó si su hermano se parecería a Blake en ese aspecto. Aunque nada en el semblante de la joven indicaba tal cosa, imaginar a su hermano acariciando a su prometida en la oscuridad del palco le resultó tan grotesco que se levantó de golpe.

Lucien ya había salido al pasillo y en ese instante charlaba con lord Cowper y con su esposa lady Emily, una de las patrocinadoras de Almack's. Se saludaron brevemente y lady Clare y ella se alejaron. Cuando pasaron frente al palco de Heyworth, que mantenía la puerta cerrada, Jane tuvo que hacer un esfuerzo para no colarse por ella e ir en su busca.

Una vez en el tocador se refrescó un poco y contempló su imagen en el espejo. La piel del rostro, el cuello y hasta el escote estaba ligeramente enrojecida, y los ojos brillantes.

—Sí que pareces realmente emocionada —le comentó lady Clare a su lado, con sus mejillas tan pálidas como siempre.

Jane se limitó a sonreírle de forma tímida, ¿qué otra cosa podía hacer? Había varias damas retocándose y charlando entre ellas, comentando el vestido que llevaba tal dama, el atrevimiento de un lord cuyo nombre no mencionaron y que había osado acudir con su amante en lugar de con su esposa y por último, cómo no, salió a relucir el nombre de Blake.

—Me pregunto qué dama le habrá dado plantón esta noche —comentó una con malicia.

—¿Y por qué supones tal cosa? —contestó otra mientras recogía un mechón suelto de su moño.

—Estaba solo en el palco, querida. ¿O es que no te has fijado?

Jane prestó toda su atención a aquella charla. Era absurdo que ninguna de aquellas mujeres llegase siquiera a imaginar lo que Blake y ella se traían entre manos, pero la mera posibilidad aumentó su acaloramiento. El marqués estaba en lo cierto. El secreto que ambos compartían esa noche era peligroso pero, al mismo tiempo, sumamente excitante.

—¿Nos vamos? —le preguntó lady Clare.

Asintió, aunque le hubiera gustado permanecer un rato más allí, para saber qué más cosas se comentaban acerca de Heyworth. Volvieron a salir al pasillo lleno de gente, donde un sinfín de conversaciones se superponían unas a otras. Cuando llegaron junto al palco del marqués, la puerta estaba abierta y él charlaba con alguien de espaldas a ella. Sus miradas se entrelazaron y él le dedicó una sonrisa enigmática, demasiado breve para su gusto.

Las luces menguaron de nuevo, indicando a los asistentes que iba a comenzar la segunda parte. Jane se resistía a regresar a su palco, necesitaba aproximarse a Blake, sentirlo más cerca. Lady Clare y ella estaban conversando con lord Glenwood y trataba de alargar un poco más el momento mientras el pasillo comenzaba a vaciarse. Finalmente, fue lady Clare quien se despidió del conde y la tomó a ella del brazo para regresar con Lucien y los demás. Las luces se atenuaron y la música comenzó a sonar.

—Nos hemos entretenido demasiado —musitó lady Clare a su lado.

Jane se detuvo en seco.

—¡Creo que me he dejado el bolso en el tocador! —exclamó. La puerta de su palco estaba a solo unos pasos.

—¿Seguro? Tengo la impresión de que no lo llevabas.

—Oh, sí que lo llevaba.

—Podemos enviar a alguien a buscarlo. —Lady Clare, visiblemente nerviosa, echó un vistazo alrededor.

—Iré yo misma, solo tardaré un minuto —se ofreció.

—Te acompaño entonces.

—¡No! —Jane no había querido sonar tan brusca, pero su estado de exaltación la estaba consumiendo—. Lucien se preocupará. Dile que vuelvo en un instante.

Lady Clare dudó. Miró hacia la puerta del palco y luego en dirección al pasillo vacío.

—De acuerdo, no tardes.

Jane asintió y vio a la joven alejarse de ella. Se dio la vuelta y caminó deprisa en la otra dirección. Cuando llegó a la altura del palco de Blake, se cercioró de que no quedaba nadie en el pasillo y abrió la puerta.

Justo al otro lado, él la estaba esperando.

14

Cuando Blake le había sugerido a lady Jane aquella idea no sospechaba, ni de lejos, que la experiencia fuese a resultar tan fascinante. En cuanto había llegado al palco y la había visto, lo supo. Supo que ella había hecho exactamente lo que le había sugerido, lo supo por el modo en que lo miró y por la forma en que se movía, como si cada roce de la tela que la cubría fuese una de sus caricias. Notó un fuerte tirón en la entrepierna y se obligó a permanecer impasible y a saludar a quien la acompañaba, lady Ophelia. Y, hasta casi el momento en el que apagaron las luces, había permanecido ajeno a aquel palco, como si no hubiera nadie en él que le interesara de forma especial.

Pero luego había sido incapaz de apartar la vista de ella. Había retirado un poco la silla hacia atrás, para permanecer más oculto entre las sombras, y desde allí la había observado a su antojo, imaginándola desnuda bajo aquel vestido color lavanda y soñándola a su lado, ardiendo de deseo con él.

Ni siquiera había prestado atención a la música, absorto en cada pequeño detalle y en cada leve movimiento de Jane, y la supo tan excitada como él mismo se sentía. En cuanto llegó el descanso se tomó unos minutos para serenarse y salió al pasillo, donde supuso que se cruzaría con ella. No la había visto de inmediato y ya fue casi demasiado tarde cuando apareció en compañía de lady Clare, la prometida de su hermano. No había planeado cómo podrían disponer de unos minutos a solas. En un principio había decidido que eso no era importante, que el solo saberla cerca sería suficiente, pero su ansia por tocarla hormigueaba en la punta de sus dedos.

Las luces indicaron que iba a iniciarse la segunda parte. Permaneció junto a su puerta aún unos instantes, esperando que ella hiciera algo, que fuese capaz de hallar el modo de aproximarse pero al final tuvo que cerrar, solo que permaneció en aquella pequeña antesala, aguardando. Por si acaso.

Y allí estaba. Tan pronto vio cómo se movía el picaporte se acercó y la recibió en sus brazos. Se hundió en su boca y la arrastró con él hasta la pared más próxima, y allí acarició sus piernas por encima del vestido. Se había puesto menos enaguas, era evidente, y eso le regocijó.

Ella jadeaba en su boca y él logró subirle el vestido, lo suficiente como para rozar sus muslos. Con una de sus manos agarró la nalga tersa y redondeada.

—Jane, por Dios, me vas a matar —susurró junto a sus labios.

—Creo... creo que seré yo quien muera primero.

Blake volvió a besarla y a mordisquearle el labio inferior, mientras su mano acariciaba su cadera y se acercaba a su pubis. La sintió temblar entre sus brazos y en un segundo había alcanzado su objetivo.

—Estás mojada —musitó, mientras acariciaba con sus dedos los delicados labios de su sexo.

—Sí, yo...

—Chisss, no pasa nada —le aseguró—. Está bien.

Jane gimió mientras él continuaba moviendo sus dedos entre su clítoris y sus labios. Introdujo suavemente la yema de uno de ellos en aquella oquedad, apenas un centímetro, solo para que ella experimentara la sensación, y con la palma de la mano comenzó a empujar con ligeros golpecitos en la parte delantera. Apenas le hicieron falta media docena de movimientos, porque ella gritó su orgasmo agarrándose a las mangas de su chaqueta, mientras él le cubría la boca con la suya.

Blake sentía el cuerpo bañado en sudor. Estaba tan excitado que pensó que se rompería en pedazos allí mismo. Jane siguió respirando de forma entrecortada, con la frente apoyada contra su pecho y las rodillas laxas. Dios, había sido una de las mejores experiencias sexuales de toda su vida.

—Tengo que... —musitó ella—. Tengo que irme.

—Lo sé. —Era cierto, no podía permanecer allí más tiempo o su ausencia llamaría la atención.

—Pero no puedo moverme —confesó con una risita nerviosa.

Blake se retiró un poco y la acompañó hasta una silla. Cogió una de las toallitas que habían colocado junto a una jofaina, la mojó y se la pasó por la cara y la nuca. Y luego se la colocó tras su propio cuello, esperando que eso le aliviara un poco. Jane le miró, con los labios hinchados y las mejillas encendidas, y él tuvo que hacer un ímprobo esfuerzo para no tumbarla sobre el sofá y hacerla suya de una vez.

—Será mejor que... —comenzó ella.

—Sí, será mejor.

Jane se levantó y permaneció unos segundos de pie, agarrada al respaldo de la silla, sin mirarle y aspirando a grandes bocanadas. Y luego se marchó, como si hubiese sido una ilusión.

Blake permaneció unos segundos observando la puerta, sabiendo que no iba a regresar. Pensó que él también necesitaba aliviarse, o la noche acabaría por convertirse en un infierno. Con lo excitado que estaba, apenas le llevaría un par de minutos.

—Lo he buscado por todas partes —susurró Jane al llegar al palco, con una expresión contrita en el rostro que le había costado un enorme esfuerzo componer. Lady Clare la miró con simpatía.

—Está sobre tu silla —le dijo—. Ya te dije que no te lo habías llevado.

—Oh, gracias a Dios. —Se llevó la mano al pecho con toda teatralidad y se apresuró a coger el bolsito y ocupar su asiento.

Por fortuna, apenas había luz en el palco porque, de lo contrario, no dudaba que alguien habría descubierto de inmediato lo que había sucedido. Las rodillas aún le temblaban y la humedad de su sexo mojaba también el interior de sus muslos. Desvió la vista un instante hacia el palco de Blake, aún vacío, e intentó concentrarse en la actuación de la Catalani. Solo que hacerlo resultaba un imposible.

Aún no podía creerse lo que había hecho. No podía creerse que hubiera salido a la calle sin ropa interior y que hubiera urdido aquella pequeña treta para pasar unos segundos con el marqués de Heyworth, para que él acariciara su parte más íntima y la llevara a la cumbre del placer como un cañonazo. Sentía el pulso aún atronando sus oídos, y la voz de Blake susurrando su nombre mientras ella alcanzaba el orgasmo.

Un movimiento a su izquierda la hizo desviar la vista en esa dirección, y vio a Blake volver a ocupar su silla. Intercambiaron una breve mirada y una sonrisa lánguida, y durante el resto de la velada ella fue más consciente de él que nunca.

Dos días más tarde, Jane aún no había logrado desprenderse de esa sensación. La noche anterior, incluso, se había atrevido a acariciarse ella misma y, aunque había sido placentero, no había alcanzado la intensidad que Blake le hacía sentir. Jamás hasta ese instante había osado experimentar con su cuerpo y ahora, en cambio, lo sentía palpitar, más vivo que nunca. Se había contemplado desnuda en el espejo de su habitación. Sus senos pequeños pero firmes, con las areolas de un rosado oscuro y los pezones enhiestos, su cintura estrecha y sus caderas redondeadas, y aquella mata de cabello oscuro y rizado que era la antesala del goce más exquisito. La humedad entre sus piernas provocó que sus dedos se movieran en esa dirección como si tuvieran voluntad propia y, metida ya en la cama, se acarició del mismo modo en que lo había hecho Blake, enterrando en la almohada los gritos de placer.

La idea de que estaba yendo demasiado lejos con lord Heyworth no abandonaba su pensamiento. Dudaba mucho que otras jóvenes debutantes se encontrasen en su misma situación, y lo que le estaba ocurriendo distaba mucho de ser normal.

—¿Me estás escuchando? —La voz de Evangeline la sobresaltó.

—¡Claro!

—¿Entonces el verde o el azul? —le preguntó, con dos sombreritos en la mano.

—Eh... ¿el azul?

—¡Jane!

—¡El verde! —exclamó, aunque no se le ocurría con qué prenda podría llegar a lucirlo.

Evangeline contempló los dos accesorios que sostenía y le dio la razón. Esa mañana habían salido de compras, aunque Jane no lograba concentrarse y todavía no había comprado nada. Su amiga se probó de nuevo el sombrero que había elegido y se contempló en el espejo durante unos minutos.

—¿Crees que soy demasiado tímida, Jane?

—¿Qué? ¿A qué viene esa pregunta?

—No sé. He estado pensando en ello —contestó—. Tal vez

sea uno de los motivos por el que los hombres no me encuentran interesante.

—Eso es una bobada.

—¿Pero lo crees o no? —insistió Evangeline.

Los ojos de su amiga la miraban casi suplicantes y Jane supo que no podía mentirle.

—Ya te he dicho en multitud de ocasiones que deberías dejar que los demás apreciaran tu ingenio.

—Entonces lo crees. ¡Lo sabía! —La vio hundir un poco los hombros—. ¿Los demás pensarán que soy demasiado tímida y apocada? ¿Incapaz de llevar una casa por ejemplo?

—Evangeline, pero ¿qué te ocurre? —Jane comenzaba a estar preocupada por su amiga.

—Es mi segunda temporada, Jane. Y me temo que va a ser peor incluso que la primera.

—No, eso es absurdo. ¿Quién te ha dicho algo semejante? ¿Tu padre?

—¿Mi padre? —Evangeline soltó una risita.

—Tu madre entonces.

Evangeline no dijo nada. Se quitó el sombrero y lo dejó en su lugar.

—¿No te lo vas a comprar? —le preguntó Jane. La había visto con él puesto y le quedaba francamente bien.

—Hoy no. Ya volveré otro día.

Salieron a Bond Street, llena a esas horas de carruajes y de otras damas haciendo sus compras o simplemente paseando.

—Podríamos ir hasta Berkeley Square a tomar un helado —sugirió Jane, que sabía lo mucho que le gustaban a su amiga las creaciones de una de las más famosas tiendas de té de Londres.

—¿A Gunter's? —Los ojos de Evie se iluminaron.

—¡Por supuesto! ¿Hay alguna otra allí que no conozca?

—Prefiero un pedazo de tarta.

—Y una taza de té —suspiró Jane.

—¿Te cuento un secreto? —Evangeline se cogió de su brazo.

—Por favor.

—Siempre he soñado que, cuando me casara, el señor Gunter en persona prepararía mi tarta de boda.

—Pues quizá podríamos encargarla cuando lleguemos —bromeó Jane—. Creo que está muy solicitado en esos menesteres.

—¿De verdad piensas que encontraré marido? —Evangeline volvió a ponerse seria.

Jane se detuvo en mitad de la calle y se volvió hacia su amiga.

—Evangeline Caldwell, quiero que me digas ahora mismo quién te ha metido esas estupideces en la cabeza.

—No son estupideces —se defendió, molesta—. Tengo que hacer algo, Jane.

—¿Algo? ¿Algo con qué?

—¡Conmigo! —respondió, tocándose el pecho con la punta de los dedos—. Debo superar esta timidez o no me casaré jamás.

Jane vio que los ojos de Evangeline se humedecían y la tomó de nuevo del brazo.

—Sabes que aprecio de veras a tu madre, Evie, pero en este momento, en este momento...

—No ha sido mi madre —musitó la joven.

—¿Entonces quién?

—Alguien. —Evangeline desvió la mirada, un tanto avergonzada.

—¡Evie! —le dijo, divertida a su pesar—. ¿Algún admirador secreto al que yo conozca?

—No, no exactamente.

—Hummm, no exactamente. —Jane se llevó un dedo a los labios, como si tratara de recordar a todas las personas que ambas conocían.

—He recibido una carta.

La voz de Evangeline fue apenas un susurro, pero Jane la escuchó con claridad.

—Bueno, en realidad más de una —continuó—. Aunque te juro que no tengo ni idea de quién me las envía.

Jane se tensó a su lado y casi estuvo a punto de tropezar.

—¿Van firmadas por una tal lady Minerva?

Fue el turno de Evangeline de pararse de golpe.

—¡Sí! ¿Cómo...? —La miraba atónita—. Jane, no habrás estado hurgando en el compartimento de mi secreter, ¿no?

—¡Claro que no!

—Entonces... Oh, Dios. —La joven se llevó una mano a la boca—. ¿Tú... también?

—Será mejor que volvamos a casa.

Querida señorita Caldwell:

Encontrar a un marido adecuado en nuestros días se ha convertido casi en una proeza. Cada año son más las jóvenes debutantes que acceden al mercado matrimonial, jóvenes hermosas y de buena cuna que, en muchos casos, logran casarse al finalizar su primera temporada.

En su caso, querida Evangeline, cuenta usted con más obstáculos que la mayoría, aunque sin duda merezca un final feliz más que muchas de esas damas. Dado que su familia no ostenta un título de suficiente renombre para gran parte de los caballeros británicos, debería usted recurrir a su natural encanto para llamar la atención de un posible pretendiente.

Sin querer faltarle al respeto, ya que me parece usted una joven encantadora, me atrevería a sugerirle en primer lugar un pequeño cambio en su vestimenta, con colores más sugerentes. Dado que posee usted una blancura de piel envidiable, olvide los tonos blancos y crudos por los que parece sentir predilección y opte por tonalidades que acentúen más esa palidez, como los ro-

sas, los verdes, los azules o los lilas. *También podría resaltar sus delicados rasgos con un recogido del cabello más elevado, que alargue un poco la redondez de su rostro.*

Que sea usted una joven encantadora, querida Evangeline, es sin embargo su secreto mejor guardado. Atrévase a mostrarlo también en público. Utilice su ingenio y su inteligencia para dejar oír su voz. Los hombres no desean a una compañera excesivamente locuaz, pero tampoco a alguien incapaz de pronunciar palabra, que podría indicar una falta de carácter que muchos consideran hereditaria. ¿Qué es lo peor que podría ocurrirle? ¿Que el hombre a quien desee impresionar no la considere merecedora de su atención? Su falta de seguridad en sí misma está obteniendo los mismos resultados, así es que no tiene nada que perder.

Existen algunos trucos que la ayudarán a vencer esa inseguridad que parece dominarla. Si considera que no va a ser capaz de encontrar ningún tema de interés, lléveselos preparados a cualquier evento. Confeccione una pequeña lista en su casa, eche un vistazo a los periódicos, no tema escuchar charlas ajenas en los salones de baile, y luego utilice esa información para iniciar una conversación.

Cuando un joven se aproxime a usted, no se sienta cohibida; es posible que algunos estén tan nerviosos como usted misma. Trate de imaginárselos ataviados de forma ridícula, con un camisón femenino o un vestido de seda, y verá que su presencia resulta mucho menos intimidante.

Si logra vencer los primeros escollos y elegir como compañero de baile a alguien de su agrado, obsérvele y pregúntese qué cosas le atraen de él, y si su cercanía le provoca alguna sensación. Es el primer paso para detectar si podría llegar a convertirse en un pretendiente adecuado.

Suya afectuosa,

LADY MINERVA

Jane le devolvió la carta a Evangeline quien, mientras tanto, había estado leyendo las suyas. En ese momento, se alegró de no haberlas quemado todavía.

—Jane, las tuyas son mucho más... ¡mucho más osadas! —se rio la joven.

—¡Lo sé!

—¿Crees que tiene razón? Con lo que dice en mi carta, quiero decir.

—Es posible, sí.

—Ahora tendré que encargar vestidos nuevos —comentó con una mueca—. De todos esos colores. Y leer el periódico para buscar temas de los que hablar.

—Espera, Evie. Antes de encargar un guardarropa nuevo quizá tendrías que averiguar si esos tonos te sientan bien.

—Seguro que la modista podrá ocuparse de eso.

—No, aguarda.

Se encontraban en la habitación de Jane, que se levantó y fue hasta su vestidor. Unos segundos después salió con un vestido de gasa y seda de color rosa, con unos lazos junto al escote.

—Aún no lo he estrenado —le dijo, ofreciéndoselo—. Pruébatelo.

Evangeline no se hizo de rogar y se levantó entusiasmada para desaparecer en el interior del vestidor, mientras Jane ojeaba de nuevo las cartas. ¿Quién sería aquella lady Minerva? ¿Y a cuántas jóvenes londinenses estaría escribiendo al mismo tiempo?

Su amiga no tardó ni diez minutos en salir. Había improvisado un moño en lo alto de su cabeza, y algunos rizos caían sueltos a ambos lados del rostro.

—Oh, Evie —suspiró Jane—. ¡Estás preciosa!

—¿Tú crees?

La joven se colocó frente al espejo y se contempló durante varios segundos.

—A ver cómo convenzo a mi madre de que el blanco, que es su color preferido, no es el adecuado para mí.

Jane soltó una carcajada al imaginarse la situación.

—Parece que lady Minerva tenía razón —dijo Evangeline, que no cesaba de observarse.

—Sí, eso parece.

Jane se preguntó en cuántas cosas más habría acertado aquella misteriosa mujer.

15

Lady Waverley, en cuya casa se había celebrado uno de los bailes del inicio de la temporada, tenía por costumbre celebrar cada año una merienda campestre para todas las jóvenes solteras de Londres. Sus preciosos jardines acogían esa tarde a varias docenas de muchachas, muchas de las cuales acudían por primera vez.

—Creo que hay más gente que el año pasado —le comentó Evangeline a Jane.

—Es verdad, olvidaba que tú ya habías estado aquí.

—¿Piensas que todas ellas estarán recibiendo esas misteriosas cartas? —le susurró al oído.

—Sería una locura, ¿no te parece?

—Sí, tienes razón. ¿Entonces quién? ¿Y por qué?

Jane se encogió de hombros. No había dejado de hacerse esas mismas preguntas desde que había descubierto que no era la única que despertaba el interés de lady Minerva.

A pocos pasos de ellas vieron a lady Aileen Lockport, rodeada de un pequeño grupo de jóvenes debutantes entre las que destacaba por su belleza y su elegancia. Todas parecían muy concentradas en lo que estaba diciendo aunque Jane y Evangeline apenas escucharon una serie de palabras sueltas. De ellas dedujeron que lady Aileen les estaba ofreciendo una serie de consejos sobre cómo comportarse de forma seductora con un hombre. A juzgar por los ojos muy abiertos de algunas de ellas, dichas indicaciones debían de resultar algo escandalosas.

Continuaron su camino hacia la zona de refrescos. Aquella tarde de mayo las temperaturas habían subido varios grados y Jane sentía bajo el corsé la camisola pegada a su piel. Un lacayo de librea les sirvió un buen vaso de limonada y ambas se retiraron a un rincón. Desde allí, lady Aileen y su séquito seguían siendo visibles.

—¿Crees que ella...? —preguntó Evangeline.

—¿A ti te parece que necesite algún consejo? —la interrumpió Jane, divertida.

—Quizá esté compartiendo las enseñanzas de lady Minerva.

—¿Lady Minerva?

La pregunta les provocó un sobresalto y ambas se volvieron a la vez. Allí estaba lady Marguerite Ashland, la joven que había debutado la misma noche que Jane y cuya madre la había mirado con antipatía. «Solo está celosa», recordó que le había comentado su tía. La muchacha lucía un precioso vestido verde pálido y tenía las mejillas tan sonrosadas que parecía llevar toda la tarde tomando el sol.

—Habéis mencionado a lady Minerva —comentó, mirándolas de forma alternativa.

—Eh... no —contestó Evangeline—. Creo que has escuchado mal.

—Oh, por favor, no lo neguéis —les suplicó—. No sé con quién más hablar sobre esto.

—¿Qué ocurre? —Jane se acercó a ella y la tomó del brazo.

—Esas cartas, ¡son un atentado contra las buenas costumbres!

—¿Qué?

—Dicen cosas... dicen cosas horribles.

—A mí no me lo han parecido —confesó Evangeline—, aunque también es cierto que, en comparación con las que ha recibido Jane, son bastante inofensivas.

—¿Inofensivas? —Lady Marguerite la miró con los ojos muy abiertos—. Esa tal lady Minerva se ha atrevido a insinuar que tal vez debería estar menos pendiente de los deseos de mi madre y más de los míos. ¿Quién puede tratar de volver a una hija en contra de su madre si no es con fines abyectos?

Jane recordaba haber visto a la joven en más de una ocasión tratando de buscar la aprobación de su madre en todo lo que hacía y decía, y no bailaba con ningún joven si lady Philippa Ashland no lo autorizaba previamente. El resultado era que la muchacha pasaba la mayor parte de las veladas en un rincón, en compañía de aquella matrona que lo observaba todo con desagrado, como si ellas fueran un par de valiosos diamantes que hubieran caído por accidente en medio de un lodazal.

—No creo que su intención sea poco honorable —comentó Jane—. Ni creo tampoco que busque que se enfrente usted a su progenitora. Tal vez su única intención es hacerle ver que, en ocasiones, es posible que sus deseos y los de su madre no coincidan, y no por ello deba estar mal.

—Pero una madre sabe lo que es mejor para su hija.

—Sí, supongo que sí —reconoció Jane, a su pesar—. ¿Y si su madre escogiese un pretendiente que a usted le desagrade?

—Confiaría en ella, por supuesto —respondió la joven sin pensárselo siquiera—. Y estoy segura de que, con el tiempo, aprendería a apreciarle.

—¿Y no le gustaría poder elegir usted misma? —insistió Jane. Evangeline, a su lado, asentía cada vez que hablaba.

—No todas tenemos la suerte de contar con tantos pretendientes como usted, lady Jane —le espetó.

—Yo no... —Jane enrojeció en un instante.

—Mi madre dice que es usted una acaparadora y que mejor sería que mostrase cuanto antes cuáles son sus intenciones en lugar de tontear con todos los jóvenes disponibles.

—¡Lady Marguerite! —exclamó Evangeline—. Eso ha sido una grosería por su parte.

—¿Acaso no es cierto? —La muchacha parecía haber superado la timidez que Jane había visto en ella aquella primera noche—. Según tengo entendido, la mansión Milford recibe a tantos caballeros que han tenido que establecer días de visita.

Jane se mordió el labio. Sí, aquello era cierto. Lady Ophelia les había aconsejado que estipularan un par de días a la semana para recibir a los posibles pretendientes. De lo contrario, su sobrina no haría otra cosa que no fuese atenderles.

—Pero eso no es culpa mía —se defendió Jane, que se sentía atacada sin razón.

—Mía desde luego no es —señaló lady Marguerite—. Yo solo quiero encontrar a un hombre decente y casarme. Cuanto antes.

—¿Cuanto antes? —repitió Evangeline, algo mordaz—. Imagino que es consciente de que, una vez casada, su madre ya no tendrá ningún poder sobre usted, ¿verdad?

Lady Marguerite se mordió el labio, como si no supiera qué contestar a eso. Y luego, sin despedirse siquiera, se dio media vuelta y se fue.

—Pero... —Evangeline no salía de su asombro—. ¿Te puedes creer que falta de modales?

—Evie... —comenzó Jane.

—No, Jane. Ni te atrevas a preguntármelo.

—¿Cómo sabes lo que...?

—Lady Marguerite no tiene razón. Y tú no tienes la culpa de ser preciosa, divertida y lista, ni de tener una familia con la que todo el mundo quiera emparentar. —Evangeline la cogió del brazo—. De hecho, si yo fuese un hombre hace tiempo que te habría pedido en matrimonio.

Jane rio y abrazó a su amiga. Siempre encontraba el modo de hacerla sentir bien.

No volvieron a ver a lady Marguerite durante el resto de la celebración, que pasaron charlando con otras jóvenes, bebiendo limonada y comiendo diminutos sándwiches de pepino. La merienda estaba a punto de finalizar y, si no fuese por aquel pequeño altercado, habría resultado una tarde de lo más agradable.

—¿Piensa usted acudir a la fiesta de lord Heyworth, lady Jane? —le preguntó en ese momento lady Frederica Parsons, otra de las jóvenes debutantes de ese año. Las tres llevaban un rato charlando sobre el último baile al que habían asistido.

—¿Qué fiesta? —Jane no sabía de qué estaba hablando la muchacha. Miró a Evangeline, que parecía tan despistada como ella.

—Oh, discúlpeme —dijo lady Frederica—. Tenía la sensación de que el marqués y usted se conocían.

—Hemos bailado en alguna ocasión, sí. —No se atrevió a mirar a Evangeline, que sabía que habían intercambiado mucho más que unos pasos de danza.

—Será en su mansión de Kent —señaló la joven—, a partir del viernes de la próxima semana.

—Seguramente mi hermano habrá contestado en mi nombre —improvisó Jane.

—Oh, sí, claro. —Lady Frederica sonrió—. Resultará agradable una pequeña fiesta campestre, ¿no le parece?

—Desde luego que sí —contestó Jane—. En Londres comienza a hacer mucho calor.

Intercambiaron unas cuantas frases insustanciales más y al

final la joven se marchó. ¿Blake iba a dar una fiesta y no la había invitado? Le resultaba tan extraño como descorazonador.

—¿De verdad no sabías nada sobre esa fiesta? —le preguntó Evangeline. Ambas iban cogidas del brazo en dirección a la salida después de haberse despedido de su anfitriona, lady Waverley.

—No. Ni siquiera me suena haber visto una invitación.

—Creí que tú y él... en fin, después de aquel beso. ¿De verdad no ha sucedido nada más entre vosotros?

—¡Claro que no! —contestó Jane, que había decidido no comentarle a su amiga los encuentros clandestinos que había tenido con Blake. Eran tan escandalosos, y tan íntimos, que le daba vergüenza y, al mismo tiempo, temía que su comportamiento licencioso la predispusiera en su contra.

—Igual es cierto que Lucien ha contestado en tu nombre.

—¿Sin consultármelo? Me extrañaría. Casi siempre me pregunta a qué fiestas prefiero asistir.

—Tal vez la invitación aún no ha llegado.

—Evie, déjalo. No pasa nada. —Sabía que su amiga intentaba hacer que se sintiera mejor, pero no lo estaba logrando.

La mansión de los Waverley no distaba mucho de su domicilio así es que, tras dejar a Evangeline en su casa, Jane entró como una tromba en la mansión Milford y se fue directa al despacho de Lucien. Había pensado en registrar su mesa, y hasta sus cajones si era preciso, pero no contaba con que su hermano estuviera allí.

—Ah, hola, Lucien —le saludó.

—Creía que de pequeña habías adquirido la costumbre de llamar a las puertas antes de entrar.

—Eh, sí, disculpa. Pensé que no estarías.

—Ya. —La miró con una ceja alzada—. ¿Y tienes por norma entrar en mi despacho mientras estoy ausente?

—¡Por supuesto que no!

—Esto ha sido entonces una excepción.

—Sí, sí.

—Porque...

—He estado en la merienda de lady Waverley —le explicó, en un arrebato se sinceridad—. Alguien ha comentado que lord Heyworth da una fiesta en su mansión de Kent y... en fin, me ha extrañado no recibir una invitación.

—No entiendo por qué habría de extrañarte, a fin de cuentas no os conocéis tanto, ¿no es así?

—Eh, no, desde luego. Pero he sentido curiosidad, es todo.

Su hermano la contempló durante unos segundos y Jane se sintió tan expuesta que tuvo miedo de que él pudiera leer todo lo que llevaba oculto bajo la piel.

—Para tu información te diré que sí hemos recibido esa invitación —le dijo Lucien—, aunque he decidido no aceptarla.

—¿No? ¿Por qué no? ¿Y por qué no me has preguntado antes?

—Aún no sé si el marqués de Heyworth es una persona de confianza y, la verdad, no sabía que tenías tanto interés en pasar un fin de semana en el campo.

—No se trata de eso —comentó ella, improvisando sobre la marcha—. Pero es un hombre prominente y probablemente habrá invitado a las personas más importantes de Londres.

—Como a nosotros...

—¡Exacto!

—Estoy bromeando, Jane.

—Ya. —La joven se llevó los dedos a la frente, más nerviosa de lo que pretendía.

—¿Tienes algún interés en Heyworth?

—¿Eh?

—Que yo recuerde, no forma parte de la lista de jóvenes que te visitan con asiduidad.

—No le conozco mucho.

—Pero quieres que acepte esa invitación.

—Me gustaría, sí.

—Jane, recuerdas que sobre Heyworth pesa una maldición, ¿verdad?

—Nunca hubiese creído que eras un hombre supersticioso.

—Y no lo soy, pero las muertes de tantos hombres que han llevado ese título... ¿No te parecen demasiadas casualidades?

—Es posible —reconoció ella— pero, como bien dices, son solo casualidades.

Lucien hizo otra pausa y se reclinó en la silla.

—Está bien, escribiré aceptando —dijo al fin—. La invitación incluía a lady Clare, por cierto.

—Muy considerado por su parte.

—De todos modos, es poco probable que le veamos mucho durante el fin de semana.

Jane alzó las cejas.

—Tiene por costumbre ausentarse de sus propias fiestas —continuó Lucien—. En la última, saludó a los invitados nada más llegar y no se le volvió a ver en toda la noche. ¿No te parece un comportamiento de lo más excéntrico?

Jane asintió. Intuía que, en esta ocasión, Blake Norwood iba a estar más que presente, al menos con respecto a ella.

La sola posibilidad la hizo estremecer.

Los condes de Bainbridge eran famosos por sus fiestas y por sus escándalos. Poseían una de las mansiones más grandes y extravagantes de Mayfair, decorada a gusto de ambos con una mezcla imposible de colores y de adornos. Mientras él parecía sentir predilección por las armas medievales y los libros antiguos, su esposa adoraba lo rococó, que tan de moda había estado en el siglo anterior. En sus salones podían encontrarse armaduras completas junto a relojes de oro con intrincados relieves, escudos y espadas casi tan altas como un hombre colocadas sobre muebles dorados cargados de volutas.

No era infrecuente que él apareciera acompañado de su amante de turno, ni que su esposa hiciera lo propio con el caballero con el que estuviera compartiendo lecho en esos instantes, ni era tampoco extraño verlos discutir en mitad de una velada o arrojarse los objetos que tuviesen más a mano. Cuando eran invitados a alguna fiesta, el anfitrión procuraba guardar a buen recaudo sus piezas más valiosas o aquellas a las que les tuviera un cariño especial, porque muchas veces la generosa indemnización de los condes no compensaba la pérdida del objeto en cuestión. Sus reconciliaciones también eran sonadas, y en alguna ocasión se les había descubierto en los jardines o en alguna de las habitaciones dando rienda suelta a sus muestras de pasión.

Tenían por costumbre celebrar por todo lo alto dos o tres fiestas al año a las que no solo eran invitados los miembros de la nobleza, también los de la Cámara de los Comunes, artistas de toda índole, banqueros o empresarios. El resultado era una gran multitud que se movía por los distintos salones, en cada uno de los cuales tocaba una orquesta diferente, o incluso por el jardín, donde también se habilitaba un espacio para los bailarines. Los mejores chefs eran contratados para la ocasión y todos rivalizaban en confeccionar los canapés más originales y sabrosos, en una competición cuyos únicos vencedores al final eran los propios invitados, que gozaban de las exquisitas preparaciones distribuidas por las innumerables mesas repartidas por todas las estancias.

Fuegos artificiales, representaciones teatrales, trapecistas sobrevolando a los invitados, actores con el cuerpo pintado imitando a estatuas inmóviles... ni siquiera Blake era tan extravagante. Lo más curioso de todo, sin embargo, era que nadie quería perderse las fiestas de los Bainbridge. Todo el mundo acudía preguntándose con qué les sorprenderían en esa ocasión y si tendrían la suerte de contemplar alguna de sus legendarias peleas en público, que daban para semanas de chismorreos y de comentarios a media voz.

A Blake le gustaba presentarse en las fiestas cuando estas se hallaban en su apogeo, entre otros motivos para evitarse los saludos de cortesía de rigor. Tras haber ingerido algunas copas, la mayoría relajaba sus modales y otros no recordaban si ya se habían encontrado al inicio de la noche, lo que le evitaba un sinfín de conversaciones insípidas que no servían más que para crisparle los nervios.

Esa noche en concreto su objetivo era encontrar a lady Jane. No había recibido contestación a la invitación que había enviado a la mansión Milford y temía que su hermano Lucien hubiera decidido no asistir, lo que sería una verdadera lástima. Ella había sido la única razón para organizarla y, si lady Jane no se presentaba, aún estaba a tiempo de cancelarla.

Le llevó casi una hora dar con ella. Se hallaba en el jardín, en compañía de la señorita Caldwell y de varios caballeros, entre ellos lord Glenwood y el vizconde Malbury, lo que no le hizo especial ilusión. Había tenido la precaución de no invitarlos a su fiesta campestre, no deseaba competencia en sus propios dominios, pero era imposible no encontrárselos en todas partes. Mientras se aproximaba, pudo apreciar el cambio que se había operado en Evangeline Caldwell, ataviada con un vestido azul cielo que resaltaba el brillo de su piel. Hasta su actitud era distinta. Lejos de amilanarse y casi ocultarse tras su amiga como era su costumbre, parecía charlar con el vizconde Malbury. No del todo cómoda, según pudo apreciar, pero con bastante soltura.

En cuanto Jane le vio, lo que fuera que estuviera diciéndole a lord Glenwood se quedó muerto en sus labios.

—Lord Heyworth —le saludó el conde, visiblemente molesto con su interrupción.

—Miladies, caballeros. —Blake inclinó la cabeza, primero en dirección a las damas y luego a sus acompañantes—. Espero que me disculpen, pero lady Jane me había prometido la siguiente pieza.

—Sí, por supuesto, lo había olvidado —repuso ella con presteza—. Evangeline, creo que he visto a lady Ophelia en el salón azul.

Jane no iba a dejar a su amiga sola con aquellos caballeros, así es que le ofreció una salida digna mientras aceptaba su brazo y se alejaban del grupo.

—Está preciosa esta noche, lady Jane —le dijo él.

—¿Volvemos a las formalidades? —bromeó ella.

—Solo si tú quieres —le susurró, y notó cómo ella se estremecía a su lado—. ¿Puedo preguntar...?

—Hoy llevo ropa interior —terminó la frase por él—. Y cinco enaguas.

—Es una pena. —Blake no pudo ocultar una sonrisa.

—De haber sabido que vendrías le habría puesto remedio.

—Lady Jane, se está volviendo usted una joven muy atrevida.

La vio morderse los labios y habría jurado que sus mejillas se coloreaban. Luchó contra el deseo de arrastrarla hasta algún rincón del jardín para robarle algunos besos, pero había demasiada gente por todas partes y el riesgo de que los descubrieran era demasiado alto.

—¿Vendrás a Kent? —le preguntó, mientras entraban en uno de los salones y la cogía entre sus brazos. Lo cierto es que no tenía verdaderas intenciones de bailar con ella, pero había visto a Lucien Milford cerca de las puertas y pensó que era lo más seguro.

—¿A tu fiesta?

—No he recibido respuesta a la invitación. Tal vez no te guste la idea de alejarte de Londres en medio de la temporada, aunque sean solo un par de días.

—Lucien me prometió que contestaría, quizá lo haya olvidado.

—¿Eso significa que vendrás?

—Sí, por supuesto.

Blake sonrió con deleite.

—Veo que la noticia te hace feliz.

—No imaginas cuánto —le confesó él, que habló en voz baja pero sin mirarla—. Por si no has pensado en ello, Jane, estaremos bajo el mismo techo.

—Sí... sí que he pensado en ello —contestó, un tanto cohibida.

—Me alegro, porque tengo intención de pasar contigo algunos momentos memorables.

—Pero mi hermano estará allí, y lady Clare. Y habrá más invitados, imagino.

—Soy consciente de ello.

—Yo no sé si...

—Tranquila —adivinó sus pensamientos antes de que los hubiera terminado de formular—. No haremos nada que tú no quieras. Además, existen un montón de maneras de darle placer a una mujer sin arrebatarle su virginidad, ¿lo sabías?

Jane negó con la cabeza, al tiempo que trastabillaba y le pisaba un pie, igual que la noche de su primer baile.

—¿Cosas como las que hicimos en el King's Theatre?

—Si prometes no volver a pisarme, te diré que lo que sucedió en la ópera no fue nada en comparación con lo que podríamos llegar a hacer.

La joven tragó saliva de forma audible y Blake luchó contra el deseo apremiante de besarla hasta desfallecer. Cualquiera que los estuviera mirando apenas notaría ningún cambio en ellos. Hablaban en voz baja, con los cuerpos tan separados como marcaban las reglas de etiqueta, sin mirarse apenas a los ojos y sin nada que indicara que entre ellos ardía una hoguera de dimensiones épicas.

—¿Pero cómo...? Quiero decir, todo el mundo se dará cuenta si desaparecemos, sobre todo mi hermano Lucien.

—¿También por la noche? —La miró un instante, con las cejas alzadas y un rictus divertido en la boca.

—Oh, Dios, si alguien nos descubre...

—Tranquila, lo tengo todo pensado.

La mansión Kent había sido construida a mediados de la Edad Media y, a lo largo de los siglos, había sufrido varias remodelaciones y ampliaciones. Lo que Jane no sabía, y no pensaba decirle todavía, era que entre su habitación y la de ella existía un pasadizo secreto. Uno que pensaba usar tan a menudo como le fuese posible mientras ella estuviera allí.

~ 16 ~

Querida lady Jane:

Soy de la opinión de que una fiesta campestre es el lugar perfecto para conocer mejor a su futuro pretendiente, sin las estrictas reglas de etiqueta que imperan en nuestros salones de baile. El aire puro del campo favorece las confidencias y nos permite pasar más tiempo con las personas de nuestro entorno.

Si tiene la fortuna de contar con algún caballero de su interés entre los invitados, la animo a observarlo y a intentar pasar el mayor tiempo posible con él. Descubra con qué actividades se muestra más relajado y cuáles son aquellas en las que es menos ducho o en las que se muestra irritable. Será un buen modo de calibrar cuántas cosas pueden tener en común y si sus respectivos caracteres son compatibles.

Dormir bajo el mismo techo que un hombre que haya sido capaz de despertar su interés puede resultar también peligroso para ambas partes. Las noches se hacen muy largas en camas extrañas y tal vez sienta la tentación de abandonar su alcoba con la excusa de bajar a la biblioteca o de tomar un poco el aire en el jardín, aunque en el fondo lo único que desee sea provocar cierto encuentro privado con el caballero en cuestión. Mi consejo es que no lo haga, por-

que las consecuencias podrían ser fatales, especialmente para usted. El mejor modo de resistir la tentación es que su doncella duerma en la misma habitación que usted, como medida disuasoria. No solo le hará compañía, sino que también evitará el impulso de abandonar su cuarto a medianoche y de evitar que una visita inesperada llame a su puerta a horas inapropiadas.

Suya afectuosa,

LADY MINERVA

Cómodamente instalada en el carruaje que los conducía a la mansión Heyworth, en Kent, Jane tuvo tiempo de reflexionar acerca de la relación que estaba manteniendo con el marqués. A pesar de la fascinación que él despertaba en ella, era consciente de que habían llegado demasiado lejos, y en los últimos días no cesaba de preguntarse si eso, a la larga, la perjudicaría de algún modo. Blake no parecía el tipo de hombre dispuesto a comprometerse y, hasta ese momento, a Jane no le había importado. O al menos no lo suficiente.

Sin embargo, estaba tan concentrada en él y en todo lo que la hacía sentir que apenas prestaba atención a otros caballeros que sí parecían tener la intención de cortejarla, especialmente al conde de Glenwood y al vizconde Malbury. Si algún día llegaba a contraer matrimonio con alguno de ellos, ¿se darían cuenta de que ya poseía cierta experiencia? ¿Era posible disimular algo así? ¿Estaría perdiendo, sin darse cuenta, la posibilidad de encontrar a un marido adecuado?

Observó a Lucien, sentado frente a ella y lady Clare. Parecía relajado, mientras que ella estaba hecha un manojo de nervios. En ese momento se arrepentía de haber insistido en que aceptara aquella invitación. No podía desprenderse de la sensación de que iba a meterse directamente en las fauces del lobo. Y estaba asustada. Asustada y terriblemente excitada. Ni siquiera podía llegar a imaginar qué tendría Blake preparado para ella ni cómo conseguiría llevarlo a cabo sin que nadie los descubriera. La sola posibilidad de que su hermano pudiera enterarse la llenaba de aprensión.

—¿Qué es lo que te pasa? —Lucien la observaba con una ceja alzada.

—Nada —respondió, mientras desviaba la vista hacia la ventanilla.

—No has parado de removerte desde que hemos subido al carruaje —le dijo—. ¿Necesitas... eh... ir al tocador?

—¿Qué? ¡No! Estoy bien. —Jane enrojeció. Su hermano jamás había mencionado ninguna cuestión fisiológica en referencia a ella, nunca.

—De acuerdo. Si tienes hambre, la señora Grant nos ha preparado unos bocadillos.

—No me apetecen.

—Si no te conociera, diría que estás nerviosa. —Lucien le dirigió una sonrisa burlona.

—Vamos a estar lejos de casa —improvisó ella.

—Jane, podemos volver cuando quieras. No es necesario esperar al domingo. Lo sabes, ¿verdad?

—Sería una descortesía.

—¿Y crees que a lord Heyworth le importará?

Bien sabía ella que sí, pero no podía contestar a esa pregunta, así es que volvió a concentrarse en el paisaje que se dibujaba al otro lado de la ventanilla, donde ondulaban los prados de la campiña inglesa.

Cuando finalmente la mansión Heyworth se estiró sobre la línea del horizonte, Jane no pudo resistir la tentación y asomó la cabeza, solo un instante, y volvió a ocupar su lugar, con el rostro lívido.

—¿Qué ocurre? —Lucien la observó, inquieto.

—¡Es enorme! —musitó—. Es un palacio, Lucien.

—Los Heyworth siempre han tenido mucho dinero.

—Nosotros tenemos mucho dinero, Lucien. —Jane dirigió a Clare una mirada de disculpa por sacar a colación aquel tema—. Esto es... otra cosa.

Intrigado, Lucien asomó también la cabeza.

—Sí, es...

—¿Abrumador?

—Bueno...

—No te reprimas, Clare. —Jane se dirigió hacia su futura cuñada.

—Eh, no es necesario, gracias. Ya conozco la propiedad.

—¿Ya has estado aquí? —Lucien miró a la joven—. No habías comentado nada.

—Fue hace algunos años —confesó Clare, algo turbada—. Acudí con mis padres, cuando el viejo marqués aún vivía.

—¿Es tan impresionante por dentro como por fuera? —se interesó Jane.

—Yo diría que más.

Jane abrió los ojos, asombrada. Había oído comentar que el marqués poseía una considerable fortuna, pero aquello excedía cualquier imagen que ella hubiese podido conjurar en su imaginación. Y aquella, según sabía, era solo una de las muchas propiedades que le pertenecían.

Cuando el carruaje se detuvo al fin frente a la escalinata principal, Jane se tomó unos segundos para observar todo el conjunto. Se trataba de un edificio de tres plantas, con una cuarta abuhardillada que imaginó albergaría las dependencias de los criados, y tenía forma de U, con los extremos algo alargados. Construida en piedra clara, estaba tachonada de ventanales, de relieves y de cenefas.

Un lacayo vestido de librea, en tono azul marino y con los adornos dorados, les abrió la portezuela y los ayudó a bajar. La fachada principal contaba con un saledizo que hacía las veces de porche, sostenido por al menos una docena de columnas torneadas. Otros cuatro lacayos se hallaban junto a las enormes puertas para darles la bienvenida.

Jane echó un rápido vistazo a los ventanales, por si veía a Blake en alguno de ellos, pero no fue capaz de apreciar ningún movimiento, ni sintió, como otras veces, la sensación de que alguien la observaba.

Fueron conducidos al interior, donde el mayordomo los aguardaba. Lucien se presentó y el hombre no necesitó consultar ninguna lista para saber qué habitaciones les correspondían.

—Esto es... —musitó Clare—. No se parece en nada a los recuerdos que tenía de esta mansión.

El mayordomo pareció escucharla, porque se apresuró a contestar.

—Lord Heyworth ha hecho algunos cambios, milady.

El enorme recibidor, con el suelo de madera pulido y lustroso, estaba cubierto por gruesas alfombras, y las paredes, casi desprovistas de adornos, se habían pintado de un ocre suave. Varias mesitas adosadas a los muros albergaban jarrones con flores frescas. La decoración era sencilla, sobria incluso, pero elegante, lo que no dejó de extrañar a Jane. Había supuesto que Blake llenaría cada rincón con todo tipo de fruslerías, a cuál más extravagante.

La escalera, situada a la derecha, ascendía en línea recta hasta el piso superior, adonde fueron conducidos. Allí la decoración era distinta, más acorde con la personalidad que ella atribuía al marqués. Colores más vivos en suelos y paredes, y algunos cuadros adornando los muros, aunque no eran retratos de familia, lo que cabía esperar en un lugar tan antiguo como aquel. Se trataba de pinturas de excelente calidad, en su mayoría paisajes o reproducciones de cuadros famosos, aunque Jane intuyó que entre ellos era muy probable que hubiese algún original. No había duda de que el marqués podía permitírselo.

El mayordomo los condujo por el pasillo situado a la derecha y les mostró sus habitaciones, situadas casi en el extremo. La primera era la de Lucien, la segunda estaba destinada a Clare y la última fue para Jane. Allí la esperaba ya su doncella, Alice, que había llegado unas horas antes con su equipaje. Al parecer, iba a hospedarse junto al resto del servicio en el último piso, y Jane no pudo evitar sonreír al pensar en la última carta de lady Minerva, que le aconsejaba exactamente lo contrario.

La habitación era mucho mayor que la que poseía en la mansión Milford, con una cama de enorme tamaño situada en un lateral. Un par de sofás e igual número de sillones formaban un pequeño rincón junto a los ventanales, y una mesa alta con cuatro sillas ocupaban otra de las esquinas. En la pared situada frente a la puerta había una chimenea de mármol flanqueada por estanterías de madera, con las baldas llenas de lo que parecían libros, aunque Jane sospechó que solo se trataba de maquetas debidamente pintadas. En su casa también las había, para llenar los huecos y proporcionar cierta sensación hogareña. Sin embargo, en cuanto se aproximó, comprobó que no era el caso, al menos no del todo. La mayoría eran libros de verdad, ediciones lujosas de novelas y libros de caballería, de tratados de medicina, historia y botánica, de teatro, de poesía... Allí había lectura suficiente como para tenerla entretenida toda una vida.

La habitación estaba decorada en tonos rosados y blancos, y era indudablemente una estancia pensada para una dama, con un tocador de palisandro de exuberante belleza y un espacioso vestidor donde ya colgaban los vestidos que había llevado para la ocasión, entre ellos aquel que Evangeline se había probado en su cuarto. Pensó que su color encajaba a la perfección con el decorado de la estancia y eso, por algún absurdo motivo, la hizo sonreír.

Se preguntó dónde estaría Blake y por qué no había acudido a recibirlos, y si los demás invitados ya se encontrarían también allí. Saberlo bajo el mismo techo le provocó un ligero temblor y la perspectiva de pasar la primera noche allí, a pocos metros de él, le contrajo todos los músculos del cuerpo. La luz dorada del atardecer bañó de dorados la estancia y se dio cuenta de que faltaban pocas horas para que eso sucediese.

Alice, su doncella, preparaba en ese momento el vestido que iba a llevar para la cena, cuando se reuniría al fin con los demás invitados, solo que apenas pudo prestarle atención. Una repentina flojera se había adueñado de su cuerpo y tuvo que tomar asiento en uno de los sillones. Trató de serenar su ánimo volviendo la cabeza hacia el ventanal, donde los bosques que rodeaban la propiedad se extendían hasta alcanzar los campos circundantes y el pequeño pueblo que se recortaba más allá, del que sobresalía, orgulloso, el campanario de la iglesia.

Una visión que, por algún extraño motivo, la dejó turbada.

Blake había estado pendiente durante todo el día de la llegada de sus invitados, cómodamente instalado junto a uno de los ventanales de sus aposentos, situados en uno de los extremos de aquella U de piedra. Cualquiera que hubiera podido observarlo solo habría visto a un hombre atractivo, de mentón cuadrado, cabello oscuro y mirada profunda, que parecía perdido en sus pensamientos y al que nada parecía importarle. Por dentro, sin embargo, Blake sentía los nervios atenazar su estómago. ¿Y si lady Jane no podía asistir en el último momento por algún contratiempo? ¿Y si se lo había pensado mejor y decidía no acudir? De hecho, no podría habérselo reprochado.

Durante toda la tarde permaneció al acecho y, uno a uno, vio llegar los distintos carruajes, y no se levantó del sillón hasta que Jane bajó de uno de ellos. La contempló alzar la cabeza y recorrer los ventanales con la mirada, sin duda esperando encontrarlo tras alguno de ellos, pero su escrutinio no alcanzó su destino y entró en la mansión sin saber que él la había estado observando, esperándola.

Finalmente llegó la hora de presentarse ante sus invitados, en una pequeña recepción previa a la cena. Blake entró en el salón ataviado con uno de sus trajes más elegantes y todas las conversaciones cesaron al instante. Buscó a Jane con la mirada y la encontró en un rincón, cerca de su hermano y de la prometida de este, charlando con Frederica Parsons. Sus miradas se encontraron apenas un instante, antes de que Blake les diera a todos la bienvenida. Luego decidió confraternizar un poco con los asistentes, aunque no era su costumbre, porque en ese momento no se le ocurría el modo de poder dirigirle unas palabras a solas.

Coincidió con Lucien unos minutos después, junto a la mesa de las bebidas.

—Milord... —lo saludó el vizconde.

—Lord Danforth, me alegra que hayan aceptado mi invitación —dijo Blake.

—No fue decisión mía —respondió el otro, algo seco.

—En realidad yo... quería aprovechar para disculparme por el incidente en el club, el mes pasado.

—¿Se refiere a aquel en el que casi le salvé el pellejo? —ironizó Lucien.

—Eh, sí. Me temo que mi comportamiento fue muy descortés.

—Eso es quedarse corto.

—Y grosero —puntualizó Blake.

—Sí, en eso sin duda le doy la razón.

—Ya me comentó que no le resulto simpático, así es que mi agradecimiento es aún mayor. No quiero ni pensar lo que sería usted capaz de hacer por un amigo.

—Seguramente jugarme el pellejo con él.

Blake supo que no mentía y, durante un instante, se preguntó cómo sería contar con un amigo como él. En Filadelfia poseía buenas amistades, hombres con los que había estudiado o con los que había hecho negocios, pero en Inglaterra estaba solo. No le había importado demasiado, porque aún no tenía muy claro si iba a quedarse de forma indefinida, haciendo honor al título que había heredado. De momento ya llevaba allí más de año y medio y todavía no había tomado esa decisión.

—Espero que disfruten de su estancia, milord —se despidió Blake, que no deseaba ahondar en aquellos pensamientos.

Volvió a buscar a Jane con la mirada y la vio junto a uno de los ventanales que daban al jardín. Su futura cuñada la acompañaba en esta ocasión, y se acercó a saludarlas.

—Veo que ha hecho algunos cambios en la propiedad, milord —le dijo lady Clare tras los saludos iniciales.

—En realidad he cambiado todo lo que era humanamente posible sin tirar el edificio abajo —reconoció.

Ambas mujeres lo miraron, intrigadas, y tuvo que hacer un esfuerzo para no elevar su mano y borrar con el pulgar el entrecejo fruncido de lady Jane.

—Quería darle un aire totalmente distinto, es todo —puntualizó.

—Claro —dijo lady Clare—. Permítame decirle que lo ha conseguido.

Blake asintió, complacido.

—Tengo entendido que se fue usted a América siendo niño —comentó Jane.

—Así es. A los ocho años, tras la muerte de mi padre.

—Es curioso que aún conserve recuerdos de aquella época asociados a esta casa.

—¿Qué le hace suponer tal cosa? —Ahora el intrigado era él.

—No se me ocurre ningún otro motivo que explique un cambio tan drástico.

—Jane, creo que eso no ha sido muy cortés —intervino lady Clare, algo azorada.

—No la disculpe, lady Clare. —Blake miró a Jane y le sonrió—. Su futura cuñada es una joven muy perspicaz.

—Lo siento, lord Heyworth —musitó Jane.

—Por favor, insisto, no es necesario que...

—No me estoy disculpando.

—Oh.

—Yo... solo lamento que no fuesen recuerdos felices. Es todo.

Blake sintió aquella mirada cargada de compasión azotarlo como un vendaval. Había sinceridad en aquellos ojos, incluso afecto y, aunque no necesitaba ninguna de esas cosas en su vida, sí que deseó que la habitación se vaciase de repente para poder besar a Jane hasta la madrugada.

Jane había sido sincera. Había intuido los motivos que se ocultaban tras aquella remodelación, pero confirmarlos no le supuso ninguna satisfacción. Le costaba imaginarse a Blake siendo niño, y que hubiera podido sufrir de algún modo le hacía daño. Tenía la edad de Kenneth, su hermano pequeño, que por desgracia también había sufrido ya demasiado pese a su corta edad. Si hubiera estado en su mano, con gusto le habría ahorrado todas sus congojas, a ambos.

El marqués se despidió de ellas y a Jane se le quedó un hueco enorme en el centro del pecho. Lady Clare le recriminaba en ese instante su falta de tacto y ella procuraba mostrarse contrita, aunque con el rabillo del ojo observaba a Blake moviéndose por la sala. Había más de treinta personas allí, aunque entre ellas no se encontraban ni el conde de Glenwood ni el vizconde Malbury. De hecho, los pocos jóvenes solteros que se hallaban en la sala resultaban bastante inofensivos, y uno de ellos, según sabía, ya estaba prometido. El marqués había jugado bien sus cartas. Los invitados eran personas relevantes, pero ninguna que supusiera una amenaza para sus posibles planes con ella. Unos planes que aún desconocía y que le estaban destrozando los nervios.

Durante la cena, Jane estuvo sentada lo bastante lejos de él como para no levantar sospechas, lo que demostraba una vez más lo cuidadoso que había sido con los detalles. De hecho, por la escasa atención que le prestaba, ni el más sagaz habría podido adivinar el juego que se traían entre manos, aunque eso no logró mitigar su angustia. Apenas fue capaz de participar en las conversaciones de sus vecinos de mesa, ni de probar más que un par de bocados de los apetitosos platos que colocaron frente a ella. Cuando concluyó el ágape y los invitados se dirigieron al salón de baile, sentía el cuerpo agarrotado.

La enorme estancia, con cabida para más de quinientas personas, se había dividido con una serie de biombos y sofás, reduciendo su tamaño lo suficiente como para que no resultara apabullante. Sin embargo, el efecto solo funcionó a medias, porque la sala era majestuosa, de altos techos decorados con frescos, volutas en las paredes y unas lámparas de hierro forjado que le parecieron una maravilla.

El marqués inició el baile con una de las damas presentes, cuyo marido también la acompañaba, y luego solicitó una danza al resto de las asistentes. Era una fiesta pequeña y, al parecer, bastante bien avenida, y Jane tuvo la oportunidad de bailar con algunos de los caballeros antes de que Blake, al fin, acudiera a buscarla.

—No sabes cuánto me alegra que hayas venido —le susurró él, sin mirarla siquiera, muy metido en su papel de anfitrión.

—Yo... también me alegro de estar aquí.

—Jane, esta noche...

—No.

En ese momento sí la miró. Jane no sabía por qué había sido tan tajante. ¿No había acudido a aquella mansión precisamente para tener la oportunidad de estar con él? Así era, solo que, de repente, le pareció demasiado imprudente. Una absoluta locura.

—Por favor, no insistas —le suplicó.

—No pensaba hacerlo —comentó él, con más amabilidad de la que esperaba.

—Es... muy arriesgado.

—E increíblemente excitante.

Su voz pareció acariciarle la piel, y Jane tuvo que hacer un ímprobo esfuerzo para mantenerse serena. Percibía sus manos, una de ellas posada en mitad de su espalda, y a través de la tela notaba el calor que irradiaba, deshaciendo todos sus huesos. Concentró su mirada en el níveo corbatín, convencida de que, si se encontraba con sus ojos o con su boca de labios finos y bien delineados, rendiría su castillo sin luchar. Se preparó para defender su postura, pero Blake no insistió. De hecho, no pronunció ni una sola palabra durante el tiempo que duró el baile y, cuando la dejó junto a lady Clare, Jane no sabía si se sentía satisfecha o desilusionada.

Un rato después, el marqués se retiró. Había bailado con todas las damas presentes y, como ya había aventurado Lucien, desapareció de su propia fiesta. Sin él en la sala, a Jane se le antojó mucho más grande y mucho más vacía.

∼ 17 ∼

Jane apenas había podido conciliar el sueño. En cuanto se metió bajo las sábanas, se imaginó el cuerpo de Blake junto al suyo y ya no fue capaz de pensar en otra cosa. Estaban durmiendo en la misma casa, quizá a pocos metros de distancia, e intuía que él estaría pensando en ella del mismo modo que ella en él. No tardó en arrepentirse de haberse dejado guiar por sus miedos. El marqués era un hombre inteligente, y seguro que habría encontrado el modo de que pudieran verse sin llamar la atención de nadie y sin provocar un escándalo. ¿Por qué no había confiado en él? Era poco probable que volvieran a disfrutar de una oportunidad como aquella, tal vez la única en su vida. ¿Y si el hombre con el que llegara a casarse no lograba arrancar de ella los destellos que Blake provocaba con tanta facilidad?

Cuando al fin amaneció, Jane había tomado una decisión. Aún les quedaba una noche, una noche que estaba dispuesta a compartir con él, si es que su rechazo no lo había apartado de ella. Con ese ánimo se unió a los invitados, que primero salieron a cabalgar y luego jugaron un partido de críquet. Sentir el aire en las mejillas, a pesar de montar a horcajadas, despejó su mente abotargada, y la partida relajó sus músculos doloridos. Sin embargo, Blake no apareció en toda la mañana. ¿Cómo iba a hacerle saber que había cambiado de opinión si no se dignaba a hacer acto de presencia?

A la hora del almuerzo, el marqués se reunió de nuevo con los invitados, y ella tuvo que agarrarse con fuerza a la silla para no levantarse de un salto e ir en su busca.

—Esta mañana lo hemos echado de menos, milord —le dijo en cuanto tuvo la oportunidad de acercarse un poco.

—¿Usted de forma especial? —le preguntó, alzando una ceja.

—Desde luego.

—De haberlo sabido, no dudes que habría compartido cada minuto contigo —susurró él, tuteándola de nuevo.

Jane notó el calor recorrer cada fibra de su ser y disimuló una sonrisa mientras dejaba que su mirada se perdiera más allá de la habitación, como si el marqués y ella intercambiaran unas breves frases sin importancia sobre el tiempo o sobre cualquier otro tema igual de banal.

—¿Por qué supones que no deseaba verte?

—Tu actitud la noche pasada me hizo suponerlo.

—No se trata de eso. Yo... solo estaba un poco asustada —reconoció—. La habitación de mi hermano está muy cerca de la mía, demasiado cerca.

—¿Y crees que no lo había tenido en cuenta?

—Pero si alguien te encuentra en el pasillo, ¿qué explicación vas a dar?

—¿El pasillo? —Blake la miró un instante, con tanto ardor en su mirada que Jane se atragantó con su propia saliva—. Hay otras maneras de acceder a tu cuarto, querida.

—¿Piensas escalar hasta mi ventana?

—Hummm, tampoco.

Jane enarcó las cejas. Si no pensaba entrar por la puerta ni tampoco por la ventana, ¿cómo diablos iba a lograr colarse en su habitación?

—Si tienes intención de esconderte en mi vestidor, te aseguro que mi doncella lo revisa a diario.

—Después de comer te haré una pequeña visita y te mostraré el modo —le dijo él, que le dedicó un guiño antes de alejarse para charlar con un par de caballeros.

La hora de la comida se le hizo interminable. Estaba tan nerviosa que pensó que todo el mundo se daría cuenta de que tramaba algo, pero la única persona que podría haber detectado su extraño estado de ánimo, su hermano Lucien, se hallaba en el otro extremo de la mesa. Cuando todo el mundo se retiró a sus habitaciones para descansar antes de las actividades que se habían preparado para esa tarde, Jane subió las escaleras esforzándose por no correr. Una vez en sus aposentos, no supo muy bien qué hacer. ¿Debía quitarse las enaguas y la ropa interior?

Miró por la ventana, esperando encontrar una escalera de mano apoyada junto al alféizar, pero no vio nada semejante. De repente sonaron unos golpes en la puerta. ¿Acaso el marqués se había vuelto loco? ¡Le había asegurado que no correría ningún riesgo! Abrió con el corazón en un puño, pero no fue a Blake a quien encontró en el umbral.

—He pensado que podríamos jugar una partida de naipes —le dijo Lucien, entrando en la estancia como si fuese la suya propia—. Sé lo mucho que te disgusta la hora de la siesta.

—Ah, sí, aunque, a decir verdad, hoy estoy un poco cansada.

—Oh, vamos, pero si la cabalgada ha sido muy corta. En Bedfordshire te pasas a caballo la mitad del día sin agotarte.

—Tienes razón —sonrió ella, que no sabía qué excusa podía darle a su hermano para que se marchase.

Tomaron asiento en la mesa alta y Lucien sacó una baraja del bolsillo de su chaqueta. Jane comenzó a sudar. ¿Y si aparecía Blake de repente, sin saber que Lucien se encontraba allí? Con un oído pendiente de los sonidos que provenían del pasillo, y temiendo que alguien llamara a la puerta, fue incapaz de concentrarse en el juego.

—Pues quizá sí estás cansada —reconoció Lucien, burlón—. Creo que nunca te había ganado tantas manos seguidas.

—No cantes victoria tan rápido, hermanito —replicó ella, que hizo un esfuerzo para concentrarse en las cartas. Por nada del mundo iba a permitir que su hermano sospechase siquiera lo nerviosa que estaba.

Jugaron durante casi una hora, en la que Jane logró relajarse lo suficiente como para disfrutar incluso de aquel rato con Lucien. Finalmente, él extrajo su reloj de bolsillo y comprobó la hora.

—Me temo que he de dejarte ya. —Comenzó a recoger las cartas—. El marqués ha organizado una competición de tiro al arco para los caballeros y antes quisiera cambiarme de ropa.

—¿Tiro con... arco?

—Sí, ¿te lo puedes creer? Nunca he usado uno de esos artilugios. Igual están de moda en América, vete a saber. —Lucien se levantó y volvió a ponerse la chaqueta, que había dejado sobre el respaldo de su silla—. De lo que no hay duda es de que Heyworth es original hasta en sus fiestas campestres. En fin, espero que bajes a verme ganar, o al menos intentarlo.

—Por supuesto. Descansaré unos minutos y luego yo también me cambiaré de ropa.

Lucien le dio un beso en la frente y se marchó. Jane se quedó allí sentada mirando hacia la puerta.

—¿Tu hermano y tú sois muy aficionados a las cartas?

Jane dio un grito y se puso en pie de inmediato. Detrás de ella se encontraba Blake, que había accedido a la habitación por lo que parecía un pasadizo oculto tras una de las estanterías.

—Pero... pero...

—Te dije que había un modo seguro de llegar hasta tu habitación, Jane.

Blake sonrió y avanzó un par de pasos y ella ya no pudo

aguantar más y se arrojó en sus brazos. La boca del marqués se cernió sobre la suya y ella gimió de placer en cuanto la sangre comenzó a bombearle con fuerza por todo el cuerpo.

—Es una pena que no hayas podido despedir a tu hermano mucho antes —susurraba él mientras mordisqueaba el lóbulo de su oreja y el contorno de su mandíbula—. Apenas tenemos tiempo ahora.

—Lo sé, lo sé —musitó ella, que buscó su boca para fundirse de nuevo con sus labios.

—Esta noche te compensaré, lo prometo —le dijo él. Tomó su rostro entre las manos y le dio un último beso cargado de intenciones.

Cuando desapareció y la estantería volvió a ocupar su lugar, Jane se pellizcó las mejillas para cerciorarse de que lo que acababa de suceder no había sido un sueño.

La hora que Blake había pasado escondido en aquel húmedo pasadizo había sido de las más largas de su vida. Sin nada que hacer, y temiendo marcharse por si Lucien desaparecía antes de lo esperado, había aguardado con paciencia a que Jane se encontrase a solas. Por desgracia, ya no disponía de tiempo. Aunque no le importaba llegar con retraso a cualquier acontecimiento social, en este caso él era el anfitrión, y si tanto Jane como él llegaban tarde podrían levantar sospechas. Dejarla allí después de haber tenido la oportunidad de besarla de nuevo había sido también una dura prueba, y solo la promesa de lo que estaba por llegar logró serenar sus ánimos lo suficiente como para afrontar el resto de la tarde.

La competición de tiro con arco resultó bastante divertida, y Lucien mostró una habilidad innata que lo convirtió en el campeón de la tarde. Blake había optado por no participar, porque él sí era bastante diestro en aquellos menesteres, una afición que su abuelo le había inculcado en Filadelfia. Apenas le dedicó a Jane más miradas que al resto de los invitados, pero sentía su presencia como si la llevara cosida al costado.

El tiempo no corría lo bastante deprisa para su gusto pero, cuando quiso darse cuenta, ya había pasado la hora de la cena y volvió a alternar con los asistentes en el salón, aunque en esta ocasión no bailó con nadie y se retiró todavía más temprano.

Aguardó paciente en su alcoba, sumergido en la lectura de un libro, aunque apenas fue capaz de pasar un par de páginas, concentrado en las manecillas del reloj que descansaba sobre la chimenea. No podía acudir demasiado temprano a la habitación de Jane, por si acaso a Lucien le daba por volver a visitarla. La espera se le hizo interminable. Al fin, cuando ya hacía rato que la pequeña orquesta había dejado de sonar, se levantó, se aseó de nuevo y abrió el pasadizo oculto en el interior de su vestidor. Lo habían descubierto los empleados que se habían encargado de la remodelación y, aunque entonces presentaba un aspecto deplorable por la falta de uso, hizo que lo reacondicionaran. Uno nunca sabía cuándo le iba a hacer falta utilizarlo.

Una vez que llegó tras la estantería del cuarto de Jane, se aproximó a una estrecha mirilla para comprobar que estaba sola y aguzó el oído, por si su posible visitante quedaba fuera de su campo de visión. No vio a la joven, pero tampoco a nadie más, así es que se atrevió a abrir una rendija, lo suficiente como para verla adormilada en el sofá, sin duda esperándole. La luz de la luna dibujaba sombras sobre su camisón blanco y Blake sonrió al pensar que se lo había puesto para él. Con el cabello desparramado sobre el respaldo y con su delicada y pequeña boca entreabierta, estaba tan hermosa que, de haber sabido cómo hacerlo, la habría inmortalizado en un cuadro. Jane debió de percibir su presencia, porque abrió los ojos y dio un respingo al verlo allí.

Blake pensó en algo bonito que decirle, pero no fue capaz de encontrar ninguna palabra que hiciera justicia a aquel momento y, al parecer, ella no la esperaba tampoco. Se levantó y dio un paso hacia él. Blake recorrió el resto de la distancia que los separaba y la envolvió con su cuerpo.

—Has venido —musitó ella entre beso y beso.

—¿Acaso lo dudabas?

—No lo sé... —contestó ella, que echó el cuello hacia atrás para proporcionarle mejor acceso—. No.

Blake soltó una risita. Era evidente que ya no podía pensar con claridad y él tampoco. Notaba la calidez de su piel a través de la fina tela del camisón, pero necesitaba sentirla más cerca, mucho más. La tomó en brazos y la estiró sobre la cama, y el cuerpo de Jane se tensó y lo miró con aprensión.

—No tengas miedo, Jane. No haremos nada que tú no desees —le aseguró—. Y cuando quieras que me detenga solo tienes que decirlo, ¿de acuerdo?

Ella se limitó a asentir, con los ojos tan brillantes como dos ascuas. Blake se tendió a su lado y continuó besándola, los labios y las mejillas, los lóbulos de sus orejas y aquel cuello infinito. Jane gemía y jadeaba junto a su boca, agarrándose a su pelo y a sus hombros, arqueando la espalda buscando ese contacto que ambos anhelaban. Con delicadeza, él bajó un poco el camisón, hasta que los senos quedaron al aire, con los pezones ya enhiestos. Trazó una senda de besos desde su clavícula hasta el nacimiento de uno de ellos, y luego atrapó entre sus labios aquella dulce protuberancia, que mordisqueó y succionó hasta que la sintió derretirse bajo él. Con la mano libre alzó la tela para acariciar una de sus piernas, que ella dobló un poco hacia arriba, dándole acceso. Blake sonrió al comprobar que no llevaba ropa interior, y la recorrió entera, sin atreverse aún a aproximarse a la confluencia de los muslos.

—Quítate... la ropa —jadeó Jane.

—¿Qué? —Blake alzó la cabeza.

—Quiero sentirte.

La miró. Vio sus labios hinchados y las mejillas arreboladas, los ojos como dos llamas ardientes y la piel caliente y enrojecida. No necesitó que se lo repitiera. Se alzó sobre sus rodillas y se quitó la chaqueta y la camisa en mucho menos tiempo del que había tardado en ponérselas y pegó su torso desnudo al de ella. Jane soltó un gemido ahogado y él hizo lo propio. Dios, qué sensación más dulce era sentirla así, pegada a él, como si fuese una parte de sí mismo.

«Cuidado, Blake —pensó, mordido por su conciencia—. No puedes llegar hasta el final, lo sabes. Debes controlarte.»

Lo sabía, claro que lo sabía, igual que sabía que iba a ser lo más condenadamente difícil que hubiese hecho jamás, porque el cuerpo de Jane le llamaba como el canto de las sirenas a Ulises, solo que él no disponía de ninguna cuerda ni de ningún mástil al que amarrarse.

Pese a todo, alzó un poco más el camisón, y dejó que sus dedos aletearan junto al sexo de la joven, que parecía lava líquida. La prenda se había enredado en la cintura de Jane que, lejos de mostrarse cohibida con su desnudez, se movía bajo sus manos anhelando aumentar el contacto. Blake besó su costado, sorteó el montículo de ropa y continuó con la curva de su cadera, y cada beso lo acercaba más al centro del paraíso. Cuando ella comprendió lo que pretendía se envaró.

—Blake, no..., ¿qué haces?

—Chisss, tranquila. Está bien. Te prometo que lo vas a disfrutar.

Ella lo miró con una ceja alzada, pero pareció confiar en él y volvió a relajarse. Blake continuó con su avance y sonrió cuando vio cómo abría un poco las piernas para darle acceso. Con un movimiento suave, se colocó entre ellas y sopló en el centro de su femineidad, que arrancó de Jane un suspiro ahogado. Lo repitió un par de veces más, provocando la misma reacción, antes de posar sus labios en aquella zona. Jane dio un bote sobre la cama y la vio coger una almohada y taparse la cara con ella para ahogar los gemidos. Era perfecta. Suave, dulce y cálida, y Blake la besó y lamió hasta que ella se arqueó y tensó los muslos, mientras sofocada los gritos de placer contra la almohada.

Blake abandonó su puesto y realizó el camino inverso, buscando de nuevo su boca, para que ella conociera su propio sabor. Jane, que aún no se había recuperado, se entregó con ansias renovadas, como si hubiera resurgido de las cenizas de su orgasmo en busca del siguiente. Él se tendió sobre ella y comenzó a frotarse contra su sexo húmedo, sintiendo que su erección estaba a punto de horadar sus pantalones. Ella se removía bajo sus caderas y, cuando lo envolvió con las piernas, creyó que se moriría allí mismo.

—Quítate los pantalones —logró articular Jane.

—No... no puedo —dijo él, que no podía creerse que hubiese sido capaz de pronunciar aquellas palabras, en su estado—. Es demasiado peligroso, Jane.

—¿Por qué?

—Porque entonces no sé si podré detenerme. Eres... eres fuego, y yo me muero por quemarme contigo.

—Entonces déjate la ropa interior.

Blake calibró la sugerencia. En ropa interior podría sentirla mucho más, aunque también resultaría muy fácil traspasar esa última frontera. Ella gimoteó de nuevo su petición, y él ya no pudo resistirse. En un instante se hallaba prácticamente desnudo, con aquel rectángulo de ropa cubriendo su virilidad, y con Jane abrazándose a su cuerpo como si ansiara fundirse con él.

Apoyó las manos sobre el colchón y la contempló mientras

se movía sobre ella. Dios, la sentía tan cerca, tan infinitamente cerca, que le dio vértigo. Aproximó la punta de su miembro a la húmeda abertura y empujó con suavidad, solo un par de veces, porque Jane volvió a coger la almohada para ahogar sus gritos en ella, mientras se arqueaba buscándolo una vez más.

«Si no mueres de esta, viejo —se dijo Blake—, te mereces una medalla.»

Totalmente desmadejada, Jane retiró el cojín y lo miró. Su respiración entrecortada apenas le permitía hablar. Blake, exhausto, y más excitado de lo que había estado jamás, se dejó caer junto a ella.

Con los ojos cerrados, la escuchó recuperar poco a poco el ritmo de su respiración y no pudo evitar una sonrisa de pura satisfacción.

—Quiero tocarte —le susurró Jane.

Blake abrió los ojos y la miró, vio cómo ella deslizaba la vista por su torso hasta la protuberancia bajo sus calzones, que vibró llena de vida. Jane posó una mano sobre su pecho y comenzó a descender trazando pequeños círculos. Estuvo a punto de pedirle que se detuviera, pero fue incapaz, hechizado por aquellos dedos que trazaban arabescos sobre su piel. Con una osadía impropia de ella, la vio deslizar su mano por debajo de la cinturilla de la prenda y, con la primera caricia, su espalda se arqueó.

—Jane, vas a matarme —susurró, con los ojos cerrados.

Ella soltó una risita y su comentario pareció envalentonarla, porque la mano se cerró en torno a su miembro y apretó un poco, tal vez incluso demasiado. Comprendió de inmediato que ella no sabía qué debía hacer, ni cómo hacerlo. Blake llevó su propia mano al mismo lugar, envolvió la de Jane, y fue guiándola con suavidad para indicarle cómo darle placer. Demostró ser una alumna aplicada, porque enseguida no necesitó de ayuda.

Blake sentía arder todas las partes de su cuerpo bajo el contacto de aquella mujer, cuyo cuerpo se restregaba contra el suyo a medida que aceleraba sus movimientos. De repente le soltó, le bajó los calzones y lo miró, al principio un tanto sorprendida por lo que la tela había ocultado. Blake temió que su expuesta virilidad le causara miedo, o tal vez aprensión, pero no pareció ser el caso, porque se tumbó sobre él con una sonrisa de puro deleite. Sintió un momento de pánico hasta que comprendió que ella solo pretendía rozarse con él. Pegó sus caderas y luego fue bajando con delicadeza por su vientre y sus senos, sin dejar de mirarlo. Sus ojos oscuros eran dos pedazos de noche, brillantes de excitación, y parecía encantada con lo que estaba descubriendo. Le hizo pensar en una poderosa amazona subyugando a uno de sus prisioneros. Continuó contoneándose sobre él, desde los senos hasta las caderas y, de vez en cuando, volvía a sujetar su virilidad y a mover su mano arriba y abajo. Blake iba a volverse loco.

La cogió por los costados y la tumbó sobre la cama, y entonces fue él quien la recorrió con su cuerpo, mientras la invitaba a acariciarse y él hacía lo mismo. Jane se mostró algo tímida al principio, pero sus reservas cayeron como por ensalmo en cuanto succionó sus pezones. Blake se puso de rodillas, quería observarla, quería mirar cómo ella se tocaba y cómo alcanzaba el orgasmo, mientras él hacía lo mismo junto a ella. Cuando notó cómo el ritmo de su respiración se aceleraba y cómo comenzaba a elevar sus caderas, buscándolo en el vacío, supo que había llegado el momento. Tan pronto como la escuchó estallar, se derramó sobre aquellos senos de terciopelo, sin tiempo a retirarse lo suficiente para no mancharla.

Blake la miró unos segundos. Observó sus ojos cerrados y su boca entreabierta, y aquella piel sin mácula donde ahora brillaba la prueba de su propio orgasmo. Ni en sus más atrevidos sueños había imaginado que llegaría tan lejos con aquella joven inexperta en lo que solo era un entretenimiento pasajero. Oh, claro que sabía que esa noche la haría disfrutar y que la invitaría a descubrir nuevos placeres, pero no había contado con que él se dejaría arrastrar, ni tan lejos. Demasiado lejos.

Frunció el ceño, molesto consigo mismo. ¿Qué diantres estaba haciendo con aquella muchacha? Desnuda sobre aquella cama, con el camisón hecho un guiñapo alrededor de su cintura y el pecho manchado con su semilla, parecía una cortesana abandonada a los placeres de la carne. ¿Qué habría hecho si ella se hubiera mostrado dispuesta a llegar un poco más allá? ¿Habría reunido el valor suficiente como para negarse? ¿Y adónde los habría conducido eso, a ambos? Una cosa era juguetear un poco, experimentar, vivir un puñado de instantes deliciosos... pero aquello estaba mal. Él no tenía intención de pedir su mano, e intuía que ella era consciente de ese hecho. Podía haberla arruinado para siempre, podría haberlos arruinado a ambos.

—¿Qué te ocurre? —le preguntó Jane, lánguida.

—Nada —contestó, hosco. Se levantó de un salto, cogió su ropa interior y limpió sus senos con delicadeza, mientras ella lo observaba entre divertida y enternecida—. Lo siento. No pretendía que sucediera esto.

—No te disculpes, Blake. —Jane se incorporó sobre sus codos y enredó una mano entre sus cabellos—. Ha sido... fantástico. Yo no sabía que, en fin, no tenía ni idea de cómo... —La vio morderse los carrillos, avergonzada de repente—. ¿Te he hecho disfrutar?

—Como al mismo diablo —confesó él.

Jane sonrió, con una satisfacción casi maliciosa que a él se le clavó en las tripas.

—Pero esto no puede volver a repetirse. —Blake se bajó de la cama—. Hemos estado demasiado cerca de... ya me entiendes.

—¿Qué? Blake, la próxima vez seremos más cuidadosos. —Jane se puso de rodillas sobre la cama.

—No, Jane, no habrá próxima vez. —Desnudo frente a ella, enfrentó su mirada—. Esto no ha sido más que un juego en el que los dos hemos disfrutado, pero ha llegado el momento de abandonar. Es demasiado arriesgado.

—Comprendo —repuso ella, y Blake se dio cuenta de que la había herido.

—Eres una joven preciosa, Jane —le acarició la mejilla—. Eres dulce, inteligente y apasionada, y estoy seguro de que encontrarás a alguien que sepa apreciar todas esas cosas en ti.

—Alguien que no serás tú —replicó ella, mordaz.

—Nunca te he mentido. Nunca —se defendió Blake—. No te he hecho promesas que no pudiera cumplir, ni siquiera he acudido a tu casa a presentar mis respetos a tu familia con el objeto de convertirme en uno de tus pretendientes.

—Cierto.

—Es innegable que existe una poderosa atracción entre ambos —continuó—, pero por nuestro propio bien será mejor que lo dejemos aquí.

—Deduzco que yo no tengo voto en esta decisión.

—Me temo que no. Pero, si la situación fuese al revés, tampoco yo lo habría tenido.

Jane asintió y fue como si de repente hubiese sido consciente de su desnudez, porque agarró su maltratado camisón y trató de volver a cubrirse con él.

—Espera, yo te ayudo.

—¡No! —Ella le dio un manotazo—. Puedo yo sola.

Blake apretó los labios, indeciso. Recogió sus prendas del suelo y se vistió a toda prisa. Luego se acercó a ella, no quería despedirse así. Pero Jane ya no le miraba, tenía la cabeza inclinada. Estiró la mano y le acarició el cabello, que caía en una cascada de ondas castañas, ocultando su rostro.

—Jane... —musitó.

—Será mejor que te marches, Blake.

Retiró la mano y se alejó un par de pasos, pero ella no reaccionó. Entonces se dio la vuelta y se dirigió hacia la estantería. Antes de internarse en el pasadizo, le echó un último vistazo. Le pareció desvalida y triste y, aunque ambos habían participado en aquello de mutuo acuerdo y con el mismo deseo, se sintió un canalla.

18

A Oliver Milford le gustaba la lluvia, le gustaba el sonido relajante que traía aparejado con ella, como una música de fondo tremendamente apropiada para enfrascarse en sus estudios. El día había amanecido gris y a media mañana había comenzado a llover, sin excesiva fuerza pero con una cadencia constante. Era una lástima que sus vástagos no compartieran su gusto por algo tan sencillo y, por desgracia, ese día tampoco él lo estaba disfrutando.

Mientras daba vueltas entre sus dedos a un fragmento de turmalina de tonos rosados, pensaba en su hija mayor, en Jane. Lucien y ella habían regresado la tarde anterior de aquella fiesta campestre, y de inmediato había intuido que algo no iba bien. Se mostró circunspecta a la hora de la cena, y ni siquiera reaccionó a las pullas de Emma. Cuando lo comentó más tarde con Lucien, su hijo mayor ni siquiera sabía de qué le hablaba, él no veía nada distinto en su hermana. Era posible que Oliver Milford se hubiese vuelto un poco despistado, más de lo habitual, pero conocía a sus hijos mejor de lo que ellos creían, y Jane no parecía tan feliz como los días anteriores.

Esa mañana, en el desayuno, su hija casi volvía a ser la de siempre, y ese casi fue lo que lo alarmó. Se metió el trozo de mineral en el bolsillo de su batín y subió a la habitación de Jane, a la que encontró en un sillón junto a la ventana, con un libro en el regazo.

—¿Podemos charlar unos minutos? —le preguntó.

—Claro, papá.

Oliver tomó asiento frente a ella y la observó con detenimiento. Su rostro estaba más pálido que de costumbre, y en sus ojos había algo que se parecía mucho a la tristeza.

—¿Ha sucedido algo en Kent?

—¿Qué?

—Estás extraña desde tu regreso. ¿Acaso discutiste con tu hermano?

—Oh, no, papá. No ha pasado nada. Solo estoy un poco cansada.

—¿Cansada? Jane, tienes veinte años. Estás llena de vitalidad y energía.

—Creo que es este tiempo tan desagradable —dijo, mirando hacia la ventana.

Oliver contempló la lluvia más allá del cristal, y las gotas adheridas a él, que formaban extraños caminos en su recorrido, uniéndose unas a otras. Siempre le había fascinado aquel pequeño espectáculo, que podía pasar horas contemplando igual que otros disfrutaban del crepitar de un buen fuego. Sí, ciertamente era una lástima que sus hijos no fuesen capaces de apreciar la belleza de aquella sencillez.

Jane se sentía culpable por haberle mentido a su padre, que se había quedado un buen rato con ella. Por fortuna, no volvió a mencionar el fin de semana en Kent y se limitaron a charlar sobre nimiedades hasta que volvió a dejarla sola. Ni siquiera ella sabía por qué se sentía tan abatida. Su relación con Blake, si es que aquello podía denominarse así, había concluido. ¿Y qué? Él había sido sincero con ella desde el inicio, no podía reprocharle nada. Excepto, tal vez, el haberle descubierto todo un mundo por explorar y haberla abandonado a sus puertas.

Pese a todo, coincidía con él en que su experiencia juntos había alcanzado cotas inimaginables, para ambos. Y era consciente de lo cerca que había estado de culminar lo que habían empezado, sin calibrar las consecuencias. Cuando lo tuvo desnudo frente a ella, no pudo pensar en otra cosa que no fuese en tratar de sentirle aún más cerca de su cuerpo, dentro de él. El anhelo cobró una fuerza de tales dimensiones que temió perder la cordura y aún no sabía cómo había logrado resistirse. De acuerdo, había sido muy peligroso. Dios, si lo pensaba con detenimiento, habría sido un desastre. ¿Cómo habría podido casarse después con otro hombre, que tal vez la habría repudiado al comprobar que ya no era virgen? O, peor aún, ¿y si Blake se hubiera sentido obligado a pedirle matrimonio? Ni siquiera tenía claro que él fuese el hombre apropiado, a pesar de todo lo que despertaba en ella, y dudaba que él se hubiese sentido muy feliz ante un matrimonio impuesto.

Y aun así, con todos los argumentos a favor de finalizar aquel juego, se sentía desanimada. La perspectiva de continuar con su vida, asistiendo a fiestas y alternando con otros jóvenes de su entorno, se le hacía casi insoportable. Hasta ese momento, la posibilidad de cruzarse con Blake la había alentado. Ahora, cuando volvieran a verse, si es que tal cosa sucedía, ¿cómo reaccionaría él?, ¿y qué sentiría ella? Todavía vibraba al recordar el contacto de aquel cuerpo contra el suyo, al rememorar cada caricia y cada beso. También le dolía aquella despedida, que la había herido de una forma que no habría creído posible. Al día siguiente apenas le había visto y, aunque trató de mostrarse igual de animada que a su llegada, le costó un tremendo esfuerzo no permanecer encerrada en su habitación hasta la hora de partir. Creía haber estado haciéndolo bastante bien, disimulando a la perfección esa especie de tristeza que se le había enroscado dentro, pero su padre la había visto. Si no tenía cuidado, los demás también se percatarían de ello, y eso sí que era algo que no estaba dispuesta a consentir.

Mientras veía las gotas deslizarse por el cristal de su ventana, pensó en que había otros hombres interesados en su persona, hombres con los que, tal vez, pudiera sentir algo similar a lo que Blake había despertado en ella. Eso era al menos lo que esperaba, por su propio bien. Intuía que borrar la huella del marqués de Heyworth no iba a resultar una tarea fácil.

Era la tercera vez que Evangeline le pedía que le relatara la competición de arco. De todas las actividades de aquel fin de semana, aquella parecía ser su preferida, porque Jane no se había atrevido a explicarle lo que había sucedido entre Blake y ella. Volvió a narrársela con todo lujo de detalles, aunque pronto resultó evidente que su amiga había perdido el interés.

—Jane, ¿cuándo me lo vas a contar?

—¡Pero si lo estoy haciendo! —rio.

—Sabes perfectamente a qué me refiero.

Jane alzó las cejas. Maldita sea. ¿Tan transparente era? Habían pasado tres días y estaba convencida de que había logrado superar su decaimiento.

—No sé qué quieres saber, Evie. Ya te lo he contado todo, dos veces —disimuló con una gran sonrisa.

—El marqués volvió a besarte, ¿a que sí?

—Evie...

—Oh, Dios, ¡hizo algo más que besarte!

Jane no se atrevió a mirarla.

—¡Maldito canalla! —siseó Evangeline con rabia—. Dime que ese malnacido no te ha puesto la mano encima.

—No... no es eso.

—¿Le has puesto tú la mano encima? —La cara de asombro de Evangeline habría dado para escribir un buen poema.

Jane apretó los labios para retener todas las palabras que pugnaban por salir de su boca, que se estaba pudriendo dentro de su pecho. Evangeline era una especie de bruja, no había otra explicación posible.

—Te conozco mejor que a mi familia —le dijo su amiga—, y desde que has vuelto de Kent estás distinta. Solo puede haber una razón para ello.

—¿Eres consciente de lo que Gran Bretaña se ha perdido por el hecho de haber nacido mujer?

—¿Eh?

—Serías un político tremendo, un gran diplomático y un estratega inigualable.

—Ya, ya —replicó Evangeline, ruborizada a su pesar con el halago—. Si estás intentando cambiar de tema no te va a funcionar.

—Evie, te juro que me gustaría poder contártelo todo, pero...

—¿Pero qué?

—Me da miedo lo que puedas pensar de mí. —Jane desvió la vista.

—Esa es la excusa más estúpida que he oído jamás —rio su amiga—. Aunque me confesaras que durante ese fin de semana te acostaste con todos los caballeros presentes, eso no cambiaría ni un ápice lo que siento por ti. ¿Pero es que no lo sabes?

—Yo...

—Eres mi hermana, Jane. No mi hermana de sangre, pero la hermana de mi corazón. Nada de lo que hagas, nada, podrá cambiar eso.

Y entonces sucedió. Todo lo que se había enquistado en el pecho de Jane brotó en forma de lágrimas, de hipidos y de sollozos, y todos murieron junto al pecho de Evangeline Caldwell, su hermana de corazón.

Querida lady Jane:

Cuanto más avanza la temporada, más próxima se halla de encontrar al hombre que se convertirá en su esposo, si es que no lo ha hecho ya. En el camino quizá ha ido descartando a los caballeros que no han sido de su agrado o a aquellos que le han parecido inapropiados. Eso sin duda habrá reducido su lista a un puñado de nombres en los que ahora deberá centrar su atención.

Los varones de su familia sin duda le aconsejarán las uniones más ventajosas para usted, ya que debe evitar a toda costa a aquellos que solo buscan su fortuna o cuya fama con el juego, la bebida o las mujeres sea del todo inaceptable. Confíe en el criterio de los que deben velar por usted, pues a menudo esa deplorable información solo estará al alcance de los hombres de su familia.

Una vez que disponga de candidatos aceptables, en su mano estará descubrir cuál de ellos será el más apropiado. Recuerde los consejos de mis anteriores misivas y permítase cierta aproximación sin llegar a cometer ningún desliz. No sería la primera joven en ser abandonada tras haber consumado el matrimonio antes de la boda, ni la última en ser repudiada por esta sociedad permisiva en muchos aspectos, aunque no en la deshonra de una mujer.

No tenga prisa por disfrutar de los goces de la vida de pareja, tiempo de sobra habrá para ello, pero mientras tanto vaya preparándose para ello. Debe saber, por ejemplo, que a los hombres les gusta que sus esposas muestren cierta iniciativa y que sean participativas en el lecho, aunque no demasiado. Ello podría hacerles suponer que dispone usted de experiencia previa. Descubrirá también que son mucho más fogosos que nosotras y que sus apetitos carnales no se sacian con la misma facilidad. Sus requerimientos sexuales serán más frecuentes en los primeros meses del matrimonio y en su mano está responder con más o menos asiduidad a sus demandas. Si tiene usted la suerte de ser una mujer apasionada, probablemente los disfrutará de igual modo.

Cuando mire a los hombres que conforman esa pequeña lista de candidatos, pregúntese con cuántos de ellos estaría dispuesta a compartir los placeres conyugales y probablemente llegará a la conclusión de que aún puede borrar de ella a alguno de los caballeros elegidos.

Suya afectuosa,

LADY MINERVA

Jane había encontrado la última carta de su anónima *amiga* al regresar de casa de Evangeline, con el ánimo mucho más ligero desde su regreso de Kent. Su confesión, en la que prácticamente no había omitido ningún detalle, había escandalizado a Evangeline, que también se había mostrado fascinada y que le había hecho un sinfín de preguntas, algunas de las cuales habían provocado el sonrojo de ambas.

—Debes olvidarlo de inmediato —le dijo al fin, después de que ya no hubiera nada más que contar.

—Lo sé.

—Habéis tenido un pequeño romance sin importancia y sin consecuencias, y ambos lo habéis pasado bien, según parece. —Su amiga le guiñó un ojo, cómplice, y Jane no pudo evitar reírse—. Al menos has descubierto que sí eres una mujer apasionada, como dice lady Minerva.

—Oh, Dios, ¿en tus cartas también te habla de eso?

—Te juro que a veces no sé si esa mujer es una amiga o alguien que busca nuestra perdición.

—Hasta ahora no lo había pensado, pero no lo creo —apuntó Jane—. De hecho, siempre recomienda prudencia. Quiero decir, nos invita a experimentar, pero dentro de unos límites.

—Sí, eso es cierto. Estaba deseando que me contara algo más sustancioso, como qué se siente cuando un hombre te toca en cierta parte íntima —reconoció Evangeline sin pudor— y, la verdad, no me imagino preguntándole algo así a mi madre.

—Ahora me tienes a mí —rio Jane.

—Oh, Dios, estoy deseando descubrir si yo también soy así de apasionada.

—¿Sabes? Estoy convencida de que todas las mujeres lo somos, o casi todas, y que solo es necesario un hombre capaz de descubrirlo.

Jane sabía que Blake era uno de esos hombres, pero no podía ser el único.

Emma también había descubierto que era una mujer apasionada, aunque no había necesitado las cartas de lady Minerva para darse cuenta de ello. Después de aquel primer beso con Phoebe ambas habían disfrutado de otro breve encuentro íntimo, donde Emma había repetido la experiencia y donde Phoebe se había mostrado algo más colaboradora. Incluso se había atrevido a acariciarle los senos por encima de la ropa, provocando que el cuerpo de Emma sufriera una especie de descarga, como si las manos de su amiga fuesen dos rayos enviados por Zeus para atravesarla de parte a parte.

Cuando Amelia, la amiga de ambas, se encontraba presente, se limitaban a lanzarse miradas y guiños cómplices, y a cogerse de la mano a escondidas. Emma soñaba a todas horas con pasar más tiempo con Phoebe pero, a veces, tenía la sensación de que su amiga evitaba quedarse a solas con ella, como si tuviera miedo de hasta dónde podría conducirlas aquel camino que habían iniciado juntas.

Emma había optado por no presionarla, tampoco ella tenía muy claro hasta dónde estaba dispuesta a llegar, y se contentaba con saberla cerca y con compartir aquel secreto que las había unido más que nunca.

—¿Vas a compartir ya lo que tu hermana te ha contado sobre la mansión Heyworth en Kent? —preguntó Amelia, tendida con indolencia sobre la alfombra de tu cuarto.

—Apenas hemos hablado —confesó Emma, y no mentía.

—Oh, vamos, algo te habrá dicho.

—Que es muy grande, prácticamente un palacio, y que está decorada con mucho gusto.

—¿Y algo interesante sobre el marqués? —insistió su amiga. Emma intercambió una mirada con Phoebe, al parecer igual de interesada en aquella conversación.

—Nada de relevancia. ¿Por qué te interesa?

—¿Lo preguntas en serio?

Emma se encogió de hombros y vio cómo sus dos amigas se miraban y soltaban una risita.

—¿A ti no te parece uno de los hombres más guapos de Londres?

—Y de los más fascinantes —apuntó Phoebe. Emma la miró, dolida.

—¡Pero si apenas lo conocéis!

—Bueno, no hemos sido presentados oficialmente, si te refieres a eso, pero ya le he visto en unas cuantas ocasiones, y he oído a mis padres comentar cosas sobre él.

—¿Y qué?

—Emma, de verdad, a veces me pregunto por qué Dios te dio esos bonitos ojos verdes si no eres capaz de usarlos para las cosas verdaderamente importantes.

—No tengo ningún interés en ese marqués.

—¿Y sabes si él, en fin, ha mostrado alguno en tu hermana?

—¿En Jane?

—¿Tienes otra? —preguntó Phoebe con sorna. Emma le lanzó una mirada furibunda.

—No es uno de los visitantes habituales —contestó al fin.

—Es decir, que para la próxima temporada podría continuar soltero.

—¡Amelia! —exclamó Emma—. ¡Pero si es... mayor!

—¿Mayor? Emma, por Dios, no debe de tener más de veintisiete o veintiocho años. Y yo al menos no pretendo casarme con un jovencito recién salido de Eton.

—Yo tampoco —confesó Phoebe—, prefiero a un hombre más experimentado.

Emma soltó un bufido y trató de cambiar de conversación. No deseaba seguir ahondando en aquel tema, en aquella realidad que las aguardaba a las tres y en la que perdería a Phoebe para siempre. Lo que más le dolía de todo aquello, sin embargo, era que su amiga parecía ansiosa por que tal cosa sucediese, como si lo que existía ahora entre ellas no fuese más que un juego, un entretenimiento. Mientras las escuchaba hablar sobre el mismo asunto, se preguntó qué opción tendrían aquellas mujeres que no deseaban contraer matrimonio con un hombre y que poseían otras preferencias afectivas. Porque estaba convencida de que ella no era la única cuyos sentimientos tenían nombre femenino.

Jane estaba casi tan nerviosa como la noche de su debut. Por primera vez desde Kent iba a acudir a una fiesta, y temía encontrarse con Blake. No había vuelto a verlo, y había intentado pensar en él lo menos posible, aunque las huellas de su piel aún no se hubiesen borrado de la suya. Lord Glenwood había acudido esa misma mañana y se había mostrado más solícito que nunca. Y Jane se había esforzado por escucharlo y por intentar descubrirlo como hombre. Observó sus ojos claros, que carecían de la profundidad de los de Blake, y su cabello rubio, que no brillaría bajo la luz del mismo modo. Hasta sus manos, de dedos largos y delgados, se le antojaron insuficientes para abarcarla.

El vizconde Malbury también pasó unos minutos con ella. Su parecido físico con el marqués era más notable, pero le faltaba aquel magnetismo y aquella fuerza que Blake irradiaba sin proponérselo. Era absurdo, pensó, que tuviera que comparar a cuantos conocía con él. No existía forma humana de que lograsen superarlo, al menos en ese aspecto.

Conforme se vestía para la fiesta se alegró de tener a Evangeline a su lado. Ahora que su amiga conocía todo lo sucedido, sería un gran apoyo, y no se vería obligada a disimular ante ella si de repente cometía un desliz. También iba a contar con la presencia de su tía, ya que Lucien había acudido a una pequeña recepción en casa del conde de Saybrook, el padre de su prometida. Lady Ophelia y su dama de compañía, lady Cicely, serían quienes acompañarían a ambas jóvenes a casa del duque de Bancroft, un noble algo rancio pero cuya esposa organizaba exquisitas veladas.

Mientras el carruaje las conducía hasta su destino, Jane no paraba de retorcerse las manos.

—Cualquiera diría que este es tu primer baile, querida —apuntó lady Ophelia.

—He asistido a tan pocos que es casi como la primera vez —disimuló ella, mientras cruzaba los dedos para evitar arrugar aún más sus preciosos guantes.

—Créeme, llegará un día en que todos te parecerán iguales.

—La misma gente, las mismas conversaciones, los mismos bailes... —apuntó lady Cicely con aire aburrido.

—No exageres, Cicely —la riñó su tía con una sonrisa—. Cada año se presentan nuevas debutantes y con ellas más jóvenes interesantes buscando esposa.

Jane tuvo la sensación de que lady Cicely iba a contestar, pero entonces el carruaje se detuvo y un lacayo abrió la portezuela. Las cuatro mujeres entraron en la mansión y, tras saludar debidamente a los anfitriones, se internaron en el salón de baile. Jane lo recorrió ávida con la mirada.

—No está aquí —susurró Evangeline a su lado.

—¿Quién no está aquí? —Lady Ophelia había aparecido junto a su amiga y oteó el salón, sin saber qué era lo que buscaba.

—Lady Frederica —contestó Jane al punto—. Lady Frederica Parsons. Coincidimos en Kent.

—Oh, sí, una joven encantadora —reconoció su tía—. Por cierto, aún no hemos hablado sobre tu pequeña excursión al campo.

Lady Ophelia le guiñó un ojo y Jane se ruborizó sin poder evitarlo. La imagen de Blake moviéndose sobre ella había ocupado su pensamiento un instante. Si su tía hubiera podido leerle la mente, habría sufrido un desmayo.

—Tampoco hay mucho que contar —mintió—. Fue... agradable.

—Agradable, ya veo. —Lady Ophelia hizo una mueca—. Una forma educada de decir aburrido.

—Eh, no, yo no pretendía...

—Tranquila, Jane. —Su tía hizo un gesto de disculpa con la mano—. Según tengo entendido, el marqués no estuvo muy acertado a la hora de seleccionar a los invitados. Y parece que tampoco se prodigó mucho. En fin, no sé quién se ocupó de organizar la fiesta, pero no hay duda de que no hizo un buen trabajo.

Evangeline alzó una ceja en dirección a lady Ophelia.

—Ah, querida —continuó su tía—, todo el mundo sabe que es preciso invitar al mayor número posible de jóvenes solteros. A fin de cuentas, este tipo de acontecimientos tienen como propósito encontrar esposo, ¿no es cierto?

—Sí, claro —contestó Evangeline.

—En fin, lord Heyworth no ha pasado aún el tiempo suficiente en Inglaterra como para conocer nuestras costumbres.

—¿Y qué costumbres son esas?

La voz de Blake sonó a espaldas de las cuatro mujeres, que aún permanecían sobre la escalinata de acceso. Jane sintió que todo su cuerpo se tensaba y se volvió como si le hubiera picado una víbora. Allí estaba, guapo como un demonio y con una sonrisa burlona bailando sobre sus labios. Intercambió una breve mirada con ella antes de centrarse en lady Ophelia.

—¡Lord Heyworth! —Su tía extendió la mano, que él tomó con elegancia—. Charlábamos sobre la fiesta que celebró en su mansión.

—Oh, un error imperdonable no haberla invitado, me temo.

—¡En absoluto! —reconoció su tía, con una sonrisa amable—. Aunque es cierto que debería haber invitado a más jóvenes solteros.

—¿No eran suficientes? —Blake alzó una ceja. Jane lo conocía lo suficiente como para saber que se estaba divirtiendo con aquella conversación—. ¿Acaso su sobrina se ha quejado al respecto?

Entonces la miró y Jane sintió que su corazón se detenía un instante. No tuvo tiempo de detectar nada especial detrás de aquellos ojos tan oscuros, que él apartó con celeridad para volver su atención en lady Ophelia.

—Jane jamás haría tal cosa, milord. Pero la gente habla, ya sabe...

—Prometo tenerlo en cuenta para la próxima vez —sonrió Blake, mientras volvía a besar la mano de la dama y se despedía de las demás con una leve inclinación de cabeza.

Jane lo vio alejarse sin ser del todo consciente de cómo se sentía. Había resistido la tentación de colocarle un mechón de cabello en su sitio, de alisar un poco la solapa de su chaqueta, y de lanzarse en sus brazos para hundirse en su boca.

—Qué hombre más encantador —musitó lady Ophelia a su lado.

Jane no fue capaz de contestar. Solo apretó la mano que Evangeline le había cogido con disimulo y rezó para que aquella noche finalizase cuanto antes.

19

Volver a ver a lady Jane había logrado alterarle el pulso y pegar-
le la ropa al cuerpo. En cuanto Blake la vio de espaldas supo que
era ella, pero no podía pasar al lado de las damas sin saludar siquiera y, en cuanto escuchó el comentario de lady Ophelia, se le
antojó una excusa perfecta para aproximarse sin resultar ridículo. Porque así era como se sentía. Apenas era capaz de mirarla
a los ojos sin recordarla tumbada sobre aquella cama, desnuda y
brillante de deseo.

«Es demasiado pronto», se dijo. Había valorado la idea de
ausentarse durante una temporada de los salones londinenses,
pero, con la fiesta de Kent tan próxima, era muy posible que alguien sospechara, sobre todo aquellas damas que no parecían
tener otro propósito en la vida que alimentar los chismes. Tal
vez alguna de ellas llegaría a la conclusión de que había sucedido
algo en su mansión y eran varias las jóvenes solteras que se habían alojado allí. No pretendía perjudicar a ninguna de ellas, y
menos aún a Jane.

Estaba preciosa. Preciosa y etérea, con el cabello en un recogido sencillo y adornado con pequeños cristales, como la
primera vez que la había visto. Aquel cuello largo y delicado,
asomándose desde sus perfectos hombros desnudos, parecía in-
citarle a besarlo. Tuvo que esforzarse en no mirarla, en no mos-

trar ningún interés especial en su persona, aunque en su fuero interno hubiera deseado detener todos los relojes del mundo para acariciar su mejilla de terciopelo y confesarle que no había cesado de pensar en ella.

Desde que había abandonado aquella habitación, dejándola sobre el lecho revuelto, los recuerdos le habían estado mordiendo dormido y despierto. Sabía que había obrado correctamente, pero, en más ocasiones de las que debería, se había maldecido por no haber esperado un poco más. Podrían haber disfrutado de algún que otro encuentro satisfactorio para ambos, y él habría sabido detenerse a tiempo, siempre. Al menos eso le gustaba pensar. En otras ocasiones, sin embargo, soñaba que se hundía en ella y que no había fuerza, humana o divina, capaz de detenerlo. No recordaba haber sentido un deseo tan intenso por ninguna otra mujer, tal vez debido, precisamente, a la imposibilidad de poseerla del todo. Ninguna de sus anteriores amantes era virgen y la mayoría eran mucho más experimentadas que él.

La observó con discreción durante un rato. La notó nerviosa y algo tensa, e imaginó que su presencia también la hacía sentirse incómoda. Eso le produjo una inmensa satisfacción, aunque le duró muy poco. En cuanto la vio bailar con lord Glenwood la sensación desapareció.

No era asunto suyo, se dijo. Y se lo repitió cuando vio que bailaba con otros caballeros. De vez en cuando sus ojos tropezaban con los de Jane, que los retiraba de inmediato, como si él ya fuese un asunto concluido. Así debía ser, ¿no? Lo que más le sorprendió, sin embargo, fueron las miradas de la señorita Caldwell, cargadas de silenciosos reproches. Así es que Jane se lo había contado y, por la intensidad de aquellas pupilas, no había omitido detalle. ¿Por qué lo habría hecho? ¿Por qué se habría expuesto de aquella manera? ¿Tanto confiaba en lady Evangeline?

Si algún día aquella joven se volvía en su contra, el daño que podría hacerle sería colosal. Ni siquiera estando ya casada y con hijos se libraría del escándalo. Aquellos reproches sin palabras, no obstante, tampoco hicieron mucha mella en su ánimo. Jane había participado de buen grado en su pequeña aventura, y tan culpable era ella como él. A pesar de todo, logró hacerle sentir incómodo, lo suficiente como para desear abandonar aquella fiesta antes de lo previsto.

—Se ha marchado —susurró Evangeline junto a su oído.

—¿Qué? —Jane se volvió hacia ella.

—Heyworth. Se ha ido.

Jane miró hacia la salida, pero ya no lo vio por ningún lado. De repente, parte de la tensión que la había dominado durante toda la velada desapareció, y en su lugar dejó un extraño vacío. Se había mostrado indiferente, como si no le importara su presencia, como si su piel no estuviera ardiendo en llamas al saberlo cerca. «Aún es pronto», se dijo. Los recuerdos eran demasiado recientes. Seguro que en unos días habría logrado olvidarlo, al menos lo suficiente como para volver a centrarse en su vida.

Lord Glenwood apareció unos minutos más tarde para solicitarle otro baile y Jane aceptó. Era guapo y encantador, con aquel cabello dorado y aquellos ojos azules tan dulces, y parecía realmente interesado en ella.

—La encuentro distraída esta noche —le dijo, en un intento de entablar algún tipo de conversación—. ¿Hay algo que la preocupe?

—Eh, no, le ruego que me disculpe.

—¿Es por la guerra?

—¿La guerra?

—Hace unas semanas parecía interesada en ese asunto —contestó lord Glenwood—. Le agradará saber que Napoleón ha sido desterrado a la isla de Elba.

—Sí, lo he leído en los periódicos.

—No parece que la idea la alivie ni siquiera un poco. —Le sonrió de una forma que a Jane le pareció encantadora.

—En realidad me preocupaba más la guerra con los Estados Unidos. Mi hermano Nathan está sirviendo en la Marina.

—Ahora comprendo su interés. —Le apretó la mano que sostenía y ella se sintió extrañamente reconfortada—. Me une cierta amistad al conde de Liverpool, nuestro primer ministro. Puedo indagar si lo desea.

—Eso es muy amable por su parte, milord. —Jane apreció de verdad el ofrecimiento. No hacía tanto que habían recibido carta de Nathan, pero ella quería saber más, quería saber si aquella guerra iba a tardar mucho en finalizar.

—Será un placer, lady Jane. —Lord Glenwood la miró con intensidad y ella apreció el azul intenso de sus ojos, que brillaban bajo la luz de las lámparas—. Cualquier cosa que pueda hacerla feliz no tiene más que pedírmela.

Jane no supo si aquel comentario escondía alguna intención oculta, pero no pudo evitar ruborizarse al imaginarse lo que podría implicar, y eso trajo a Blake de nuevo a su memoria, lo que no hizo sino aumentar su rubor.

No había duda de que aún era demasiado pronto.

—Lord Glenwood acaba de pedir tu mano —anunció Lucien, dejándose caer junto a su hermana.

—Querrás decir lord Malbury —comentó Jane, que sabía que esa misma mañana el vizconde había acudido a la mansión Milford.

—¿Crees que no sé distinguirlos? —Lucien la miró con una ceja alzada.

—No, claro.

—¿Y bien? Son la quinta y la sexta petición de mano que recibes esta semana. Si sigues rechazando a posibles pretendientes pronto no quedará ni un solo candidato soltero en la ciudad.

Ya habían transcurrido casi tres semanas desde la fiesta en casa del duque de Bancroft, la última vez que había visto a Blake. Decir que había logrado olvidarle era una falsedad, pero al menos había conseguido no pensar en él a todas horas, y en cada ocasión el recuerdo se alejaba más y más, como si todo le hubiera sucedido en otra vida, o a otra persona. En ese tiempo había recibido otra carta de lady Minerva, y Evangeline dos más. Las habían leído una tarde en la habitación de su amiga, que al final había cambiado por completo su vestuario y había comenzado a relacionarse con más soltura con el sexo opuesto.

—¿Jane? ¿Qué quieres que haga con Glenwood y Malbury? Debo decirte que ambos me parecen excelentes candidatos.

—Lo sé. —Hizo una pausa—. ¿Tengo que decidirlo ahora mismo? —Lucien llevaba días declinando todas las propuestas que le presentaban, y hasta el momento había respetado los deseos de su hermana.

—Eh, no, claro que no. Pero que no me pidas que los rechace es una buena señal.

Jane sonrió, aunque sin poner el alma en ello. Aquellos dos caballeros eran los únicos que habían despertado su interés en toda la temporada, solo que no sabía por cuál decidirse.

—Lucien, no es preciso que encuentre marido esta temporada, ¿verdad?

—No hay ninguna prisa, por supuesto —contestó su hermano—, pero es posible que el próximo año ninguno de esos caballeros esté ya disponible.

—Pero quizá aparecerá alguien nuevo.

—¿Alguien nuevo? Bueno, sí, seguramente algunos jóvenes recién salidos de la universidad o que regresen del Grand Tour. Ahora que ha finalizado la guerra en Europa, Francia e Italia volverán a recibir las visitas de nuestros jóvenes.

—Sí, tal vez.

—Pero Jane, es muy probable que todos esos caballeros sean menores que tú, ¿te das cuenta? Para la próxima temporada ya habrás cumplido los veintiuno.

—O sea, que ya seré muy mayor —replicó ella, mordaz.

—Yo no he dicho tal cosa —se defendió su hermano—. Pero otras jóvenes de tu edad ya están casadas, algunas esperando a sus primeros hijos. Y el próximo año también habrá más debutantes.

Jane no pudo evitar pensar en Aileen Lockport, la hija del conde de Chilton, que había rechazado a todos los pretendientes durante su primera temporada y que en la presente apenas había recibido dos propuestas, ninguna de ellas lo bastante interesante para sus aspiraciones. Era una joven preciosa, probablemente la más bella de Londres, pero cuyo carácter algo díscolo la había convertido en una candidata poco apetecible. ¿Y si a ella le sucedía lo mismo? Jane quería casarse, lo deseaba desde que era jovencita. Quería encontrar a un hombre que la apreciara y la respetara, que fuese su compañero y su amigo, y ella quería llevar su propia casa y formar su propia familia, aunque la maternidad le causase cierto temor.

—Creo que me tomaré unos días para pensarlo —anunció al fin—. Espero conocer un poco mejor a ambos caballeros y entonces te comunicaré mi decisión.

Ambos le gustaban por igual. Eran atractivos, amables, inteligentes, ricos y provenían de buenas familias. Evangeline y ella se habían pasado una tarde entera anotando en una lista los defectos y las virtudes de cada uno de ellos, y habían descubierto que cualquiera de los dos sería un marido más que aceptable. Su amiga se inclinaba un poco más hacia el vizconde, y ella un poco más hacia lord Glenwood.

Jane se levantó para subir a su habitación. De repente, sentía la necesidad de echarse un rato, solo para despejar la mente. Su hermano la tomó de la mano.

—Sabes que no estás obligada a contraer matrimonio, ¿verdad? —le dijo, mirándola con infinita ternura—. Si no lo deseas, si ninguno de esos hombres te agrada, puedes quedarte aquí el tiempo que quieras. Yo cuidaré de ti, siempre.

Jane sintió el nudo de lágrimas en la base de la garganta y no fue capaz de contestar. Se limitó a apretar la mano de su hermano y se inclinó para darle un beso en la mejilla antes de abandonar el salón.

Lucien permaneció largo rato allí sentado, preguntándose por qué su hermana, a quien tanta ilusión le había hecho siempre la idea del matrimonio, no parecía feliz en absoluto ante la idea de casarse.

Blake llevaba varios días sin pasar por el Brooks's, casi los mismos que hacía que no se dejaba ver en ningún acontecimiento social. Había dedicado ese tiempo a cerrar algunos provechosos negocios y a ponerse al día con el papeleo de sus muchas propiedades. Incluso había pasado un par de noches en Hampshire, adonde viajó con la intención de contratar a un nuevo administrador en cuanto descubrió que el antiguo le estaba robando. Apenas había pensado en Jane. Bueno, tal vez «apenas» fuese exagerar un poco, pero al menos había logrado apartarla lo suficiente de su pensamiento como para poder dedicarse por entero a otros menesteres.

En cuanto entró en el club vio a Lucien Milford apoltronado en una butaca, con una copa de brandy en las manos y una sonrisa resplandeciente. Parecía tan satisfecho consigo mismo que Blake tuvo que reprimir una arcada. ¿Por qué no lograba él sentirse de ese modo? Hasta hacía no mucho casi podría haberse visto reflejado en el vizconde Danforth.

—¡Heyworth! —Lucien alzó la copa para saludarlo.

Blake no había tenido intención de acercarse, pero en Kent habían limado asperezas e incluso habían compartido un puñado de buenos momentos. Después de la competición con arco, le había pedido algunos consejos y ambos habían practicado juntos. Más tarde pasaron un rato en la biblioteca disfrutando de una copa de whisky escocés y charlando sobre caballos y, cómo no, sobre la guerra. Que Lucien lo considerase medio americano no pareció importarle en esa ocasión y se despidieron, si no como amigos, al menos como dos hombres con intereses comunes que habían comenzado a respetarse.

—Me alegra verlo, lord Danforth. —Blake lo saludó al llegar a su altura y aceptó la invitación de ocupar la butaca vacía frente a él. En un instante, uno de los camareros había colocado una copa de su whisky favorito frente a él.

—Es usted muy caro de ver, amigo.

—He estado un tanto ocupado.

—¿Ha conseguido ya llegar a un acuerdo con Wilson?

—¿Quién?

—Christopher Wilson, de Tadcaster, Yorkshire. ¿No pretendía usted adquirir un caballo?

—Oh, es cierto.

—Dudo mucho que encuentre animales tan magníficos como los suyos. Al menos en Inglaterra.

—Sí, recuerdo que me lo mencionó en Kent —comentó Blake—. Me temo que no he podido disponer de tiempo para ello.

Un caballero, un habitual del club cuyo nombre no fue capaz de recordar en ese momento, se aproximó y felicitó a Lucien antes de volver a dejarlos solos. Blake no hizo ningún comentario.

—¿Ha estado de viaje? —inquirió Lucien, cuyo interés parecía genuino—. Tengo la sensación de que hace mucho que no nos vemos.

—En Hampshire, en una de mis propiedades. Resolviendo problemas, ya sabe cómo son estas cosas.

—Imagino que encontrarse de repente al frente de tantos asuntos puede resultar un tanto...

—¿Apabullante?

Lucien soltó una risotada.

—No iba a utilizar una expresión tan contundente, pero sí, algo así. No estoy al tanto de cuántas propiedades componen su patrimonio, pero...

—Once.

—¿Once? —Lucien lo miró con las cejas alzadas.

—Solo en Inglaterra.

—¿En América también...?

—Otras cuatro, de las que en este momento se ocupa uno de mis tíos.

—Vaya, hay días en los que yo solo ansío desaparecer y olvidarme de las montañas de papeles, y solo tenemos seis. —Lucien alzó su copa—. Brindo por usted entonces, Heyworth.

Blake lo imitó y tomó un sorbo de su bebida, que calentó su esófago y se asentó en el estómago, provocándole una sensación de placidez. Lord Sefton, el esposo de una de las patrocinadoras de Almack's, se aproximó y estrechó la mano de Lucien.

—¿Hay algún motivo por el que deba felicitarlo, milord? —le preguntó un Blake sonriente en cuanto volvieron a quedarse a solas.

—Bueno, el mérito no es mío en realidad —contestó Lucien—. Le alegrará saber que mi hermana Jane ha recibido varias propuestas matrimoniales esta semana.

La sensación de placidez se esfumó como por ensalmo y el siguiente trago de whisky le supo a hiel. Si no fuera por dónde se encontraba y con quién, lo habría escupido en el vaso.

—Enhorabuena entonces. ¿Y quién es el afortunado? —se obligó a preguntar.

—Todavía no lo sé. Al parecer no termina de decidirse entre dos caballeros, aunque creo que no tardará mucho en hacerlo.

Blake no necesitó preguntar a qué caballeros se refería. Lo sabía perfectamente.

Jane había llegado a una conclusión. Necesitaba besar a lord Glenwood. Y a lord Malbury también. Nada tan atrevido como lo que había experimentado con Blake, no estaba dispuesta a llegar tan lejos una vez más. Pero sí era preciso, más que preciso perentorio y acuciante, que tuviera la oportunidad de besarlos a ambos para poder elegir a uno de los dos. Aquel que despertara en ella siquiera una quinta parte de lo que el marqués le había provocado, sería el elegido. Con una octava parte, rectificó, se conformaría.

Desde que habían hablado con Lucien, había tenido la oportunidad de pasar más tiempo con ambos. Había bailado con los dos en un par de fiestas, dado un paseo por Hyde Park con Glenwood, y disfrutado de una merienda en los jardines Vauxhall y de una interesante exposición en la Royal Academy con Malbury. Esa noche tenía intención de dar el último paso antes de comprometerse, y estaba nerviosa y un tanto excitada. Evangeline estaba al tanto de lo que pretendía hacer y, no solo no había tratado de quitarle aquella absurda idea de la cabeza, sino que se había ofrecido a encubrirla para que pudiera llevar a cabo su pequeño plan.

El mes de junio estaba en su ecuador y las temperaturas eran tan agradables que Jane ni siquiera necesitó cubrirse con el chal cuando salió de casa. Sentada frente a Lucien, y con Evangeline a su lado, pensó en que era poco probable que momentos como aquel se repitieran con mucha frecuencia en el futuro. Una vez que se hubiera decantado por uno de los dos pretendientes, se iniciaría el período de cortejo, que podía alargarse durante meses, y luego se casaría e iniciaría una nueva vida lejos de Lucien, y también de Evangeline, a la que probablemente no podría ver con tanta frecuencia. Ese repentino pensamiento le provocó una tristeza tan honda que soltó un suspiro. Pensó en su padre, en Emma, en Nathan y en el pequeño Kenneth.

—Jane, ¿qué te pasa? —Evangeline la tomó de la mano.

—¿Os dais cuenta de que cuando me case nos veremos muy poco? —contestó al tiempo que reprimía un sollozo.

—¿Piensas mudarte al continente? —inquirió Lucien, con sorna, sin duda tratando de animarla.

—¡Por supuesto que no!

—Vale, porque pienso visitarte tan a menudo como me sea posible, y espero que tú vengas a casa con la misma frecuencia.

—Yo iré a verte también —dijo Evangeline, y Jane se dio cuenta de que su voz sonaba temblorosa—. Si tu marido no tiene inconveniente.

—Más le vale, o será el matrimonio más corto de la historia —aseguró Jane, convencida.

Su hermano se rio y Evangeline esbozó un amago de sonrisa.

—Esa es mi hermanita —dijo Lucien—. Habrá que dejarle claro a tu futuro esposo que no serás tú quien se incorpore a su familia. Será él quien se una a los Milford.

Aquella era la primera fiesta a la que Blake asistía tras su breve paréntesis social. Por muy prolongado que este le hubiera podido parecer, descubrió que nada había cambiado a su alrededor. Las mismas caras, las mismas conversaciones, los mismos entrantes y la misma música. Era como si no hubiera desaparecido más que un par de días. No hubo nadie tampoco que le hubiera echado de menos, porque todo el mundo lo saludó como siempre, como si se hubiesen visto en la fiesta anterior, o en la anterior a esa. Recordó su conversación con Lucien, la única persona que parecía haberse percatado de su ausencia. Bueno, la única no. Era muy probable que hubiese alguien más que le hubiera echado de menos.

Desde que el vizconde le había hecho saber que Jane estaba a punto de escoger al hombre con el que habría de casarse, Blake no podía desprenderse de la acuciante necesidad de volver a verla. Solo para comprobar que se encontraba bien, se dijo. Para comprobar que había continuado con su vida y que él se había convertido en un recuerdo ya sin importancia, en algo que no pudiera herirla.

No tenía intención de bailar con ella. De hecho, había pensado en volver a sus viejos hábitos, y con ese propósito se coló en el piso de arriba y encontró un lugar perfecto desde el que observar todo el salón sin ser visto.

La vio llegar en compañía de su hermano y de Evangeline. Estaba radiante, era cierto, pero, al mismo tiempo, una sombra de tristeza parecía haberse posado sobre sus hombros. Cuando se fijó un poco más en su amiga, descubrió que esa misma sombra la cubría también. Y habría apostado la mitad de su fortuna a que la sonrisa de Lucien era casi tan falsa como las de ellas. ¿Habría sucedido alguna desgracia? No estaba al tanto de ello, y eso que había procurado mantenerse informado. Hasta sabía en qué lugar exacto se encontraba en ese instante su hermano Nathan, lo bastante alejado del peligro para tranquilidad de su familia. Debía de ser otra cosa, aunque no se le ocurría el qué. No los perdió de vista en toda la noche.

Jane bailó con algunos caballeros antes de encontrarse con lord Glenwood, con quien luego charló un rato. Vio cómo la pareja salía al jardín en compañía de Evangeline. Estuvo tentado de bajar y seguirlos, pero le pareció un comportamiento ridículo. Era poco probable que se ausentasen demasiado tiempo. Seguramente, solo habrían salido a la terraza a disfrutar de un poco de aire fresco; allí hacía mucho calor. Tardaron en regresar más de lo que había supuesto, y fue consciente de que algo había cambiado entre ellos, por el modo en el que él la miraba y por el rubor en las mejillas de Jane.

«¿Pero qué diablos...?», se preguntó. Evangeline los acompañaba, así es que no debía de ser nada de especial relevancia. Sin embargo, cierta incomodidad se le instaló en la boca del estómago.

Si a lord Glenwood le había sorprendido que Jane sugiriera dar un paseo por el jardín, se cuidó mucho de exteriorizarlo. Evangeline los acompañaba y los tres salieron al fresco de la noche. Los anfitriones habían colocado lámparas de aceite a lo largo de todo el recorrido y Jane temió no encontrar un sitio apropiado, lo bastante oculto de las miradas curiosas, para llevar a cabo su plan.

—Hacía mucho calor en el salón, ¿no le parece? —le dijo, mientras caminaba a su lado.

—Estamos a mediados de junio —contestó él—, y hay muchos invitados.

—¿Prefiere la noche o el día?

—Depende de para qué —contestó lord Glenwood, con la voz aterciopelada y acercándose unos centímetros.

Jane carraspeó antes de continuar, de repente un tanto cohibida.

—A mí me gustan sobre todo las mañanas —confesó, mirando hacia el frente—. Tienen una luz especial, llena de promesas.

—Pero la noche es más íntima, ¿no lo cree así?

Jane se atragantó con su propia saliva y volvió un poco la cabeza, solo para cerciorarse de que Evangeline seguía allí. Entonces vio una rosaleda a escasos metros, rodeada de penumbra.

—¡Oh, qué magníficas rosas! —exclamó, al tiempo que se aproximaba.

Como era de esperar, lord Glenwood la siguió y ella comprobó que Evangeline se quedaba junto al sendero. Se adentró un poco más en las sombras y rozó con la punta de los dedos una de las flores.

—Siempre me ha parecido extraordinaria la suavidad de los pétalos de una flor, en especial de las rosas.

—Su cutis posee la misma delicadeza, lady Jane —musitó lord Glenwood junto a su oído.

Lo sentía tan cerca que, con solo volverse, sus labios se rozarían. Y eso fue lo que hizo, se giró hacia él con deliberada lentitud y se encontró con aquellos ojos claros que en ese momento parecían dos estanques turbulentos. El conde inclinó un poco la cabeza, lo suficiente como para que ella comprendiera sus intenciones y tuviera tiempo de reaccionar, si ese era su deseo. Pero lo único que Jane deseaba era que la besase de una vez. La anticipación la estaba matando, así es que no se movió de su sitio y le mantuvo la mirada. Cuando él se inclinó un poco más, ella cerró los ojos, aguardando la consabida explosión de sensaciones que iban a recorrer su cuerpo de un extremo al otro. Los labios de lord Glenwood eran suaves y tibios, y cubrieron los suyos con exquisita dulzura, al tiempo que uno de sus brazos le rodeaba la cintura y la atraía un poco más hacia su cuerpo. Percibió la punta de su lengua intentando abrirse camino y Jane le franqueó la entrada. Besaba bien, muy bien de hecho, pero ella no fue capaz de sentir más que una breve calidez en el bajo vientre.

El beso fue más corto de lo esperado y el conde se retiró unos centímetros.

—Creo que ahora entenderá por qué prefiero las noches —le susurró—. Jamás me habría atrevido a besarla a la luz del día.

Jane bajó la cabeza, algo cohibida de repente. Había cumplido con su objetivo, al menos de forma parcial, y no había obtenido el resultado esperado. Esperaba tener más suerte con el vizconde Malbury.

Durante más de media hora, Blake vio a Jane alternando con otros invitados, ajena a su presencia, o al menos eso parecía porque, de tanto en tanto, la veía alzar los hombros y volverse para observar su entorno, como si intuyera que alguien la observaba. Era increíble el sexto sentido que parecía poseer para esas cosas y Blake, semioculto en la penumbra, sonrió a su pesar.

La vio intercambiar varias miradas con lord Glenwood, que parecía más pendiente de ella que nunca, y fruncir el ceño cuando el vizconde Malbury se aproximó para solicitar un baile.

En cuanto la pieza finalizó, Blake no pudo reprimir el gesto de sorpresa al ver que volvía a salir al jardín, con Evangeline de carabina. Decidió que esta vez iba a hacer caso de su instinto y se escabulló por el pasillo en dirección a la escalera de servicio, que localizó sin dificultad. En un instante se encontró en el jardín, pero no había ni rastro de Jane ni de sus acompañantes. Dio una vuelta rápida y, en un recodo, percibió el ruedo del vestido de su amiga, de un tono azul pálido. Pero ni Jane ni Malbury estaban a la vista.

La sospecha se cernió sobre él. Dio la vuelta y se aproximó desde otra dirección y allí, junto a un rosal de increíble belleza, los vio a ambos.

Malbury estaba besando a Jane.

A su Jane.

❧ 20 ❧

Jane ni siquiera había comenzado a quitarse el vestido cuando alguien llamó a la puerta de su habitación y una sonriente Emma asomó la cabeza.

—Vengo en son de paz —le dijo su hermana, que sacó de detrás de la espalda una botella de jerez y un par de copas.

Jane le devolvió la sonrisa. Aunque ninguna de las dos era muy aficionada a las bebidas alcohólicas, aquella era la preferida de ambas. De vez en cuando, alguna de las dos robaba una botella del salón y se tomaban un par de vasitos a escondidas, mientras compartían confidencias y risas. Cayó en la cuenta de que hacía demasiado tiempo que no habían disfrutado juntas de uno de esos momentos.

—Por supuesto que sí —contestó Jane—, si primero me ayudas a quitarme el vestido.

—Hecho.

Con la ayuda de su hermana, en unos minutos ya tenía el camisón puesto. Se sentaron sobre la mullida alfombra, con la espalda apoyada contra la cama.

—¿Cómo sabías que estaba despierta?

—Te he oído llegar.

Emma sirvió el líquido dorado en las dos copas y ambas brindaron antes de dar el primer sorbo.

—Por mi hermana mayor, que muy pronto será una mujer casada.

—Oh, Emma, no digas eso.

—¿Por qué no? —se sorprendió—. Es lo que siempre has querido. Y tengo entendido que hay dos candidatos muy apuestos aguardando tu decisión.

—Lucien no puede mantener la boca cerrada —sonrió Jane.

—No es ningún secreto, y no es Lucien quien me lo ha contado.

Jane la miró con una ceja alzada.

—Ha sido Phoebe —aclaró—. Le parece de lo más romántico.

—A ti no, por lo que veo.

—No es a mí a quien debe importarle eso —replicó, con cierto deje de tristeza—. ¿Ya sabes a cuál de los dos vas a escoger?

—Ojalá fuese tan fácil. —Jane suspiró.

—Uno debe de gustarte más que el otro, ¿no?

—Sí, creo que sí.

—Pero no estás enamorada de ninguno.

—No, no lo estoy.

—Dicen que con el tiempo es muy posible que llegues a amar a tu marido —comentó Emma—. Trata de imaginarte dentro de cinco años y dime al lado de cuál de los dos te ves.

Jane hizo lo que su hermana le pedía, pero a su lado solo veía un borrón sin forma ni color, como si alguien hubiese tratado de eliminar la imagen de un cuadro.

—No veo a nadie, Emma.

—¿Has besado a alguno de ellos?

—¿Qué? —Jane, que se había recostado contra la cama, se incorporó hasta quedar sentada con la espalda muy recta.

—Estoy convencida de que, cuando besas a la persona adecuada, lo sabes.

—¿Quién te ha dicho eso?

—Nadie, pero debería ser así, ¿no te parece? —Emma la miró, muy seria—. Cuando besas es como si entregaras una parte de tu alma, y debería ser un momento mágico, capaz de hacerte temblar entera.

—No... no sabía que fueses una romántica.

—¿Qué? —Emma arqueó las cejas—. No lo soy. Yo... no, definitivamente no lo soy.

Jane volvió a recostarse contra la cama y pensó en los acontecimientos de hacía unas horas.

—Esta noche los he besado, a los dos.

—¡Jane! —Su hermana soltó una carcajada y la miró con renovado interés—. ¿Y cómo fue?

—Normal —contestó, con un encogimiento de hombros.

—¿Normal? —El rostro de Emma reflejaba la misma decepción que debía de mostrar el suyo propio—. ¿Nada más? ¿No sentiste nada especial? ¿Un hormigueo de los pies a la cabeza? ¿El corazón como si estuviese a punto de salir corriendo de tu pecho? ¿El mundo entero deteniéndose de repente?

—Hummm, Emma, me parece que tú sabes mucho más de besos que yo —rio Jane, con la copa de jerez ya vacía entre los dedos.

—¡Qué va! —replicó su hermana—. Es que leo mucho...

—Por desgracia, no he sentido nada de eso...

«Aunque lo sentí una vez», estuvo a punto de añadir. Más de una, y de dos y de tres. Todas las veces que Blake la había besado había sentido exactamente eso, pero multiplicado por diez. Solo que se había prohibido volver a pensar en ello. Se había prohibido soñar con algo que no podía tener.

—Creo que será mejor que nos vayamos a dormir —dijo en cambio.

—Claro. Devolveré la botella a su sitio.

Ambas se pusieron en pie y entonces Emma la abrazó y le dio un beso en la mejilla.

—Todo saldrá bien, ya lo verás —le dijo, sin despegarse aún—. Elegirás al hombre correcto y serás muy, muy feliz.

Jane le devolvió el abrazo, emocionada, y rezó para que su hermana, que se equivocaba ocho de cada diez ocasiones, tuviera razón esta vez.

Ver a Jane besando a otro hombre fue para Blake como sentir el acero de una espada atravesarle de parte a parte. Imaginarse a ese hombre, o a cualquier otro, acariciando su piel y haciéndola gemir de placer fue como quemarse en las llamas del Infierno. No, no podía ser. Ella le pertenecía, él la había descubierto primero. Lo absurdo de su pensamiento lo habría hecho reír si en ese momento no se estuviera descomponiendo por dentro. Como si él fuese uno de aquellos conquistadores que reclamaban una tierra por haber puesto un pie en ella, como si antes de ellos allí hubiera existido solo vacío. Lo trágico era que eso justamente era lo que sentía, como si alguien le estuviese arrebatando algo mágico y precioso cuyo verdadero valor solo él conocía.

No quiso interrumpir el momento, así que se retiró unos pasos, pero no se marchó. Si Malbury decidía tomarse excesivas libertades, se ocuparía de él de inmediato. No fue el caso y, apenas un par de minutos después, la pareja abandonó su escondite y se reunió con Evangeline, con la cómplice de aquel sinsentido. Debería habérselo imaginado.

Se marchó de la fiesta sin despedirse de nadie, con el ánimo hecho trizas y el humor de un Cancerbero, y se encerró en su casa. Estaba furioso. Furioso con Jane, y con él mismo. Se sirvió una copa de brandy y se la bebió de un trago. No, no podía enfadarse con ella. No había hecho nada malo. Había besado a otro hombre, cierto, pero estaba en su derecho. Quizá ya había tomado una decisión y el vizconde había sido el candidato elegido. Con quien debía enfadarse era con él mismo. Con Blake Norwood, el idiota que se vanagloriaba de burlarse de aquella sociedad marchita y que aún no había decidido si quería pertenecer a ella.

¿A quién quería engañar? No podía regresar a América, no podía abandonar su título ni despreocuparse de todas las personas que ahora dependían de él. Para bien o para mal, su nuevo hogar estaba en Inglaterra. Y estaba perdiendo lo más intenso y emocionante que le había sucedido desde su llegada. Pensar en las veces que se encontraría con Jane en el futuro, del brazo de su nuevo marido, era más de lo que podía soportar. La pasión que existía entre ellos, el modo en el que se compenetraban, era un regalo de los dioses. Con el tiempo, era muy probable que incluso llegaran a apreciarse de verdad, aunque ese tiempo fuese escaso. Si la maldición decidía llevárselo antes de hora, al menos habrían disfrutado de todo el placer que pudieran proporcionarse el uno al otro. Los matrimonios se construían sobre cimientos mucho más endebles, y funcionaban.

Jane tenía que ser suya. Tenía que convertirse en su esposa. Una vez que llegó a esa determinación, tomó asiento, al fin con el ánimo enderezado. De acuerdo, había tomado una decisión, probablemente la más importante de su vida. ¿Y ahora qué?, se preguntó. No se habían separado en muy buenos términos, y llevaban varias semanas sin verse. Ni siquiera le había enviado una nota para interesarse por su estado de salud, la más manida de las excusas posibles, aunque hubiera procurado estar informado de todo lo concerniente a aquella familia. Solo que eso ella no podía saberlo, claro.

¿Le habría olvidado definitivamente? ¿Había descubierto acaso que otro hombre podía proporcionarle lo mismo que él, o incluso algo más? Tenía que averiguarlo. Tenía que averiguar si no era demasiado tarde para él, para ellos.

En los dos días siguientes, Blake pasó las tardes en Hyde Park y por las noches acudió a todos los acontecimientos a los que fue invitado. No coincidió con Jane en ningún momento, como si le estuviese evitando, una idea totalmente absurda, ya que ni siquiera podía saber que él la buscaba. Pensó en visitarla en su casa, o en enviarle una nota, pero descartó ambas ideas de inmediato. Necesitaba hablar con ella, a solas, cara a cara, y dudaba mucho que en la mansión Milford le concedieran unos minutos de intimidad. Aún no se había anunciado el compromiso con ninguno de los dos caballeros, pero Blake era consciente de que el tiempo se le agotaba.

La noche del tercer día coincidieron al fin. Se celebraba un espectáculo de fuegos artificiales en los jardines Vauxhall, que habían sido adornados con centenares de pequeñas lámparas, como si hubiese caído una lluvia de estrellas sobre ellos. Blake acudió, convencido de que Jane no faltaría, y no se equivocó. La localizó de inmediato, y parecía haber acudido junto a toda su familia. No iba a resultarle fácil alejarla de ellos, y vio que esa noche no contaba con Evangeline a su lado para cubrir su pequeña escapada. Por fortuna, tras los fuegos artificiales se iba a celebrar un baile en uno de los pabellones, al que asistiría también el príncipe regente, y Blake contaba con tener la oportunidad de bailar una pieza con ella.

Blake estaba acostumbrado a ver espectáculos pirotécnicos. En Filadelfia, como en casi todos los rincones de Norteamérica, se celebraba cada 4 de julio el Día de la Independencia desde hacía varias décadas, y él no se había perdido ninguno desde que su madre y él se instalaran allí. Los de los jardines Vauxhall no le resultaron tan fascinantes pero, para su sorpresa, tampoco una decepción.

Una vez que finalizaron los fuegos, vio cómo los Milford se dividían en dos grupos. El conde de Crampton, con quien había coincidido un par de veces, se marchó en compañía de su hija menor y del joven Kenneth, a quien había conocido aquella tarde del circo. Con ellos se fueron lady Ophelia y lady Cicely. Lucien y su hermana Jane, cogidos del brazo, comenzaron a caminar en dirección al pabellón de la orquesta, y Blake se aproximó hasta ellos.

—Lord Danforth, lady Jane. —Los saludó con una inclinación de cabeza en cuanto llegó a su altura.

—Lord Heyworth. —Lucien le estrechó la mano—. Un placer verlo de nuevo.

—El placer es mutuo, milord. —Blake se volvió hacia ella—. Lady Jane, está usted encantadora esta noche. ¿Tendría el honor de concederme un baile más tarde?

—Encantada, milord —contestó ella con un mohín.

—¿Qué le han parecido los fuegos artificiales? —le preguntó Lucien.

—Un espectáculo digno de ver —contestó él, que por nada del mundo deseaba menospreciar algo que parecía haber impresionado al joven Milford.

Blake era consciente del peso de la mirada de Jane sobre él, una mirada que no albergaba ni un ápice de amabilidad. Sabía que había aceptado bailar con él porque, de haberse negado, tendría que haberle dado alguna explicación a su hermano, y ambos sabían que le resultaría difícil encontrar una excusa plausible. De hecho, Blake había contado precisamente con ello, aunque su treta le hiciera sentirse un tanto miserable.

Lucien y él charlaron sobre algunas otras banalidades mientras se dirigían hacia el pabellón y, una vez allí, se despidió de ellos. No precisó recodarle a Jane que más tarde acudiría a buscarla.

Estaba convencido de que se acordaría perfectamente.

Por supuesto que se acordaba. En cuanto Jane lo había visto, todo su cuerpo se había puesto en tensión y, cuando le había pedido que le reservara una pieza, casi se había echado a temblar. Era muy posible que aquello no significase nada. No se les había vuelto a ver juntos desde aquel viaje a Kent, y sabía que Blake era muy cuidadoso con los detalles. Tal vez habría resultado un tanto extraño que coincidieran en un acto como aquel y que él no solicitara, una vez más, bailar con ella.

Todas las explicaciones que logró elucubrar le parecieron razonables y lógicas. Lo que no se lo parecía en absoluto era el modo en que su sangre corría a toda velocidad por su cuerpo, ni los nervios que de repente le habían vuelto los hombros de granito y el estómago de gelatina. Se mostró un tanto taciturna con varios de sus compañeros de baile, ansiosa por que Blake apareciera y pudieran acabar con aquella pantomima de una vez. Solo que no estaba preparada para lo que él le tenía reservado.

—¿Cómo estás? —le preguntó en cuanto la tuvo en los brazos y la música comenzó a sonar.

—Bien, aunque ignoraba que eso pudiera importarle —contestó ella, tajante y sin mirarle siquiera.

—He pensado mucho en ti.

—Oh, sí, ya lo supongo.

—Jane...

—Le agradecería que no volviera a tutearme. —Clavó en él sus ojos, que sentía como dos llamas ardientes—. Perdió ese privilegio hace tiempo.

—Me gustaría hablar contigo, a solas. —La voz de Blake pareció atravesarle la piel.

—Creo que ya no tenemos nada que decirnos, lord Heyworth.

—No puedes casarte con Glenwood, ni con Malbury —siseó él, con la mandíbula apretada.

—Me casaré con quien me dé la gana —espetó ella, furiosa—. Y no tiene ningún derecho a opinar al respecto.

Jane se detuvo y lo miró de frente. ¿Quién se había creído que era? ¿Acaso pretendía reanudar aquella loca aventura ahora que sabía que estaba a punto de contraer matrimonio con otro? ¿Es que aquel hombre carecía por completo de principios?

Sin importarle quién pudiera estar observándola, se dio media vuelta y fue en busca de su hermano, al que localizó de inmediato junto a la mesa de refrigerios, donde charlaba animadamente con lord Hinckley y su bella esposa Pauline.

—Lamento interrumpir —dijo al llegar—. Lucien, ¿podemos irnos a casa?

Jane se llevó una mano al estómago para calmar las repentinas náuseas que aquella situación le había provocado.

—Oh, querida, no tiene buen aspecto. —Lady Pauline colocó una mano sobre su antebrazo.

—Estás muy pálida, Jane —reconoció Lucien.

—Creo que la cena no me ha sentado bien.

—Tal vez le convendría un poco de aire fresco —apuntó lord Hinckley.

—Prefiero marcharme ya —insistió.

—Por supuesto. —Lucien la cogió del brazo y se despidió de la pareja. Jane resistió la tentación de reclinarse contra su hermano, que no la soltó hasta que se encontraron en el exterior.

—Siento haberte estropeado la velada —le dijo, contrita.

—No digas tonterías. No era más que un baile.

—Ya.

—¿Has dejado a lord Heyworth plantado en medio del pabellón? —Lucien sonrió, al parecer divertido con la posibilidad.

—Justo mientras bailaba con él he comenzado a sentirme mal —respondió ella, que era lo más cerca de la verdad que podía estar sin traicionarse.

—No será nada, ya lo verás.

Lucien le echó un brazo por los hombros y la acurrucó contra su cuerpo, tan alto y fuerte como un castillo, como un refugio.

Tan cálido como un hogar.

Nada había salido como Blake había imaginado. Jane no le había dado siquiera la oportunidad de explicarse y eso era por su culpa, era plenamente consciente de ello. ¿Acaso podía reprochárselo?

Pero, como en los negocios, existen distintas maneras de conseguir un mismo fin, y él era un hombre inteligente. Solo necesitaba encontrar el camino adecuado, y deprisa.

Durante horas recorrió la habitación como una polilla en busca de la luz. Aún no es tarde, se dijo. No podía serlo. Ideó varios planes en su mente, a cuál más descabellado y, en cuanto despuntó el día, ordenó que le preparasen un baño y salió a primera hora para poner en marcha el que le pareció más indicado.

Jane no podría resistirse.

Jane apenas había podido dormir un par de horas, atormentada por el recuerdo de Blake. ¿Por qué diantres había decidido volver a su vida en ese momento? Aquel comportamiento le recordaba a un niño caprichoso que solo quería los juguetes de los demás, que le aburrían en cuanto hacía suyos. Nunca hubiera imaginado que él fuese de ese tipo de personas, pero a las pruebas se remitía. Pues bien, ella no iba a darle la satisfacción de caer de nuevo rendida a sus pies. Blake Norwood era historia, y ahí se iba a quedar.

Después del desayuno, que tomó a solas en su habitación, decidió ir a hablar con Lucien, que sabía se encontraba en su despacho. Aún no sabía qué iba a decirle. Ni lord Glenwood ni lord Malbury habían sido capaces de arrancarle ni un solo suspiro. Oh, ambos besaban bastante bien, al menos según la experiencia con la que ya contaba gracias precisamente a Blake, pero apenas había sentido nada. Tal vez un solo beso no fuese suficiente para averiguar si existía esa pasión que lady Minerva tanto había mencionado, pero tampoco estaba dispuesta a llegar más allá. Recordó que un solo beso de Blake había puesto todo su mundo patas arriba. No esperaba que eso le volviera a suceder, pero tampoco contaba con que ninguno de ellos lograra siquiera alterarle mínimamente el pulso.

«A lo mejor soy yo —se dijo, mientras bajaba por la escalera—. Tal vez yo sea la causa de que no exista esa pasión.»

Y si esa era la razón, no habría otro hombre sobre la faz de la tierra capaz de llevarla de nuevo al paraíso. Quizá estaba destinada a una sola persona, a la única que poseía la llave de su reino y, por más que otros trataran de forzar la cerradura, nadie podría volver a cruzar esa puerta.

En el último peldaño de la escalera se detuvo y resopló. Maldijo en voz baja el nombre de Blake, e incluso el de lady Minerva. ¿Por qué diablos se había dejado seducir por la idea de que la pasión en un matrimonio era de vital importancia? ¿Qué había de malo en un enlace basado en otras cuestiones? Cuestiones como el respeto y el cariño, como la amistad y el compañerismo. A ella le parecían tan válidas o más incluso que la pasión. Al menos esas no desaparecían con el tiempo.

Golpeó la puerta del despacho y esperó a que Lucien le diera permiso para entrar. No quería que volviera a reñirla por su falta de modales, y el recuerdo de la escena que habían vivido allí mismo hacía varias semanas la hizo sonreír.

—Pareces contenta —le dijo Lucien en cuanto la vio aparecer—. Eso es que te encuentras mejor.

—Bueno, en realidad...

Ambos se quedaron mirando, sorprendidos por la música que había comenzado a sonar. Durante un instante, Jane pensó que se encontraba solo en su mente, pero cuando vio cómo su hermano volvía la cabeza hacia la ventana, supo que no era el caso.

—¿Qué diantres es eso? —preguntó Lucien, que descorrió la cortina y miró por el cristal.

—¿Qué ocurre?

—Si te lo cuento no me vas a creer.

Jane, intrigada, se aproximó hasta él y se quedó tan sorprendida como su hermano. Frente a la puerta de su casa había una orquesta tocando una de sus piezas favoritas de Bach. ¡Una orquesta entera! Los músicos, vestidos de gala, habían ocupado toda la calzada, sentados sobre elegantes sillas y con los instrumentos brillando bajo el sol de junio. Los curiosos comenzaron a congregarse a su alrededor.

—¿Se puede saber qué es ese escándalo? —Emma apareció en el despacho y se unió a ellos—. Jane, ¿se puede saber qué has hecho ahora?

—¿Yo? ¿Y por qué crees que eso tiene que ver conmigo?

—Bueno, seguro que conmigo no es.

—¿Vamos a celebrar un baile? —Oliver Milford entró también en el despacho.

—No, papá —contestó Jane.

—¿Seguro?

—Sí, yo... ¡Oh, Dios mío!

Jane se quedó atónita en cuanto vio quién se aproximaba a la puerta, mientras la música no cesaba de sonar. El corazón comenzó a bombearle tan deprisa que pensó que sufriría un desmayo.

Debería haberse imaginado que Blake Norwood, el marqués de Heyworth, estaba detrás de aquello.

21

—Jane no quiere casarse con usted —le dijo Lucien.

La orquesta seguía sonando fuera, pero Blake ya no la escuchaba. Había logrado ser recibido, aunque al parecer la joven había rehusado verle. Sentado en aquel despacho, con Lucien detrás de la mesa y el conde de Crampton en una butaca contigua a la suya, Blake se sentía desubicado.

—¿Pero le ha dicho que deseo hablar con ella? —insistió.

—Por supuesto.

—Joven, ¿no se le ocurrió un modo más silencioso de pedir la mano de mi hija? —intervino el conde.

—¿No le gusta la música? —le preguntó Blake con una ceja alzada.

—No me gusta tener una orquesta frente a mi puerta, muchacho —contestó, aunque también sonreía—. Podría haber traído a unos mimos. ¿Sabía que ya existían en la Antigua Grecia?

Lucien soltó una risita y Blake lo hubiera hecho también si en ese momento no se encontrase tan aturdido.

—Debo reconocer, Heyworth —comentó Lucien—, que su proposición ha sido una auténtica sorpresa.

—Su hermana es una joven bella y encantadora, milord. Lo que debiera sorprenderle es que todo Mayfair no esté lleno de músicos para pedir su mano.

—¡Válgame Dios! —exclamó el conde.

—Es un modo de hablar, milord.

—Claro, claro. —Oliver Milford hizo un gesto con la mano, como restándole importancia a sus palabras—. Pero por el bien de todos le rogaría que no hiciera ese comentario en presencia de terceros.

—Confío en que el origen de mi familia, o el lugar en el que he vivido los últimos años, no sean la causa de este rechazo —comentó Blake, que miró alternativamente a los dos caballeros.

—En absoluto, lord Heyworth —le aseguró Lucien—. Tanto mi padre como yo le prometimos a Jane que ella escogería a su futuro esposo, siempre y cuando fuese alguien que contara con nuestra aprobación. Aunque reconozco que no me era usted simpático, en los últimos tiempos he comenzado a conocerlo y no hubiera desaprobado dicha unión.

—Entiendo. Entonces he de suponer que la decisión depende de solo de su hermana.

—Así es.

—Pues tendré que conseguir que cambie de opinión, ¿verdad? —Blake sonrió, mientras intentaba trazar nuevos planes sobre la marcha.

—Esto... —señaló el conde.

—Sin música, por supuesto.

Oliver Milford asintió, sonriente, y se reclinó en la butaca. Blake se levantó para despedirse. Se quedó unos instantes inmóvil antes de volver a sentarse.

—¿Podrían decirle a Jane que no me marcharé de aquí sin haber hablado antes con ella?

—¿Cómo? —Lucien, que también se había incorporado, lo miró con el ceño fruncido.

—Lo siento mucho, Danforth, pero tendrá que echarme a la fuerza —contestó Blake, que por instinto se sujetó a los reposabrazos del asiento—. Seguro que podrían ocurrírseme un sinfín de nuevas estratagemas para tratar de convencerla, pero creo que ninguna será más efectiva que esa.

Blake aguantó el escrutinio de ambos hombres, y no se movió ni un centímetro cuando los dos se pusieron en pie y abandonaron la habitación. No sabía si irían en busca de las autoridades para sacarlo a rastras o a convencer a Jane de que le concediera unos minutos. Pero no se iba a marchar de aquella casa sin luchar.

A Jane le había parecido increíble que Blake se negara a abandonar la mansión si no hablaba antes con ella. ¿Es que se había vuelto loco? Por suerte, ni su padre ni su hermano habían hecho comentario alguno al respecto, porque no había duda de que aquel comportamiento era de lo más extraño, extraño y totalmente injustificable.

Al principio pensó que ya se cansaría pero, cuando llegó la hora de comer, supo que aún seguía en el despacho de Lucien. Su padre dio orden a la señora Grant de que le llevaran un plato y a Jane la situación le pareció tan absurda que decidió tomar cartas en el asunto. Por lo que parecía, el marqués de Heyworth era un hombre tenaz, a saber cuánto más sería capaz de aguantar allí dentro.

—Es consciente de que esta situación es absurda, ¿verdad? —le espetó en cuanto cruzó el umbral.

—¿Te parece absurdo que quiera casarme contigo?

—¿Acaso no lo es?

—Desde luego que no.

Blake se había levantado y dio un paso en su dirección, y ella retrocedió. Había dejado la puerta abierta y sintió la tentación de abandonar de nuevo aquella estancia y alejarse de él, todo lo que le fuera posible.

—Jane...

—Lady Jane para usted, milord. —Alzó la barbilla, orgullosa.

—Sabes tan bien como yo que entre nosotros existe algo único, una especie de conexión que estalla en cuanto nuestros cuerpos se aproximan.

—¿Y?

—¿No te parece ese motivo suficiente para que nuestro matrimonio funcione?

—No de forma especial —respondió ella, mordaz—. Hay otras cuestiones que estoy considerando que para mí son incluso más importantes.

—¿Qué cuestiones?

—Lealtad, amistad, respeto... Usted no me ha ofrecido ni una sola de ellas.

—¿De verdad piensas eso?

Jane frunció los labios y se negó a contestar. No era del todo cierto, lo sabía, pero en ese momento no podía retractarse.

—No deseo casarme con usted —respondió en cambio—. Le agradecería que abandonara esta casa cuanto antes.

—¿Por qué no? —insistió Blake, con aquellos ojos medianoche clavados en ella y el mentón tan firme como una roca—. ¿Crees que Glenwood o Malbury serán mejores esposos que yo?

—Oh, sin duda alguna. Al menos no se comportarán como unos cretinos.

Jane lo vio apretar aquellos labios que en otro tiempo la habían hecho suspirar de placer, pero se mantuvo firme. Aquel hombre la había abandonado sin preguntarle siquiera su opinión y luego había desaparecido por completo de su vida, como si ella no existiese, como si fuese una cortesana cualquiera. Lo vio asentir y hundir ligeramente los hombros. Permaneció muy quieta mientras él se disponía a pasar por su lado para salir del despacho.

—Yo te hubiera dado todo eso y mucho más —le susurró al llegar a su altura—. Espero que, al menos, el hombre al que elijas sea capaz de satisfacerte en todos los sentidos.

Jane le sostuvo la mirada, con los labios apretados en una fina línea y las mejillas encendidas, y así lo vio abandonar la habitación y su vida.

Querida lady Jane:

Elegir al hombre adecuado no es una tarea sencilla, aunque en su caso cuenta usted con dos excelentes candidatos, tres si los rumores sobre cierta petición musical son ciertos. Los tres caballeros son jóvenes, ricos, atractivos y de buen carácter. Imagino que sabrá usted que es una muchacha afortunada. Ahora está en sus manos valorar a cada uno de esos caballeros en su justa medida y con sinceridad, pues solo así averiguará con cuál de ellos tiene más posibilidades de encontrar la felicidad o, cuando menos, lo más parecido a ella que se pueda conseguir en nuestros días.

La mayoría de las mujeres de nuestro tiempo se han encontrado en su misma situación, y millones de mujeres antes que ellas se han casado a lo largo de los tiempos, y todas, sin excepción, han tenido su noche de bodas más tarde o más temprano. Hay mujeres que consideran yacer con sus maridos una especie de castigo, en la mayoría de los casos una obligación, un deber para proporcionar un heredero al título. No deseo menospreciar el papel de todas aquellas que nos precedieron, pero debe saber, querida, que las relaciones entre marido y mujer también pueden resultar satisfactorias para usted, emocionantes e incluso divertidas.

Trate de imaginarse a cualquiera de los tres caballeros en cuestión y piense a cuál de ellos le gustaría encontrar a su lado al abrir los ojos por la mañana. Y ahí encontrará la respuesta a su posible dilema.

Suya afectuosa,

LADY MINERVA

—Jane, no sé si entiendo lo que me estás pidiendo —le dijo Lucien mientras daba un sorbo a su taza de té.

—Me has comprendido perfectamente. Quiero que elijas a mi futuro marido.

—¿Yo?

—O papá, me da igual.

—¿Te da... igual? —Su hermano la miraba como si se hubiera transformado en otra persona—. Quieres que elija entre Glenwood, Malbury o Heyworth, ¿es eso?

—¡No! Heyworth no.

—Pero ayer...

—Ayer le dejé muy claro que no quería casarme con él.

—Hummm, de acuerdo. Supongo que tendrás tus razones...

—Es un derrochador —contestó Jane, que se había preparado un buen puñado de excusas para explicar su negativa—. Y es medio americano.

—Bueno...

—¡Tú mismo lo dijiste!

—Eh, sí, lo recuerdo, pero eso fue antes de...

—No importa. Heyworth no figura en esa lista.

—Vale, vale. —Lucien alzó una mano con el ánimo de tranquilizarla—. Déjame pensar...

—Lucien, por Dios, no tienes que decidirlo ahora mismo.

—Ah, de acuerdo. ¿No sientes especial predilección por alguno de ellos?

—Creo que me siento más atraída por Glenwood, pero lo cierto es que creo que cualquiera de ellos será un buen marido.

Y, con el tiempo, estoy convencida de que llegaré a apreciarle de verdad.

—Claro, seguro que sí.

—¿Tú sientes algo así por lady Clare?

—Oh, Clare es una joven encantadora y...

—Lucien, no te estoy preguntando eso. Quiero decir... ¿le tienes cariño?

—Por supuesto. Qué pregunta más absurda, Jane.

—Y... ¿la has besado ya?

—No voy a mantener esta conversación contigo.

—¡Eso es que sí!

—¡Jane!

—¿Y fue...? Ya sabes... ¿mágico?

—¿Mágico? Has hablado con Emma, ¿a que sí? —Lucien alzó una ceja—. Voy a tener que comenzar a controlar lo que lee. Lleva unos días en los que ese parece ser su tema favorito.

—Entonces no lo fue.

—Jane, por favor. No existen besos mágicos, por mucho que digan esas novelas que lee nuestra hermana.

Oh, claro que existían. Jane lo sabía muy bien, y no precisamente gracias a Emma ni a los libros que caían en sus manos. Al parecer, no todo el mundo conocía ese hecho y que Lucien no fuese una de esas personas le causó tristeza. Era un buen hombre, generoso, cariñoso y leal. Se merecía a alguien capaz de llenar todos sus días de magia y de deseo, igual que ella había tenido la oportunidad de descubrirlo, aunque hubiese sido por poco tiempo.

—Ahora será mejor que te vistas —le aconsejó su hermano—. Los Saybrook llegarán en una hora.

Lucien había invitado a su prometida y a sus futuros suegros a una cena familiar, en la que también estaría presente lady Ophelia, en esta ocasión sin lady Cicely. Jane asintió, se levantó y subió a su habitación para cambiarse.

Los condes de Saybrook eran una pareja tan normal y anodina que a Jane no le extrañó que su hija Clare fuese casi tan insípida como ellos. Durante toda la velada estuvo pendiente de su hermano Lucien y de su prometida, preguntándose qué les depararía el futuro. Ella parecía personificar todo lo que su hermano esperaba de una esposa, lo mismo que Jane representaría ese papel para el hombre con el que se casara. Sería una buena anfitriona, una buena compañera y la madre de sus hijos.

Intentó captar alguna mirada de complicidad entre ambos, algún gesto íntimo o un modo especial de hablarse, pero no encontró nada de eso. O eran unos actores excelentes o, simplemente, no existía nada entre ellos. Cuando se dirigían la palabra eran corteses el uno con el otro, pero con una frialdad y un desapego que no parecía haber cambiado desde que se conocían. ¿Se comportarían del mismo modo durante el resto de sus vidas?

Tras la cena, se reunieron en el salón y allí, casi por inercia, se formaron dos grupos. En un extremo los Saybrook y su hija charlaban con Lucien y con su padre, Oliver Milford. En el otro acabaron Jane y Emma sentadas en un sofá frente a lady Ophelia.

—Tengo entendido que ayer tuviste otra petición de mano —comentó su tía.

—Más que una petición de mano fue un concierto. —Emma soltó una risita.

—Me parece un gesto muy romántico. —Lady Ophelia dio un sorbito a su taza de té, haciendo caso omiso al comentario de su sobrina—. Desconocía que el marqués estuviera interesado en ti.

—Debo parecerle un buen partido —comentó Jane con indiferencia.

—No creo que necesite ni tu dinero ni tu posición —dijo su tía—, pero creo que harías bien en considerar su propuesta.

—¿Por qué?

—Al menos con él no te aburrirías —señaló Emma, que echó un vistazo al rincón donde su padre y su hermano continuaban su charla con los Saybrook.

Jane siguió la dirección de su mirada. ¿De verdad su matrimonio acabaría pareciéndose al de aquella pareja tan tediosa? A Lucien no parecía importarle. Y si eso estaba bien para su hermano, también lo estaría para ella.

—Lord Heyworth es un tanto excéntrico, no lo niego —continuó lady Ophelia—, pero, como bien dice Emma, también es un hombre muy interesante. ¿A ti no te lo parece?

—Sí, tal vez —reconoció Jane.

Más que interesante, Blake Norwood era una persona fascinante que no se dejaba impresionar por las reglas de etiqueta. Imprevisible, con un punto arrogante, divertido y muy, muy apasionado. Desde luego, a la mujer que llegara a casarse con él no le faltarían momentos memorables.

Se removió inquieta en el sofá. Imaginar a Blake junto a otra mujer le provocó un pellizco en el pecho y de inmediato se sulfuró consigo misma. ¿Qué podía a ella importarle con quién estuviera el marqués en el futuro? Ni siquiera le importaba lo que estuviese haciendo en ese momento.

«Mentirosa», le susurró la voz de su conciencia.

—¿Papá ha vuelto a dejarse otra piedra en el sofá? —Emma se adelantó un poco para echar un vistazo tras ella.

—¿Eh? —preguntó Jane.

—Pareces incómoda, pensé que... da igual. —Emma volvió a reclinarse con un bufido—. ¡Qué noche más larga!

Jane vio que su padre y su hermano se aproximaban, seguidos por los Saybrook, y las tres se levantaron de sus asientos.

De repente, a ella también se le antojó una velada interminable.

Blake se había refugiado en sus papeles, en su despacho. Ni siquiera sabía lo que estaba haciendo. Ya era la tercera vez que trataba de concentrarse en aquel libro de cuentas sin éxito alguno. Las palabras de Jane seguían revoloteando a su alrededor, como insectos molestos.

—No importa —dijo en voz alta—. No es la única mujer en Inglaterra.

Por supuesto que no lo era. También sabía que, con un poco de suerte, encontraría a otra que fuese capaz de sentir con la misma intensidad, de entregarse con la misma osadía. Disponía de tiempo.

Stuart Combstone, su mayordomo, entró durante su cuarto intento de revisar aquellos números.

—Tiene visita, milord —anunció.

—No quiero ver a nadie, señor Combstone.

—Ha insistido mucho.

—Que vuelva mañana, o pasado mañana mejor.

El mayordomo carraspeó.

—¿Sí? —Blake alzó la vista y miró al hombre. Casi habría jurado que sonreía.

—Dice que no se marchará de esta casa hasta que haya hablado con usted.

Blake dejó la pluma a un lado y apoyó la espalda sobre el respaldo de la silla.

—¿Le ha dado su nombre? —preguntó.

Combstone se aproximó y le entregó una tarjeta de visita.

—Lady Jane Milford, milord —le dijo—. Y viene acompañada de la muy honorable señorita Evangeline Caldwell.

—¿Y nadie más?

—¿Nadie más, milord? —El señor Combstone alzó una ceja.

—No sé, ¿una orquesta quizá?

—Eh, no, milord. Creo que me habría dado cuenta de ello.

—Por supuesto. —Blake carraspeó—. ¿Sería tan amable de conducirlas a la sala de visitas?

—Lady Jane solicita un encuentro a solas, milord.

Blake se levantó y se puso la chaqueta que había dejado sobre un sillón.

—Hágala pasar, señor Combstone —le dijo—. Y procure que le sirvan un té a la señorita Caldwell.

El mayordomo asintió y se retiró. Solo se le ocurría una razón por la que Jane hubiera ido a verlo, tan pocos días después de aquella tajante negativa a convertirse en su esposa. Se pasó las manos por el cabello y se arregló el corbatín.

—Lady Jane, milord. —El mayordomo regresaba con la joven, que entró en el despacho con la elegancia que la caracterizaba.

—Gracias, señor Combstone.

En cuanto el hombre hubo desaparecido, Blake miró a Jane. Su pose no era tan altanera como la última vez que se habían visto y parecía casi casi frágil. Sus ojos, siempre tan brillantes, carecían de esa luz que él tan bien conocía, y su rostro evidenciaba cierta falta de sueño que le restaba frescura.

—¿A qué debo el honor de su visita, lady Jane? —le preguntó, guardando las formas esta vez—. ¿Viene acaso a anunciarme en persona su futuro compromiso?

—¿Aún deseas casarte conmigo?

Blake clavó sus ojos en ella y Jane desvió la vista, cohibida de repente.

—¿Esto es alguna clase de broma? —preguntó él.

—¿Te lo parece?

—Eh, no, creo que no... pero no hace ni tres días que...

—He cambiado de opinión —le interrumpió—. En fin, si tú aún... si todavía quieres...

—¿No has traído ni siquiera un violín contigo?

—¿Un violín?

—Contraté a una orquesta entera para pedir tu mano —le dijo él, burlón.

—Creo que esto ha sido un error. —Jane se dio la vuelta, dispuesta a marcharse.

Blake dio un par de pasos en su dirección y la sujetó del brazo.

—No, espera —la giró hacia sí—, dime por qué. Por qué has cambiado de opinión.

—Creo que podrías ser un buen marido.

—Lo seré. —Blake le acarició la mejilla con el dorso de la mano.

—Y que entre nosotros habrá respeto, y que con el tiempo llegaremos a ser buenos amigos y a apreciarnos.

—Yo también lo creo.

—Eso es todo. —Ella bajó la cabeza.

—No, Jane, eso no es todo. —Blake la tomó de la barbilla y le alzó el rostro—. Dime por qué.

—¿Acaso importa?

—Me importa a mí.

La vio morderse el labio, pero continuaba rehuyendo sus ojos.

—Jane... —insistió. Sus miradas se encontraron al fin.

—Yo... no sé si seré capaz de vivir con nadie lo que tú me haces sentir cuando me besas, cuando me tocas.

Blake se inclinó y atrapó su boca, primero con dulzura pero, en cuanto ella le echó los brazos al cuello, la estrechó contra su cuerpo y profundizó el beso, jugando con su lengua y con sus labios. La sintió estremecerse pegada a su pecho y hundió una mano en su cabello para poder percibirla aún más cerca.

—¿Eso es un sí? —susurró ella, en cuanto él se separó unos milímetros.

—Eso es un sí, lady Jane.

22

Oliver Milford, conde de Crampton, estaba todo lo nervioso que puede estar un padre en el día de la boda de su hija. Hasta Lucien, de costumbre tan hierático, parecía a punto de salirse de su traje. Arriba se oían las carreras de las doncellas y las voces de todas las mujeres que ocupaban el piso superior en ese instante. Oliver pensó que aquella escena se asemejaba mucho a la que había vivido unos meses atrás, cuando Jane fue presentada en sociedad. En esta ocasión, para evitar cualquier desastre, el pequeño Kenneth estaba en el salón, con ellos, ataviado igual que su hermano y que él mismo, y parecía un caballero en miniatura.

Oliver Milford miró a sus dos hijos. Pronto todos acabarían marchándose de allí para iniciar una nueva vida. Oh, claro, vendrían de visita y él podría ir a verlos siempre que quisiera, pero ya nada sería igual.

«Cuánto te echo de menos, Clementine», pensó el conde, que tragó saliva con esfuerzo. Echaba de menos a su esposa cada día, pero aquel de forma especial. Estaba convencido de que se habría sentido orgullosa de él, de Jane... de todos sus hijos.

—Voy a subir a ver por qué tardan tanto —dijo en voz alta, en un intento de arrinconar la nostalgia.

Conforme subía las escaleras, vio a Alice, la doncella de Jane, correr por el pasillo con unos guantes. Oliver Milford se detuvo. ¿Estaría teniendo una de esas visiones del pasado? Porque aquella escena era exactamente igual a la de aquella noche.

Sin embargo, la que se desarrollaba en el interior del cuarto de su hija no tenía nada que ver. El conde volvió a tragar saliva, esta vez para disimular la emoción que le asaltó en cuanto vio a su hija ataviada con aquel vestido color marfil con ribetes dorados. Se encontraba frente al espejo y Emma, sobre una silla, le colocaba alfileres en el cabello mientras ambas reían, encantadas. Alice ajustaba bien los pliegues del vestido y lady Ophelia la ayudaba a abrocharse un collar de perlas que había pertenecido a Clementine.

—Papá —musitó Jane, mirándolo a través del espejo.

—Estás... —Oliver se vio obligado a carraspear—. Estás preciosa, hija mía.

Jane se acercó hasta él, le dio un beso en la mejilla y luego le abrazó.

—Gracias, papá. —La sintió llorar junto a su oído.

—Vamos, vamos... —intentó tranquilizarla—. Hoy es un día feliz.

—Sí. —Jane se separó y se limpió una lágrima con el dorso de la mano.

—Porque eres feliz, Jane, ¿verdad? —Le tomó las manos—. Puedo detener esta boda ahora mismo si quieres.

—No, papá. —Jane sonrió, con los ojos brillantes de emoción—. Todo está bien. Es solo que echo de menos a mamá, y a Nathan.

—Yo también, hija. —Oliver la besó en la frente—. Yo también.

Jane volvió a abrazarlo y al conde de Crampton se le escapó un suspiro en forma de lágrima.

Sí, sin duda su esposa Clementine habría estado orgullosa de él, de Jane... y de todos sus hijos.

Jane no podía asegurar que se sintiera realmente feliz. Emocionada sí. Ilusionada también. A fin de cuentas, era el día de su boda. Y ella había escogido a su marido. El tiempo diría si había elegido con acierto. Pero siempre había soñado que se casaría por amor, con alguien que hiciera palpitar de gozo su corazón, y no solo su piel y todo lo que había bajo ella. Quizá ese sería un buen comienzo, quizá Blake lograría atravesar todas las capas de su cuerpo hasta hacerse un hueco también en el centro de su pecho. Porque eso era lo que Jane más anhelaba.

Se contempló en el espejo. Estaba preciosa, tenía que reconocerlo. A su lado, su hermana Emma sonreía y, pese a todos los comentarios jocosos que le había dirigido, parecía tan emocionada como ella.

—Sabes que te quiero, ¿verdad, Jane? —le susurró y la cogió de la mano.

—No más que yo a ti —respondió, con un nudo en la garganta.

Habían pasado casi toda la noche despiertas, recordando escenas de la niñez, riéndose y llorando, sabiendo que esa escena no volvería a repetirse. Jane abandonaba aquella casa para siempre. Así era la vida, un camino en el que te ibas despidiendo de las personas a las que amabas y dejando entrar a otras que no ocuparían el mismo lugar pero que también formarían parte de ti. Esperaba que Blake lo mereciera, lo esperaba de verdad.

—Lo que no entiendo es por qué las prisas. —El comentario de lady Ophelia, que guardaba los cepillos de Jane en una bolsa, rompió el momento—. Preparar una boda así en apenas tres semanas...

—¿Para qué esperar, tía? —contestó Jane.

Lady Ophelia tenía razón, claro. Tanto Blake como ella habían decidido que lo mejor era contraer matrimonio cuanto antes, para evitar consumarlo antes de llegar al altar. Y es que el deseo que palpitaba entre ambos crecía por momentos. Apenas podían compartir la misma habitación sin buscar el contacto con el otro. No habían disfrutado de muchos momentos de intimidad, pero los pocos minutos que habían permanecido sin vigilancia habían sido bien aprovechados. En ese sentido, no había duda de que Blake representaba todo lo que una mujer pudiera llegar a anhelar. El resto del tiempo, Jane había estado empacando sus cosas y preparando el enlace, mientras él organizaba el que sería su nuevo hogar y se ocupaba del resto, desde las amonestaciones a la documentación o la elección de la iglesia.

Cuando Jane entró en el templo del brazo de su padre y lo vio allí, junto a su hermano Lucien, que hacía las veces de padrino, el estómago se le contrajo de pura aprensión. Blake estaba guapísimo, tan varonil como un antiguo guerrero, y tan hermoso como un ángel caído.

«Todo irá bien —se dijo—. Todo irá muy bien.»

Blake era incapaz de apartar la vista de aquella mujer que acababa de convertirse en su esposa. En cuanto la vio entrar en la iglesia supo que había hecho lo correcto. Lo había sabido desde el momento en el que contrató a aquella orquesta para pedir su mano, pero fue en ese preciso instante cuando cualquier resquicio de duda desapareció por completo.

La ceremonia no contó con muchos invitados, por expreso deseo de ambos, que deseaban una boda íntima con las personas que de verdad les importaban. Los Milford no pusieron objeción, algo que no dejó de sorprenderlo. Estaba habituado a las bodas fastuosas en las que se dejaban ver todos los miembros de la alta sociedad, gente a la que no conocías —y que a veces ni siquiera te gustaba—, que te veías obligado a invitar para no ofender a nadie. Que los Milford no estuviesen hechos de esa pasta fue un motivo más de alegría, y cuando Lucien aceptó hacer de padrino supo también que, además de un cuñado, acababa de ganar un amigo.

El banquete se celebró en la mansión Heyworth de Londres, en Mayfair, a cuatro calles de distancia de la casa en la que Jane había crecido. Lo bastante cerca para que pudiera ir a ver a su familia siempre que lo deseara. Ojalá la suya se encontrase tan próxima, pensó. Les había escrito una carta anunciando su enlace, que envió en un barco con destino a México, usando la misma ruta que había empleado para abandonar Norteamérica casi dos años atrás. No sabía si las noticias habían llegado a su destino, pero sí sabía que nadie de su familia podría acudir a la boda. La guerra entre ambos países continuaba, y era demasiado arriesgado. Los echaba de menos con frecuencia, pero, mientras veía a Jane avanzar por el pasillo de la iglesia, notó su ausencia más que nunca. Ella sería a partir de ese momento su familia.

Ella y los Milford.

La habitación de Jane en la mansión Heyworth la tenía totalmente enamorada. Blake la había llevado allí unos días atrás para que decidiera qué cambios quería hacer, y Jane había elegido una decoración en tonos verdes y dorados que en ese instante, bajo la luz de las velas, se le antojaba un remanso de paz.

Su doncella, Alice, la había ayudado a quitarse el vestido de boda y a ponerse un camisón de lo más sugerente, que Evangeline la había ayudado a escoger. Su amiga había compartido con ella aquel día hasta el último minuto, y fue la última en abandonar la mansión, casi empujada por un Blake impaciente por quedarse a solas con su esposa.

Su esposa. A Jane le tembló el pulso ante esas palabras que, de repente, le parecieron tan enormes. Ya no era lady Jane Milford. Ahora sería la marquesa de Heyworth, lady Heyworth.

Miró hacia la puerta situada en el muro, que comunicaba con la habitación de Blake. Aparecería de un momento a otro y ella estaba ansiosa y, al mismo tiempo, presa del pánico. Recordó la última carta que había recibido de lady Minerva, solo un par de días atrás.

> *Querida lady Jane:*
>
> *Si el debut de una joven en sociedad es un motivo de celebración, sin duda que esa joven finalice la temporada con una promesa de matrimonio lo es todavía más. En su caso, con el enlace tan próximo, poco más me queda por decirle.*
>
> *Sea fiel a sí misma, siempre. No oculte sus deseos ni sus pensamientos, una mujer dispone de pocas ocasiones en las que expresar ambos, y la intimidad de su hogar es el lugar más seguro para ello.*
>
> *Su futuro esposo, el marqués de Heyworth, parece un hombre inteligente y considerado y estoy convencida de que sabrá tratarla con respeto. También parece un hombre apasionado, por lo que me atrevo a felicitarla. Sin duda tendrá usted la ocasión de disfrutar de grandes momentos en su compañía.*
>
> *La noche de bodas, y todas las que han de venir, no deben asustarla, como ya le comenté en mi carta anterior. El cuerpo de un hombre también es hermoso a su manera y, si tiene la suerte de contar con algo de experiencia, sabrá hacerla disfrutar. Probablemente, para su primera vez, él escogerá tumbarse sobre usted para procurar un mejor acceso*

al núcleo de su femineidad. Cuanto él se introduzca en su cuerpo, sentirá usted una especie de tirón y luego un desgarramiento. No se asuste, ni siquiera si le duele un poco; esa sensación desaparecerá enseguida, y ya no regresará.

Debe tener paciencia, lady Jane. Es posible que no obtenga usted placer esa primera noche, pero olvide sus miedos y relájese. No renuncie tampoco a comentar las cosas que le gustan y aquellas que le desagradan. Las relaciones sexuales, como casi todo en la vida, requieren de ciertos pequeños ajustes y de mucha comunicación para ser totalmente satisfactorias.

Le deseo un matrimonio largo, fructífero y lleno de pasión.

Suya afectuosa,

LADY MINERVA

Jane se retorcía las manos, nerviosa. ¿Cuánto dolería en realidad lo que estaba a punto de suceder? Intuía que Blake sería tierno y considerado pero, aun así, la certeza de ese dolor la tenía paralizada. Sus hombros se tensaron todavía más en cuanto vio cómo el picaporte que comunicaba ambas habitaciones se movía.

Blake apareció en el umbral, vestido con pantalones y botas, y con la camisa abierta hasta la mitad del pecho. Parecía un dios griego recién bajado del Olimpo.

—Estás pálida, ¿te encuentras bien?

—Sí —balbuceó ella.

—Si está demasiado cansada...

—¡No!

Blake sonrió, pícaro, y avanzó hacia ella. Jane se levantó y se alisó la tela del camisón.

—Se ha arrugado —se lamentó.

—No lo vas a llevar el tiempo suficiente como para que importe —aseguró él, ya frente a ella.

Jane le miró, y vio las luces de la habitación reflejadas en sus ojos, y aquella sonrisa de medio lado que se aproximó y murió sobre sus propios labios. Blake la rodeó con sus brazos mientras profundizaba aquel beso que pulverizaba todas las barreras.

—Dios, qué ganas tenía de que llegase este momento —le susurró, al tiempo que comenzaba a mordisquearle la línea del mentón.

—Y yo... —Jane apenas podía respirar entre jadeo y jadeo.

Las manos de Blake le quemaban a través de la tela y ella metió las manos bajo su camisa para sentir el fuego de su piel, tan ardiente como la de ella. Con un solo movimiento, Blake la cogió en brazos y la depositó sobre la cama.

—Eres preciosa, Jane —le dijo. Lo vio quitarse la camisa y dejar al descubierto aquel torso tan bien modelado, con aquella sombra de vello en la parte superior, y aquella fina línea que desaparecía bajo sus pantalones. Ya le había visto desnudo en una ocasión y coincidía con lady Minerva: el cuerpo de un hombre también podía ser hermoso.

—Sonríes —comentó Blake, con los ojos entrecerrados.

—Eres maravilloso.

Blake soltó una risa corta y se tendió junto a ella.

—Me alegra que te guste, querida, porque ahora ya es demasiado tarde para deshacer esto.

Asaltó de nuevo su boca mientras iba alzando la tela de su camisón y acariciaba sus piernas desnudas. A Jane comenzó a sobrarle aquella prenda que le impedía sentirle más cerca, piel con piel. Se revolvió bajo él y se lo quitó con rapidez.

—Tenías razón —rio, pegando sus senos al torso masculino—. No lo iba a necesitar mucho tiempo.

Blake recorrió su costado con el dorso de sus dedos, arrancando unas caricias casi dolorosas, y remoloneó en sus caderas antes de sujetarla con suavidad por una nalga para pegarla a su pelvis inflamada. Jane se sentía especialmente atrevida, así es que desabrochó el pantalón y se lo bajó un poco, lo suficiente como para poder acariciar también su cadera desnuda.

Él se puso en pie, se quitó las botas y el resto de las prendas y, ya completamente desnudo, volvió a tumbarse a su lado. Entonces la alzó con un solo brazo, como si ella fuese poco más que una pluma, y retiró el cobertor.

—¿Tienes frío? —le preguntó en cuanto la dejó sobre las sábanas.

—No —musitó ella—. Pero no te alejes.

—No pensaba hacerlo —susurró él entre beso y beso—. Aunque todo el imperio británico le declarase la guerra a esta casa.

Incorporado sobre uno de sus brazos, Blake la recorría con su boca y con la otra mano, que descendió por su pecho y por su vientre. Jane alzó las cejas, anticipándose al contacto, pero él no finalizó el descenso y continuó torturándola un poco más. Atrapó uno de los pezones entre el labio superior y los dientes inferiores y presionó con suavidad. Jane emitió un gemido de puro éxtasis antes de que él repitiera la maniobra. Sentía la entrepierna húmeda y palpitante y tuvo que reprimirse para no apremiarle.

Él pareció leer el lenguaje de su cuerpo, porque se colocó entre sus piernas y sus caderas quedaron unidas. Jane sintió el inmenso calor del miembro masculino, cuya punta comenzó a recorrer aquella parte resbaladiza e igual de caliente.

—Jane, es muy posible que te duela un poco, pero te prometo que no será mucho rato, ¿de acuerdo?

Ella asintió. Había olvidado por completo esa parte y, en

cuanto él se la recordó, su cuerpo se tensó de nuevo. Blake percibió aquel cambio de actitud y volvió a besarla y a acariciarla hasta que sus miedos se hicieron añicos. Solo entonces avanzó un poco más.

Jane sintió cómo él se introducía poco a poco en ella, y cómo su carne se iba abriendo para recibirlo.

—Mírame —le pidió él, y obedeció.

Empujó un poco más, hasta que notó la resistencia, y entonces dobló los brazos y la besó, la besó como nunca antes la había besado, mientras atravesaba la última barrera y ella ahogaba un grito, pegada a su boca. Pero no dejó de jugar con sus labios y con su lengua, totalmente inmóvil sobre ella, hasta que el dolor no fue más que un eco lejano. Volvió a moverse, con una suavidad infinita que barrió los últimos rastros de molestia, y se hundió en ella hasta el fondo. Jane volvió a gritar, solo que esta vez el placer era el dueño de su garganta y de su cuerpo. ¡Qué maravillosa sensación sentirle tan dentro, tan cerca, tan suyo! Movió un poco las caderas y notó una pequeña molestia, que desapareció casi por ensalmo, en cuanto él acompañó el vaivén de sus caderas.

Lo vio alzarse de nuevo sobre ella y Jane se atrevió a bajar la vista. Quería ver, quería sentir, y aquel miembro duro y cálido entrando y saliendo de ella fue la sensación más esplendorosa de toda su vida. Se dejó caer de nuevo y se arqueó, presa del delirio, mientras él la sujetaba de las caderas con una mano y con la otra pellizcaba sus pezones enhiestos.

El orgasmo llegó como traído por un huracán. Colosal y titánico, y recorrió su cuerpo de la cabeza a los pies. Blake se tumbó sobre ella y se bebió sus gritos mientras continuaba entrando y saliendo de su cuerpo, hasta que su espalda también se arqueó y se derramó en su interior. Jane sintió aquel líquido caliente inundándola por dentro y la sensación fue indescriptible.

Blake salió de ella, jadeante, y se tumbó a su lado. Sin necesidad de recuperar la respiración, la rodeó con sus brazos, la pegó a su cuerpo y la besó con una ternura desconocida que le arrancó una lágrima. Él no dijo nada. Besó sus ojos y sus mejillas, el puente de su nariz y su entrecejo, y luego volvió a posarse en sus labios.

—Eres maravillosa, lady Jane —le susurró, sin dejar de besarla.

—Lady Heyworth —contestó ella, lánguida—. Ahora soy lady Heyworth.

—Para mí siempre serás lady Jane.

Jane sintió que el cansancio y las emociones de las últimas horas la vencían, así es que se acurrucó contra aquel cuerpo cálido. Notó cómo él agarraba el cobertor y los cubría a ambos, y luego cerró los ojos y ya no pensó en nada más.

Desde la primera vez que la había besado, Blake había intuido que aquella mujer estaba llena de pasión, y así lo había comprobado después. Pero esa noche que acababan de compartir, sin el miedo a ser sorprendidos y sin las prisas por ser descubiertos, había superado cualquiera de sus expectativas. Tenía entendido que las primeras veces no solían ser muy satisfactorias para ninguna de las partes, en especial para las mujeres, pero Jane había disfrutado mucho pese al dolor inicial. Y él había tenido que realizar un esfuerzo descomunal para no alcanzar el orgasmo en cuanto entró en ella, tan estrecha y tan cálida.

La vio acompasar la respiración y sonrió cuando se acurrucó contra él, ya con los ojos cerrados. Le habría gustado volver a despertarla enseguida para hacerla suya de nuevo, toda la noche a ser posible. Había esperado semanas a que llegase ese momento, imaginando su piel de seda y aquel cabello castaño desparramándose sobre él. Pero no la despertó. Tenían tiempo, mucho tiempo, así es que se limitó a mirarla dormir hasta que él comenzó a sentir los párpados pesados. La estrechó contra él y durmió como hacía meses que no dormía.

Años tal vez.

23

Cuando Blake le preguntó dónde quería pasar su luna de miel, Jane lo tuvo claro: en la mansión de Kent. Aunque él le sugirió un viaje a París, a Italia o adonde ella quisiera, Jane no deseaba pasarse los primeros días de su matrimonio viajando de un lugar a otro, agotada y de mal humor. Quería disfrutar de esa nueva intimidad, y la propiedad de Kent le parecía el lugar idóneo. Lo que no le dijo fue que su decisión ocultaba algo más: el deseo de borrar los malos recuerdos que tenía asociados a ella.

Al despertar tras su noche de bodas se encontró sola en la cama, desnuda y con las sábanas calientes, prueba de que Blake no se había levantado hacía mucho. Sonrió ante los recuerdos de la noche anterior y, en cuanto se desperezó, sintió un dolor sordo en el bajo vientre, apenas una sombra. Las piernas le temblaban un poco, lo que la hizo sonreír, y se notaba ingrávida, como si durante la noche hubiera perdido mucho peso.

Pidió que le preparasen un baño y se sumergió en el agua jabonosa con especial deleite. Así fue como la sorprendió Blake un rato después.

—¿Hay sitio para mí? —preguntó, al tiempo que comenzaba a desvestirse.

La bañera, situada en una pequeña habitación contigua, era lo bastante grande como para albergarlos a los dos.

—Blake, si te metes aquí conmigo, se nos hará de noche antes de irnos a Kent —rio Jane.

—Yo no tengo ninguna prisa, ¿y tú?

—Hummm, tampoco —respondió. La idea de compartir la bañera con él se le antojó absolutamente deliciosa.

Una vez desnudo, Blake le pidió que se moviera un poco hacia delante y él se sentó tras ella. Jane recostó su espalda contra el torso de él, que la rodeó con sus brazos y comenzó a besarla en el cuello.

—¿Estás muy dolorida? —le preguntó en un susurro.

—Un poco —reconoció ella, que se alegró de estar de espaldas a él, porque las mejillas se le encendieron.

—De acuerdo, entonces solo jugaremos un poco.

—Blake, ¿qué quieres decir con...? Aaah...

Él había bajado su mano por el vientre y en ese instante sus dedos jugueteaban con su sexo de forma lenta y sinuosa. Jane reclinó la cabeza contra su hombro y se dejó llevar por las sensaciones que empezaban a recorrerla.

El viaje a Kent tendría que esperar.

La mansión aún le resultó más espectacular que la primera vez. En compañía de Blake la recorrieron casi entera, la última parte corriendo por los pasillos porque se les hacía tarde para cenar. Jane pensó que parecían dos niños y se preguntó si, de pequeño, él habría jugado así con sus primos.

—Tú eras justo lo que le faltaba a esta casa para borrar todo lo malo que recordaba de ella —le dijo al pie de la escalera.

Ella lo miró mientras luchaba contra la emoción que le habían provocado las palabras de Blake, que la besó en la frente antes de tomarla de la mano y dirigirse al comedor.

—¿Qué quieres hacer ahora que estás casada? —le preguntó.

—¿Qué? —Jane lo miró, sin comprender el sentido de sus palabras.

—Digo aparte de dirigir nuestra casa y todo lo demás —respondió Blake—. ¿Hay algo especial que te gustaría hacer?

—¿Como qué?

—No lo sé. ¿Viajar? ¿Pintar? ¿Tener un pequeño negocio? ¿Participar en alguna causa benéfica? ¿Aprender a tocar el trombón?

Jane se rio.

—¿Por qué supones que deseo hacer algo distinto a lo que hago?

—No lo supongo, solo pregunto. Me gustaría que... en fin, quiero que seas feliz, que nunca te arrepientas de haberte casado conmigo.

—No lo hago.

—Solo llevamos casados día y medio. —Blake sonrió—. No me gustaría que fueses una de esas mujeres que se limitan a dirigir la casa de sus maridos y a criar a sus hijos.

—¿Por qué no? No hay nada indigno en ello.

—En absoluto, no pretendía sugerir tal cosa, al contrario —se apresuró él a contestar—. Me parece un trabajo hercúleo, pero no sé si hay algo más que te interese. Apenas hemos tenido oportunidad de conocernos.

—Me gusta leer, coser y tocar el piano —contestó ella, de forma mecánica.

Blake soltó una carcajada.

—Ya estamos casados, Jane —le dijo, burlón—, y sé de buena tinta que odias tocar el piano.

—¿Quién te ha dicho eso?

Él sonrió, enigmático.

—Ha sido Emma, ¿a que sí? —Jane lo amenazó con el tenedor.

—Y que tampoco te gusta bordar.

—Oh, Dios, ¡te juro que voy a matarla!

Blake volvió a reírse.

—Tocar el piano y bordar son dos actividades muy bien vistas entre las damas —comentó Jane.

—Me importan un comino todas las damas del mundo —le aseguró él—. Yo quiero saber qué te gusta a ti o qué te gustaría hacer.

—Nada en especial —contestó ella, que esquivó su mirada.

—¡Me estás mintiendo! —se burló él.

—¿Y qué te gusta hacer a ti? —contratacó ella.

—¿A mí? Me encanta dirigir mis negocios —respondió—. Buscar oportunidades nuevas, estudiarlas, descomponerlas hasta entenderlas del todo y luego poner algo en marcha. Me gusta revisar los números de los libros de cuentas y averiguar qué se puede mejorar. Y, en mis ratos libres, me gusta leer y tallar piezas de madera.

—¿De verdad? —Jane alzó las cejas.

—Me relaja trabajar con las manos.

Jane echó un vistazo alrededor, buscando las pruebas de su confesión.

—No te molestes —le dijo Blake—. No encontrarás ninguna aquí.

—Oh.

—Están arriba, en una habitación que uso como taller.

—Esa no me la has enseñado.

—Aún guardo algunos secretos en esta casa —le guiñó un ojo—. En Londres también tengo un pequeño taller, aunque reconozco que últimamente no le he dedicado mucho tiempo. Alguien me ha tenido demasiado ocupado.

Jane enrojeció.

—Te toca —insistió Blake.

—Me gustan los caballos, y siempre he soñado con ser criadora —acabó confesando.

—¿Los... caballos?

—Sé que es una actividad muy poco femenina y...

—¡No! ¡Es... fantástico!

Ella lo miró, incrédula.

—Hablo en serio, Jane —le dijo él—. Podríamos montar unas cuadras aquí mismo, esta propiedad es enorme. Yo soy bueno con los negocios, podría ayudarte a empezar y...

Jane se levantó de la silla, le echó los brazos al cuello y comenzó a besarle. Blake la tomó de la cintura y la sentó sobre su regazo.

—Creo que esta conversación la podemos dejar para mañana —dijo él, entre beso y beso.

—O para pasado mañana.

Cuando el mayordomo acudió al comedor con el postre, solo pudo ver el ruedo de la falda de su nueva señora y la espalda del marqués de Heyworth, que llevaba en brazos a su esposa en dirección al piso superior.

—Levántate, dormilona. —Blake acarició con suavidad la pierna de su esposa, que comenzó a cubrir de besos.

No le extrañaba que estuviera cansada. La noche anterior habían hecho el amor dos veces antes de quedarse profundamente dormidos, y para entonces ya eran casi las tres de la mañana. Él, en cambio, se sentía pletórico, con ganas de hacer mil cosas. Nunca hubiera sospechado que estar casado fuese tan divertido, aunque también reconoció que solo eran los primeros días. No quiso pensar en qué le deparaba el futuro, de momento quería limitarse a disfrutar del presente, y ese presente se resistía a despertar.

—Jane... —le susurró al oído, y luego mordisqueó el lóbulo de su oreja.

Ella gimió en sueños y se dio la vuelta. Abrió los ojos y la luz de la mañana se reflejó en ellos como si fuesen dos estanques. Blake aguantó la respiración y observó su rostro de porcelana y aquellas largas pestañas que se movían con languidez. Sintió un pellizco en el estómago aunque, hasta ese momento, no había tenido intención de volver a hacerle el amor. De hecho, en ese instante lo único que deseaba hacer era abrazarla. La sensación le resultó extraña.

—¿Qué? —preguntó ella con la voz somnolienta—. ¿Qué ocurre?

—¿Te apetece salir un rato a caballo? —le preguntó él, retirándose a una distancia prudencial—. Hace un día magnífico.

Ella volteó la cabeza hacia la ventana y contempló el cielo de un azul límpido.

—¡Me encantaría!

—Vístete, te espero abajo para desayunar —le dijo él.

En cuanto cerró la puerta a su espalda, Blake soltó un bufido. La sensación en la boca de su estómago no había desaparecido.

Jane se aseó y se vistió a toda prisa con un traje de montar de color verde oliva que aún no había estrenado. Se reunió con Blake en el comedor y ambos desayunaron de manera frugal antes de ir a las cuadras. Allí la esperaba una nueva sorpresa.

—¡Es Millie! —exclamó, en cuanto vio a su yegua ya ensillada y sujeta de las bridas por uno de los mozos.

Echó a correr y se abrazó al cuello del animal, y luego le acarició la testuz y el hocico.

—Hice que la trajeran aquí —le dijo Blake, que había llegado a su altura.

—Oh, Blake, ¡gracias! —Ella se volvió hacia él, le echó los brazos al cuello y le dio un beso en los labios.

Blake se revolvió, un tanto azorado. Probablemente la presencia de los mozos de cuadras lo hacía sentirse violento y, en otras circunstancias, tal vez ella se habría sentido del mismo modo, pero estaba demasiado emocionada como para que le importase.

Hacía tiempo que no tenía la oportunidad de cabalgar, y volver a subir a la grupa de su yegua le pareció maravilloso. Montó a horcajadas, como hacía en su propiedad de Bedfordshire, y Blake se limitó a alzar una ceja. Estaba preparada para defender su decisión, pero él no puso objeción alguna y espoleó su montura.

En su anterior visita a Kent, Jane había montado uno de los caballos de Blake, un alazán de buena estampa y bastante manso, y echó de menos el nervio de Millie, que ahora corría por el páramo como si fuese la cola del viento. A su lado, Blake le seguía el ritmo y parecía disfrutar tanto como ella.

Al cabo de unos minutos, ambos refrenaron sus monturas y continuaron al trote. Jane palmeó el cuello de su caballo.

—Has estado magnífica, Millie —le dijo—. ¡Cuánto te he echado de menos!

—Es una yegua preciosa, y tiene brío —señaló Blake.

—Wilson cría estupendos caballos, ya te lo dije.

—Espero que me ayudes a escoger el mío.

—Oh, sí, claro —contestó ella, entusiasmada—. Podemos ir a verlo cuando quieras.

Jane contempló los verdes campos, que se extendían en todas direcciones, y el bosquecillo de abedules que parecía marcar el final de la propiedad por aquel extremo. Se detuvieron junto a un arroyo muy cerca de los árboles y ambos desmontaron para que los animales se refrescaran. Echó un vistazo alrededor y se preguntó si Blake la habría traído allí por algún motivo en especial. Recordó uno de los consejos de lady Minerva y decidió tomar la iniciativa.

Se aproximó a él y posó una mano sobre su pecho.

—Este lugar es precioso —musitó, mientras se ponía de puntillas y posaba un beso en la comisura de sus labios.

—Hummm, me alegra que te guste. —Blake la atrajo hacia su cuerpo con un solo brazo, que rodeó su cintura.

Jane sintió cómo el cuerpo de su marido respondía ante su avance, y le ofreció sus labios entreabiertos. Blake la miró solo un instante antes de inclinar la cabeza y besarla, y en un minuto ambos estaban tumbados sobre la hierba, semidesnudos y jugando a ser dioses.

A Jane le hubiera gustado quedarse en Kent para siempre, en aquel refugio que ambos se habían construido a su medida. Pero los «para siempre» solo existían en las novelas y, tras diez intensos días de pasión y aventura, había llegado el momento de regresar a Londres.

Aún le resultaba extraño considerar su hogar a la enorme mansión Heyworth, en Mayfair, y aún más extraño encontrarse con tantos criados a los que no conocía y que la trataban con deferencia y algo de distancia. El mayordomo, el señor Combstone, parecía un hombre eficiente y dirigía la casa como un general. El ama de llaves, por el contrario, era una mujer risueña y amable, que se prestó enseguida a ponerla al día en todos los asuntos referentes a la mansión. Jane se sentía desbordada pero tenía la certeza de que, si la casa había funcionado perfectamente antes de su llegada, seguiría haciéndolo hasta que ella fuese capaz de dominar todos los detalles.

Al día siguiente de su llegada, Blake se encerró en su despacho para atender sus negocios y ella fue a ver a su familia. Creía que no los había echado de menos durante su ausencia pero, mientras el carruaje la conducía hasta allí, se dio cuenta de lo equivocada que estaba. Había extrañado a su padre a la hora del desayuno, y encontrar sus pequeñas piedras por todos los rincones. De hecho, le llevaba un puñado que había encontrado en Kent y que no había conseguido identificar. Blake se había sorprendido viéndola arrodillada en el suelo y, cuando supo qué estaba haciendo, se unió a ella en la búsqueda. La imagen la hizo sonreír. ¿Todos los maridos serían así? ¿Compañeros perfectos, hombres considerados, amantes fabulosos?

También había echado de menos a Lucien y su peculiar sentido del humor, mucho más agudo que el de Blake, y hasta las pullas de su hermana Emma. Y a Kenneth, cómo había extrañado a su hermano pequeño, a quien le habría encantado aquel palacio lleno de escondrijos secretos. Mientras se dirigía hacia la puerta de entrada confió en que, durante su ausencia, hubiera llegado alguna carta de Nathan. Echarle de menos a él ya casi era una costumbre, aunque igual de dolorosa que el primer día.

Los olores de su antiguo hogar la asaltaron en cuanto cruzó el umbral, envolviéndola como un abrazo, y sintió el escozor de las lágrimas tras los párpados cerrados, mientras aspiraba el aroma de su infancia. Jamás había pasado separada de su familia tanto tiempo y estaba deseando verlos a todos.

No tuvo suerte. Su padre, según la informó Cedric, el mayordomo de los Milford, asistía ese día a una conferencia en la Royal Society. Emma había salido de compras con su amiga Phoebe, y Lucien también estaba ausente, aunque no tenía detalles al respecto. El único que estaba en casa era Kenneth, a quien vio durante unos minutos bajo la reprobatoria mirada de su tutor, que odiaba que se interrumpieran las lecciones.

Jane abandonó su antiguo hogar con cierto pesar. Debería

haber enviado una nota el día anterior anunciando su visita, igual que hacían los extraños antes de presentarse en casas ajenas. Ella no era una extraña, pero ahora que no vivía en la mansión Milford su familia no conocía sus movimientos y era injusto esperar que estuvieran allí cada vez que ella sintiera la necesidad de verlos.

Por fortuna, sí encontró a Evangeline, que la recibió con un largo abrazo que mitigó la decepción de un rato antes.

—Dios, ¡estás resplandeciente! —le dijo, observándola con tanta atención que Jane se sintió incómoda—. El matrimonio te sienta estupendamente, por lo que veo.

—Creo que no puedo quejarme —sonrió.

—Espero que tengas muchas cosas que contarme —le dijo, tumbándose sobre la alfombra de su cuarto. Pese a los años que hacía que se conocían, a Jane siempre le sorprendía que su amiga se sintiese más a gusto en el suelo que en ningún otro lugar.

—Tantas, que no sé ni por dónde empezar...

—Ya te digo yo por dónde —rio su amiga—. ¿Cómo fue, ya sabes, la noche de bodas? Y todas las noches desde entonces, claro.

—Oh, Evangeline —suspiró Jane—. Fue... perfecto. No creo que exista una palabra mejor para definirlo.

—¿Y el resto de las noches?

—Igual... y el resto de los días —comentó, pícara.

—¿Durante el día también...? Oh, vaya, creo que lady Minerva se sentiría orgullosa de ti —rio Evangeline.

—¿Has recibido más cartas?

—Dos desde que te fuiste, y parece que sus consejos funcionan —añadió, enigmática.

—Me parece que tú también tienes que contarme algunas cosas, Evie.

—No, no, primero tú. ¿Cómo es Heyworth? Además de apasionado, que eso salta a la vista —le preguntó con un guiño—. ¿Amable? ¿Cariñoso? ¿Considerado?

—Creo que todo eso, y más —respondió Jane—. El segundo día que salimos a cabalgar, había encargado preparar un picnic junto al arroyo, donde el día anterior... en fin, donde el día anterior habíamos tenido un breve encuentro.

—¡Te estás poniendo colorada! Jane, eres una pillina.

—Había una carpa y bajo ella una mesa, dos sillas y un montón de manjares —continuó Jane en cuanto su amiga dejó de reírse—. Fue... especial.

—Oh, Jane, ¡cuánto me alegro por ti!

—Y dos noches después contrató a una pequeña orquesta solo para nosotros. Después de la cena me llevó al salón de baile y allí estaban los músicos, esperándonos. Bailamos, no sé, casi dos horas.

—Estamos hablando del mismo marqués de Heyworth, ¿verdad? —Evangeline la miró con el ceño fruncido.

—Lo sé, yo tampoco habría imaginado que fuese tan... tan...

—¿Romántico?

—Ah, no sé si esa es la palabra exacta.

—Oh, ya lo creo que sí. —Evangeline pareció convencida—. ¿Y ya te ha dicho... ya sabes?

—¿Eh?

—Pues que te quiere.

—¡No! —Jane se mordió el labio—. Ya sabes que nuestro matrimonio no está basado en el amor y...

—Pamplinas —la interrumpió su amiga—. Después de lo que me has contado, si ese hombre no te ama, o si tú no le amas a él...

Jane desvió la vista, cohibida de repente.

—¡Jane! ¡Te has enamorado de tu marido!

—Dios, Evie, ¿qué voy a hacer? —Se cubrió el rostro con las manos.

—¿Que qué vas a hacer? —La miró con auténtica sorpresa—. Jane, estás enamorada de tu esposo. ¿No es eso exactamente lo que debería suceder en un matrimonio?

—Sí, es solo que... no sé si él siente lo mismo.

—Si no lo hace ya... lo hará, Jane. No quererte es imposible —le aseguró Evangeline tras darle un beso en la mejilla.

Jane esperaba que su amiga tuviera razón. No sabía muy bien cuándo había descubierto que amaba a Blake. Tal vez cuando la llevó a su taller y lo vio trabajar con aquellas manos tan grandes de las que salió la figurita de un caballo de una delicadeza que la hizo estremecer. O quizá fue cuando se pasaron media noche jugando a las cartas y riendo, apostando prendas de ropa hasta que los dos se quedaron completamente desnudos el uno frente al otro. O a lo mejor fue el día en que la llevó a un rincón de la propiedad para mostrarle dónde podían instalar las cuadras para la cría de caballos, y donde escuchó con infinita paciencia todos sus desvaríos y sus sueños.

En alguno de esos momentos, entre beso y beso, entre las sábanas revueltas y los baños compartidos, Jane había sentido su corazón latir de una forma diferente, un latido que parecía llevar el nombre de Blake a todas sus terminaciones nerviosas. Desde entonces, tenía un puñado de «te quieros» en la punta de la lengua, y un buen número de «te amos» atascados en la garganta.

Y tenía miedo de ahogarse con todos ellos.

24

A Jane le aguardaba una agradable sorpresa al regresar a la mansión Heyworth. Allí la estaba esperando su familia en compañía de Blake. Su padre fue el primero en levantarse y ella corrió a abrazarle.

—¡Papá!

Luego saludó con igual efusividad a Lucien y a Emma, que la abrazó durante largo rato.

—Pero, ¿qué estáis haciendo aquí?

—Volví a casa y Cedric me dijo que habías ido a vernos —contestó el conde—. Yo... no podía esperar. Milord —dijo entonces volviéndose hacia Blake—, reitero mis disculpas por presentarnos sin avisar.

—Esta es su casa, lord Crampton —contestó su esposo—. No necesitan anunciarse, pueden venir siempre que lo deseen.

Jane lo miró, con el deseo de besarlo hasta desfallecer.

—Os quedaréis a comer, espero —comentó Jane—. Iré a avisar al señor Combstone para que pongan tres cubiertos más.

—Tu esposo ya se ha encargado de ello —señaló Lucien, que había vuelto a ocupar una de las confortables butacas.

Esta vez, Jane prefirió no dirigir su vista hacia Blake, porque el ansia de fundirse en su boca se estaba convirtiendo en auténtica necesidad.

—Emma, estás preciosa —le dijo Jane a su hermana, que llevaba un vestido color verde claro que hacía resaltar el color de sus ojos.

—En comparación contigo debo de parecer una lechuga.

—¡No! —Jane la tomó de la mano—. Ven arriba, todavía no has visto mi dormitorio terminado.

Ambas desaparecieron por la puerta dejando a los tres hombres allí, que intercambiaron una sonrisa más cómoda y cómplice de lo que ninguno de ellos esperaba.

A Emma la habitación le había parecido magnífica, por supuesto, pero nada en comparación con lo que pensaba sobre su hermana. Nunca la había visto así de radiante. Parecía llevar una luz encendida en su interior, que se asomaba a sus ojos y a su piel hasta hacerla resplandecer. Ella, en cambio, se sentía ajada y marchita.

Esa misma mañana había salido de compras con Phoebe, con quien no había vuelto a compartir un momento a solas, pese a haber intentado propiciarlo. En el carruaje hizo ademán de cogerle la mano, pero su amiga la retiró.

—¿Qué te ocurre? —le preguntó.

—Nada, ¿por qué piensas que me sucede algo?

—Estás esquiva.

—No es verdad.

—Hace años que nos conocemos, Phoebe. Creía que... que había algo especial entre nosotras.

—¿Algo especial? Vamos, Emma, solo hemos tonteado un poco.

—¿Tonteado?

—Ya me entiendes. —Su amiga no la miraba a los ojos y parecía concentrada en algún punto al otro lado del cristal de la ventanilla—. Solo ha sido un juego, ¿no? Quiero decir... no puede ser ninguna otra cosa.

—Claro, solo un juego. —Emma se obligó a sonreír porque no podía hacer nada más.

Pasaron la mañana recorriendo tiendas, probándose sombreros estrafalarios y chales que no pensaban comprar. A Phoebe siempre le había encantado salir de compras, aunque Emma lo odiaba. Si lo hacía era solo por complacerla, por tener la oportunidad de pasar unos minutos con ella. Cada vez que miraba sus rizos dorados y aquellos ojos celestes sentía como si su corazón se empequeñeciera un poco más, hasta que no fue mayor que la cabeza de un alfiler. Pero sonrió, hizo los comentarios jocosos acostumbrados y procuró comportarse como siempre. Solo ansiaba volver a su casa y meterse en la cama hasta el día siguiente, o hasta la siguiente vida.

En su casa, sin embargo, la aguardaba la noticia de que Jane había vuelto, y de que su padre había dejado una nota comentando que iba a la mansión Heyworth. Emma estuvo a punto de seguir su impulso y subir a su cuarto, pero en ese instante necesitaba a su hermana, necesitaba a Jane más de lo que la había necesitado nunca.

La vio esplendorosa y feliz, tan luminosa y cálida que no fue capaz de contarle nada. En cuanto estuvieron a solas en su habitación, Jane volvió a abrazarla y, cuando le preguntó cómo se encontraba, mintió. Durante la comida, los observó a ella y a su esposo, al que aún le costaba llamar Blake pese a lo mucho que él había insistido. Parecían estar en armonía, y cada vez que sus miradas se cruzaban, saltaban chispas por todas partes.

«Al menos una de las dos es feliz», se dijo, tragándose su amargura con un bocado de cerdo asado con ciruelas. Algún día, pensó, ella también encontraría a alguien, hombre o mujer, que la mirase de ese modo y que la hiciera resplandecer.

Blake no lograba comprender por qué Jane se mostraba tan agradecida por haber recibido a su familia. ¿No era eso lo que debía hacer, como su esposo que era ahora? Le gustaban los Milford, siempre le habían gustado. El padre, con ese aire despistado y esa mirada tan auténtica; la solemnidad de Lucien y su sentido del humor; y la joven Emma, cuyo carácter rebelde escondía un corazón tan tierno como el de su hermana.

Esa noche, ambos decidieron declinar las invitaciones que habían llegado a última hora para acudir a alguna de las fiestas que se celebraban esa noche. La noticia de su regreso parecía haber corrido por las calles de Londres, e imaginó que todo el mundo sentiría curiosidad por ver a los recién casados. Pero ni Jane ni él deseaban todavía mostrarse en público. Al menos Blake no tenía ninguna prisa por compartirla con todos los miembros de la alta sociedad.

—He preparado algo especial para hoy —le dijo Blake en cuanto anocheció—. Espero que no te importe que cenemos hoy en tu habitación.

Jane rio a modo de respuesta, sin duda preguntándose qué tenía en mente. Fue él quien abrió la puerta a los criados, que traían varias mesas con ruedas llenas de platos debidamente cubiertos.

—Y ahora, querida, voy a vendarte los ojos.

—¿Qué? —lo miró, entre sorprendida y divertida—. ¿Pretendes que cene a ciegas?

—Hummm, no exactamente.

El brillo que desprendió su mirada le indicó que no iba a ser necesario que insistiera. Le encantaba el modo que tenía Jane de prestarse a todos sus juegos y le apasionaba que ella fuese capaz también de tomar la iniciativa, aunque aún de forma tímida.

Cubrió sus ojos con un trozo de tela de color negro y se aseguró de que no pudiera ver nada. Luego, con parsimonia, le quitó el vestido, el corsé y las calzas, y la dejó solo con la fina camisola.

—¿Tienes frío? —le preguntó junto al oído.

—Estoy ardiendo —contestó ella, con una risita.

Blake también sonrió. Durante un instante pensó en abandonar aquel juego y llevarla directamente a la cama, pero se contuvo.

La hizo sentarse sobre la alfombra y luego destapó los platos, llenos de deliciosos bocados. Cogió un bombón, se lo colocó entre los dientes y se aproximó a su boca. Jane abrió los labios y mordisqueó el dulce, ambos lo hicieron hasta que no quedó nada de él y sus lenguas, con sabor a chocolate, se encontraron. Así, con los ojos tapados y completamente a su merced, Jane le pareció la criatura más exquisita sobre la faz de la Tierra.

Blake tomó una fresa, con la que acarició sus mejillas, esquivando la boca de Jane, que daba suaves bocados en el aire buscando la fruta. Cogió una larga y suave pluma y comenzó a recorrer sus piernas con ella mientras Jane, con las manos apoyadas sobre la alfombra, se contorneaba. Blake iba a volverse loco. Fue ascendiendo por sus muslos y, justo cuando estaba a punto de alcanzar su sexo y ella jadeaba, llevó la pluma hasta su cuello. Jane emitió una queja, que se esfumó en cuanto él bajó con una mano su camisola y dejó sus senos al aire. Comenzó a trazar círculos alrededor de sus pezones, ya enhiestos, y los rozó con la pluma, arrancando una cascada de gemidos. De rodillas junto a ella, Blake pensó que iba a explotar de puro deseo. Fue bajando la camisola hasta dejarla por completo desnuda y ella se abandonó. Tendida sobre la alfombra, con los ojos vendados e iluminada por la luz de las velas, parecía una diosa.

Blake continuó acariciándola con la pluma y cuando esta alcanzó al fin aquel delicado punto entre sus muslos, Jane se arqueó, sudorosa y jadeante. De una de las mesas cogió un pequeño recipiente con chocolate fundido, comprobó que tuviese la temperatura adecuada, y dejó caer una pequeña cantidad sobre su sexo.

Jane se sobresaltó pero él no le dio tiempo a nada, porque se arrodilló entre sus piernas y comenzó a lamer el dulce de su piel, provocándole un intenso orgasmo en cuestión de segundos.

—Oh, Dios —musitó ella en cuanto logró recuperar la respiración.

—No te quites la venda, Jane. Aún no hemos terminado —le susurró, tendido a su lado.

—No, yo... me toca a mí.

Se retiró el trapo de la cara y lo miró, arrobada. Blake tenía intención de protestar, pero no lo hizo. Permaneció en la misma posición mientras ella le cubría los ojos a él, con el corazón batallando en su pecho y con todo el cuerpo como un incendio. Jane le quitó las pocas prendas que aún llevaba puestas y se tendió sobre él. Su cuerpo ardía del mismo modo que el suyo y la sujetó por las caderas para impedir que se moviera. Solo ansiaba hundirse en ella, justo en aquella postura, pero ella logró desasirse para iniciar su propio juego.

Y demostró ser una alumna avezada. Blake jamás había experimentado un placer semejante y, cuando al fin la penetró, mirándola a los ojos, creyó romperse en mil pedazos para siempre.

Blake abrió los ojos y miró a su mujer, aún dormida a su lado, iluminada por los primeros rayos de la mañana. Los recuerdos de la noche acudieron presto a su mente y sonrió. Había sido una velada magnífica, más que eso. Había sido mágica. Jane era mágica.

La miró de nuevo. La suave curva de su mentón, aquel puñado de pecas sobre el puente de su nariz, las pestañas sombreando sus pómulos altos... era perfecta, y contemplarla le resultaba casi doloroso. Ansiaba abrazarla, pegarla a su cuerpo hasta el fin de los días, protegerla de todo y de todos, incluso de él mismo, y cuidarla hasta su último aliento. Blake se removió inquieto y se levantó de la cama, y desde allí volvió a observarla.

«¿Me he enamorado de mi mujer? —se preguntó, sin apartar la vista de ella—. ¡Me he enamorado de mi mujer! —reconoció, aturdido—. No, no, no es esto lo que tenía que suceder. Pasión, nuestro matrimonio está basado en la pasión.» Se lo repitió un par de veces más, pero no logró convencerse. Recogió su ropa y cruzó la puerta que lo separaba de su propia habitación y, una vez allí, tomó asiento.

No había duda, amaba a Jane, la amaba con cada fibra de su ser, dormido y despierto, a primera hora del día y cuando ya había caído la noche. La amaba cuando reía, cuando hablaba, cuando dormía...

Se pasó las manos por la cara. ¿Qué debía hacer ahora? Ella no podía amarle, de ningún modo iba a consentir que eso sucediera. Él la amaría por los dos si era preciso, pero debía evitar a toda costa que ella se enamorase también de él. Soltó una risa amarga ante ese pensamiento. En otras circunstancias, lo habría deseado con todas sus fuerzas, anhelando que ella sintiera siquiera algo parecido a lo que a él lo sacudía por dentro. Pero no en esas. En esas no. Con la maldición pendiendo sobre su cabeza, no podía permitirlo.

Siempre se había tomado a broma la extraña maldición que, decían, pesaba sobre su linaje. Solo que a veces, en especial durante los últimos días, la mera posibilidad le helaba la sangre. ¿Y si era cierta? ¿Y si su fin estaba próximo? ¿Qué pasaría entonces con Jane?

Recordaba a su madre, Nora Norwood. Recordaba la tristeza que no la había abandonado tras la muerte de su esposo, del padre de Blake. Recordaba oírla llorar hasta la madrugada, y pasar el día convertida en una especie de espectro a la que nada parecía importarle. Recordaba aquel viaje a los Estados Unidos a bordo de aquel navío en el que compartieron camarote y en el que él trató por todos los medios de hacerla reír, de tirar por la borda aquella amargura que la consumía. Recordaba también su llegada a Filadelfia, la acogida de su nueva familia, la esperanza que pareció abrirse camino y que fue solo una quimera. Su madre ya no volvió a ser su madre. Fue solo una mujer que a veces estaba allí y otras, las más, vivía sumida en el dolor y en el láudano, que acabó llevándosela unos años después.

No, él no podía hacerle eso a Jane. Si él moría, no quería que ella padeciese, ni siquiera un poco. Era preferible que fuese una de esas viudas que parecían encantadas con su nueva situación, que sería dueña de su vida y que le extrañaría lo justo. Solo imaginarla sufriendo por su causa le destrozaba el alma.

Tenía que evitarlo. Tenía que evitar que ella le amase, aunque no tenía maldita idea de cómo lograr eso, porque estar a su lado era lo único que a él le importaba, lo único que lo convertía en un hombre completo.

A Jane le extrañó despertar sin Blake a su lado. Se había convertido en una deliciosa costumbre a la que no estaba dispuesta a renunciar. Echó un vistazo alrededor y no vio sus ropas, aunque sí aquellas mesas aún llenas de comida. Después de que hubieran hecho el amor, habían cenado sentados sobre la alfombra, cubiertos por una fina manta. Le encantaba que Blake fuese tan creativo y le maravillaba que ella fuese capaz de olvidar su vergüenza para participar de igual a igual en aquellos juegos.

Se levantó, se cubrió con una bata y llamó a la puerta que comunicaba ambos dormitorios, pero nadie contestó. Trató de recordar si él había mencionado algún asunto que tuviese previsto atender esa mañana, pero no lo consiguió. Picoteó un poco de los platos mientras pensaba qué hacer. ¿Regresaría?

Miró la hora y vio que ya eran más de las diez. Era poco probable que volviera, así es que se lavó, se vistió y bajó al comedor. El mayordomo le comunicó que Blake había salido y que no se le esperaba hasta la hora de la cena. A Jane le sorprendió que no la hubiera despertado para decírselo y que ni siquiera le hubiera dejado una nota. Seguro que se trataba de alguna urgencia.

A media tarde le hizo llegar al fin noticias, una escueta misiva en la que le comunicaba que esa noche acudirían a una fiesta en casa de los marqueses de Wilham. Jane no pudo evitar cierta decepción aunque, por otro lado, tal vez había llegado el momento de abandonar su pequeño nido y comenzar a relacionarse con los demás. Sin embargo, le dolía que ni siquiera lo hubiera consultado con ella.

Jane estaba en la biblioteca leyendo un poco cuando Blake regresó al atardecer. Se levantó para recibirle y le echó los brazos al cuello, buscando su boca. Él la besó de forma mecánica y se separó de ella.

—¿La cena ya está lista? —preguntó al tiempo que se servía una copa.

—Eh, sí. Pediré que la sirvan de inmediato.

—Bien, no me gustaría llegar tarde esta noche.

—¿Qué sucede, Blake?

—Nada.

—Estás... distinto.

—Estoy como siempre, como antes —aseguró él, sin mirarla—. Tengo obligaciones, Jane, no puedo pasarme el día aquí contigo.

—Ya, claro... —repuso ella, molesta con su frialdad.

Decidió no darle excesiva importancia. Era cierto que su esposo tenía muchos asuntos que atender, asuntos que había descuidado durante demasiados días. Tal vez había tenido algún problema durante la jornada, quizá alguno de sus negocios se había resentido por su culpa.

En un rato, en unas horas, volvería a ser el Blake de siempre, el que ella había comenzado a conocer y a amar.

Pero no fue así. Acudieron a la fiesta, donde se convirtieron en el centro de atención de inmediato. Allí estaba Lucien también, y Evangeline, a la que saludó con efusividad. Bailó con Blake al inicio de la velada y luego apenas lo vio en el salón. No era infrecuente que los matrimonios se comportasen de ese modo, pero a ella le dolió. Estaba convencida de que ellos serían diferentes.

—Pareces preocupada, sobrina. —Lady Ophelia, en compañía de lady Cicely, se había acercado a saludarla.

—Oh, tía, al contrario —sonrió, algo forzada.

—Tu hermano me dijo que habías regresado.

—Perdone, tía. Debería haber ido a visitarla.

—No digas tonterías —sonrió lady Ophelia—. Aún estás de luna de miel. Los viejos podemos esperar.

—¿Viejos? —Jane alzó una ceja. Su tía estaba tan hermosa como siempre, y parecía tan joven que podría haber pasado por su hermana.

—¿Y dónde está tu encantador esposo? —Lady Ophelia alzó la mirada para contemplar el salón por encima de las cabezas de los invitados.

—Oh, seguro que no anda lejos —contestó Jane, que en realidad no tenía ni idea de dónde podía encontrarse Blake.

—Parece que la señorita Caldwell ha hecho buenas migas con el vizconde Malbury —señaló lady Cicely.

Jane miró en la dirección de la dama y vio a su amiga bailando con el aludido. Ya le había comentado el día que fue a verla que el joven parecía mostrar cierto interés en su persona.

—Si te molesta, te prometo que le ignoraré de inmediato —le aseguró Evangeline.

—No seas tonta, Evie. Malbury es un joven apuesto y amable, y que se haya fijado en ti es la mejor noticia que podías darme —le había dicho, y era totalmente sincera.

—Creo que me gusta, ¿sabes? —le confesó—. Que me gusta de verdad.

—Oh, ¡me alegro tanto!

—Al principio pensé que se acercaba a mí para saber de ti, aunque ya estuvieras prometida —le dijo—. Pero ni una sola vez me preguntó por ti, y parecía realmente interesado en lo que yo tuviera que decirle, que al principio fue bastante poco, lo reconozco. —Evangeline soltó una carcajada—. Estoy deseando besarlo, ¿sabes? Y que ese beso se parezca un poco al que Blake te dio a ti.

Jane recordaba esa conversación mientras veía bailar a su mejor amiga, que parecía sentirse muy cómoda con aquel caballero que apenas la superaba en un puñado de centímetros. Pensó también en aquel primer beso, y en todos los que habían venido después, y los que aún estaban por llegar.

Echó de menos a Blake a su lado. ¿Dónde se habría metido?

El marqués de Heyworth se encontraba en uno de los salones interiores, jugando a las cartas con un pequeño grupo de caballeros. No era aquel el lugar en el que prefería estar, pero era el más seguro para Jane. Imaginarla sola en el baile le estaba destrozando los nervios, pero allí estaba Lucien, a quien había visto al llegar, y también Evangeline. Estaría acompañada.

Pasó allí casi toda la velada, hasta que decidió que había llegado el momento de regresar a casa. Fue en busca de Jane, que lo recibió algo molesta, y abandonaron la mansión Wilham en completo silencio. Ni siquiera le dirigió un reproche, ni una palabra malsonante. «Por Dios, Jane, ¿por qué eres tan buena persona?» Quería que se enfadase con él, no demasiado, lo suficiente como para enfriar un poco aquella relación.

Subieron juntos la escalera hasta el piso de arriba, sin rozarse apenas, y él se metió en su habitación. Lo primero que hizo fue echar la llave a la puerta que comunicaba ambos dormitorios. Esa iba a ser la primera noche que no durmieran juntos y le dolía cada centímetro del cuerpo por no tener a Jane a su lado.

¿Estaba haciendo lo correcto? ¿No era preferible que ella se molestase un poco ahora en lugar de que sufriera lo indecible en el futuro?

«Te amo, lady Jane», susurró al aire, pegado al dintel de aquella puerta que se había convertido en una frontera.

25

Jane esperó hasta que el reloj dio las cuatro de la madrugada. Blake no iba a aparecer esa noche, la primera que no iban a compartir desde su boda. Miró el espacio vacío de su cama, y sintió un hueco del mismo tamaño en su estómago. No hacía ni veinticuatro horas que habían disfrutado de una noche de lo más sensual y el hombre que se encontraba en la habitación contigua no se parecía en nada al que había sido capaz de arrancarle suspiro tras suspiro.

Envalentonada, se levantó y se dirigió a aquella puerta pero, cuando giró el pomo, no sucedió nada. ¿Había cerrado con llave? Resistió el impulso de golpearla hasta destrozarse los nudillos. Algo le sucedía a Blake y rogó con todas sus fuerzas para que al día siguiente él hubiera regresado del todo.

El hombre que se encontró sentado a la mesa del desayuno, sin embargo, era el mismo, y se mostró casi tan frío como el día anterior.

—Blake, ¿qué está pasando? ¿Tienes algún problema?

—¿Qué te hace pensar tal cosa?

—Anoche no viniste —comentó ella, un tanto cohibida.

—Estaba cansado.

—Pero...

—Jane, no todo gira en torno a ti, ¿comprendes?

—No pretendía sugerir tal cosa —replicó ella, ofendida.

—La luna de miel ha acabado. Ambos debemos regresar a nuestras obligaciones.

—Sí, por supuesto. —Jane hizo un esfuerzo para que su voz sonara tan firme y desapasionada como la de él, y mantuvo bien sujetas las lágrimas que amenazaban con anegar sus ojos.

Así es que se trataba de eso. Ahora que la luna de miel había concluido, la magia que existía entre ambos se difuminaría, hasta que no fuese más que un recuerdo lejano. Imaginó que eso era lo que le sucedía a la mayoría de los matrimonios y de nuevo comprobó lo equivocada que había estado al suponer, una vez más, que entre ellos sería diferente.

Pero Jane no se rendía con facilidad. Se negaba a consentir que lo que había entre ellos se convirtiese en humo. Blake pasó el día fuera otra vez pero, cuando regresó, ella le esperaba en su dormitorio, con aquel camisón tan sugerente que había llevado la noche de sus esponsales.

Blake se sentía como un miserable. Se repetía una y otra vez que todo aquello lo hacía por el bien de Jane, pero eso no lograba hacerle sentir mejor. La echaba tanto de menos que le dolían todos los huesos del cuerpo y cada instante era una batalla para no estrecharla entre sus brazos y confesarle que la amaba hasta el delirio, y que moriría feliz sabiendo que ella también lo amaba a él.

Cuando abrió la puerta de su dormitorio y la vio allí, se le secó la boca y el corazón se le encabritó como un caballo salvaje. Su cerebro le dictaba palabras que no estaba preparado para pronunciar. Quería pedirle que se marchase, que lo dejase solo. Su piel, en cambio, gritaba por acercarse a ella, por fundirse con su cuerpo una vez más. Ganó su piel, así es que la estrechó con fuerza y la cubrió de besos de la cabeza a los pies, ansioso por alcanzar todos sus rincones a la mayor brevedad, por saciarse de ella para toda la eternidad.

Se amaron durante gran parte de la noche, con la cena olvidada en la mesa del comedor y, con cada beso, Blake luchaba contra el deseo de decirle que la amaba y que sin ella estaba perdido, muerto ya en vida. Pero no lo dijo, no dijo nada hasta que todo acabó y ella comenzó a adormilarse pegada a él.

—Será mejor que vuelvas a tu cuarto —le dijo, con todo el dolor de su alma.

—¿Eh? —Jane se espabiló un poco.

—Mañana tengo que madrugar.

—¿Me estás...? —La vio incorporarse, con la mirada encendida—. ¿Me estás echando de tu cama?

—No te pongas así —se defendió—. Ya te dije que...

—Que la luna de miel había terminado, sí.

Jane se levantó, cogió su camisón y se cubrió con él. Lo contempló con tal carga de desprecio en la mirada que Blake deseó que la maldición lo alcanzara justo en ese instante. Pero ella no dijo nada. Se dio la vuelta y cruzó aquella puerta que ahora separaba dos mundos.

Jane quería llorar. Quería romper todas las cosas que encontrase a su alcance. Quería gritar hasta romperse la garganta. ¿Pero con qué clase de cretino se había casado? ¿Y cómo podía haberla engañado durante tantos y tantos días, haciéndola creer que era un hombre maravilloso? ¡Era un cafre! ¡Un miserable! ¡Un canalla! Eso era, un canalla de la peor calaña.

Así es que su matrimonio, después de todo, no iba a diferenciarse de otros muchos a los que ya conocía, en los que cada miembro llevaba una vida más o menos independiente y que disfrutaban de ciertos momentos a solas, pero sin ningún tipo de romanticismo ni nada que se le pareciese en lo más mínimo. ¿Cómo podía haberse enamorado de un hombre así? ¿Cómo podía haber estado tan ciega?

Pues bien, ella también jugaría con esas reglas. No sabía cómo, pero lo primero que debía hacer era desenamorarse de su esposo. Si otras mujeres lo habían logrado antes que ella, no podía ser tan complicado. Blake le estaba facilitando mucho las cosas. Con ese pensamiento logró dormirse al fin, al filo de la madrugada.

A la mañana siguiente, cuando bajó a desayunar, el señor Combstone le entregó una nota de Blake. En ella le comunicaba que se ausentaría unos días, que había un asunto del que debía ocuparse en una de sus propiedades y que no admitía demora. No especificaba en cuál de ellas, pero a Jane no le importó. La nota era tan fría como si la hubiera escrito en acero.

Revisó las invitaciones que habían recibido esos días y decidió que esa noche asistiría a una fiesta. Aunque ahora era una mujer casada y disponía de mayor libertad, envió una nota a Evangeline para que fuese con ella. No quería estar sola, no quería que todo el mundo la mirase y se preguntase dónde estaba su esposo y por qué no la acompañaba.

—¿Dónde está Blake? —le preguntó su amiga en cuanto se encontraron.

—Oh, ha tenido que ocuparse de unos asuntos en una de sus propiedades.

—¿Y no has ido con él?

—No me apetecía, la verdad —mintió Jane, que descubrió que lo hacía con bastante soltura.

—Claro, y en lugar de eso has decidido ir a una fiesta que no te importa un ardite y pedirme a mí que vaya contigo.

—Podrías haberte negado —le dijo, con más frialdad de la que pretendía.

—Eh, estoy aquí, ¿no? Si mi mejor amiga me pide que la acompañe, aunque sea al infierno, ten por seguro que allí estaré yo.

Jane la miró y supo que hablaba en serio. ¿Qué había hecho para merecer a una amiga como ella? Sin poder evitarlo, se echó a llorar.

—¡Jane! —Evangeline la abrazó de inmediato—. ¿Qué te pasa?

Pero Jane era incapaz de hablar. Solo sollozaba como si el pecho se le estuviera partiendo en dos y, cuanto más trataba su amiga de calmarla, más arreciaba su llanto. Evangeline dio instrucciones al cochero para que las llevara de regreso a la mansión Heyworth y, una vez allí, ordenó que preparasen té y lo subieran al cuarto de la marquesa. Luego envió una nota a sus padres para decirles que esa noche se quedaba a dormir en casa de Jane y otra a Emma para que acudiese de inmediato. Intuía que su amiga las iba a necesitar más que nunca.

—Vuelve a contarme lo de la venda —pidió Evangeline.

—¡Evie! —rio Jane.

Llevaban casi tres horas metidas en aquella habitación, y ya habían dado cuenta de dos jarras de té, un bizcocho, un plato de galletas y otro de canapés. Las tres estaban sobre la alfombra, casi en el mismo lugar donde Blake y ella habían hecho el amor unos días atrás. Su hermana, sentada a su lado, no le había soltado la mano en todo el rato que estuvo llorando, que fue casi todo el tiempo. Cuando se tranquilizó lo suficiente como para poder hablar, les relató los sucesos recientes, aunque sin entrar en detalles. Ninguna de ellas necesitaba saber tanto, sobre todo acerca de sus encuentros sexuales.

—¿Hiciste o dijiste algo que pudiera molestarlo? —preguntó Emma—. Ya sabes... la noche de la venda.

—No, no lo recuerdo al menos.

—Aunque lo hubiera hecho —añadió Evangeline—, eso no justifica un comportamiento tan ruin.

—Claro que no lo justifica —se defendió Emma—, solo trato de entender su cambio de actitud. Parecíais tan... felices.

—¿Felices? —Jane la miró.

—Te juro que me dieron ganas de vomitar.

Jane tuvo que reírse, y hasta Evangeline lo hizo.

—El modo en el que él te miraba... y en el que tú lo mirabas a él —continuó Emma—. Solo había visto algo así con papá y mamá.

Jane volvió a llorar y Evangeline le lanzó a su hermana una mirada furibunda.

—Lo siento, Jane, yo no pretendía...

—Mañana iremos de compras —anunció Evangeline—, a gastar una pequeña fortuna a cuenta del marqués.

—No me apetece —soltó Jane entre hipidos.

—Claro que sí —aseguró su amiga—, no vamos a dejar que te encierres aquí tú sola a esperar que ese malnacido regrese.

—Lo mejor es no enamorarse —aseveró Emma, muy seria—. El amor es un asco.

—Pues yo espero enamorarme también de mi esposo —soltó Evangeline—, y que él me ame del mismo modo. A lo mejor Blake también te quiere, ¿lo has pensado?

—Oh, sí, la adora —bufó Emma.

—Eso no lo sabemos —insistió Evangeline—. A lo mejor... yo qué sé, está asustado.

—¿Asustado el marqués de Heyworth? —preguntó Emma—. ¡Pero si parece hecho de granito!

—Bueno, según tengo entendido una parte de su anatomía tiene más o menos esa consistencia.

—¡Evie! —la riñó Jane.

—¿Hablas en serio? —Emma las miró a ambas con los ojos muy abiertos y las cejas alzadas.

—Más o menos —musitó su hermana, con las mejillas encendidas.

Las carcajadas se oyeron incluso desde el piso de abajo, vacío ya a esas horas. Y continuaron durante un rato más, hasta que el silencio se adueñó de toda la mansión. En la habitación de Jane, las tres jóvenes se habían metido en la inmensa cama, con ella en medio.

Ni siquiera así dejó de extrañar a Blake.

Cinco días tardó Blake en regresar. Cinco días largos como cinco siglos, al menos así los había sentido él. Pero no le había quedado otro remedio. Estar tan cerca de Jane era una tentación constante, una tentación a la que no podía resistirse. Poner un poco de distancia entre ambos se le antojó la mejor solución, aunque la había echado de menos cada segundo desde entonces.

En ocasiones, tenía la sensación de que se estaba comportando como un idiota, y luego recordaba a su madre y aquel pensamiento desaparecía. Jane y él podían ser buenos amigos y compartir el lecho de vez en cuando, aunque no con tanta frecuencia como ambos desearían. Aquellos momentos de intimidad los acercaban demasiado. Él se sentía más vulnerable e intuía que a ella le sucedería igual. Lo mejor era espaciarlos y el resto del tiempo llevar vidas separadas, como hacía casi todo el mundo. Si a los demás les funcionaba, a ellos también les serviría.

Llegó al atardecer y descubrió que Jane no estaba en casa. Según le comentó el señor Combstone, había salido cada noche durante su ausencia. «Bien —se dijo—. Eso está bien.» Solo que le dolió no hallarla allí, no poder mirarla, olerla y sentirla.

Decidió esperarla en la biblioteca. Necesitaba verla, comprobar que se encontraba bien. Solo un momento.

Mientras aguardaba, casi en la penumbra, se preguntó cuánto tiempo le quedaría. Hasta la fecha, ya había vivido más que los últimos depositarios del título, así es que era probable que su fin se hallase cerca. Por si acaso, había organizado sus papeles para que Jane heredase casi todas sus propiedades, excepto las que iban adscritas directamente al título, que eran más de la mitad. Esas no podían desligarse y pasarían al siguiente de la lista, seguramente algún primo lejano al que ni siquiera conocería. Aun con el resto, sería una mujer muy rica, que podría poner en marcha sus cuadras o cuanto negocio se le antojase.

Escuchó el sonido de la puerta y la voz de Jane en el recibidor, sin duda hablando con el señor Combstone. Aguantó la respiración, esperando verla aparecer de un momento a otro. Pero los minutos pasaban y tal cosa no sucedía.

—¿Se le ofrece algo más, milord? —le preguntó el mayordomo desde la puerta.

—Eh, no, señor Combstone, gracias. Puede retirarse. —El hombre le dio las buenas noches y se dio la vuelta para marcharse—. Señor Combstone, ¿mi esposa ha llegado ya?

—Hace unos minutos, milord. Ha subido a su habitación.

—¿Le ha comentado que estaba aquí?

—Por supuesto, milord.

Blake asintió y se quedó a solas de nuevo. Jane había regresado pero, por algún motivo, había preferido ignorar su presencia en la casa. Eso, lejos de consolarlo, le provocó un malestar creciente que no le abandonó durante un buen rato. Pensó que igual bajaba una vez que se hubiera quitado su vestido de fiesta, pero no fue así.

La necesidad de verla se volvió acuciante, así es que dejó su vaso, apagó la lámpara y subió al piso de arriba. Una vez en su cuarto se quitó la chaqueta y se acercó a la puerta que comunicaba con la habitación de su esposa. Estaba cerrada con llave. Dio unos golpes suaves, y luego llamó con más fuerza.

—Vas a despertar a todos los criados —le espetó ella en cuanto abrió.

—Creí que te habías dormido —le dijo él.

Dios, estaba preciosa, con un camisón sencillo y casi transparente y con el cabello suelto, brillando bajo la luz cálida.

—¿Y bien? ¿Qué querías? —le preguntó con acidez—. Porque si se trata de reclamar tus derechos maritales te comunico que esta noche no estoy de humor.

—¿Qué? No. Solo quería saber cómo estabas.

—Perfectamente, gracias. ¿Y tú?

—Eh, sí.

—No tienes buen aspecto. ¿Estás enfermo? Has perdido peso. —Blake vio un atisbo de auténtica preocupación en su mirada, que desmentía su tono hosco.

—Estoy bien.

—¿Has arreglado ese asunto tan urgente?

—Sí, todo solucionado.

—Bien, buenas noches entonces.

—Jane... —Blake puso la mano sobre la puerta antes de que ella la cerrase.

—¿Sí?

—Me alegro de verte.

—Ya. Buenas noches, Blake.

Y cerró de nuevo. Blake se quedó allí, contemplando las vetas de la madera y sintiéndose más desgraciado que nunca. Había logrado lo que pretendía a costa de su propia alma.

Era la victoria más amarga de su vida.

Jane, al otro lado de la puerta, temblaba como una hoja. Blake había vuelto, y era cierto que no presentaba buen aspecto. Había resistido el impulso de alzar la mano para acariciar su mejilla, igual que había resistido el de acercarse a él y buscar refugio en sus brazos. Dios, ¡cuánto lo había extrañado!

Había procurado mantenerse ocupada. Pasó un par de noches en su casa, con su familia, y otra en la de Evangeline. Acudió a un par de fiestas, sin ganas pero con la intención de divertirse y no pensar en el erial en el que se había convertido su vida. En ambas se encontró con lord Glenwood, que se mostró tan encantador como siempre. No pudo evitar preguntarse cómo le estaría yendo si, en lugar de elegir a Blake, hubiera optado por el conde, o por Malbury, que parecía realmente interesado en su amiga. No, él quedaba descartado. De haberle escogido, Evangeline no estaría tan feliz como en ese momento. Por cómo le había visto mirarla, intuía que no tardaría en pedir su mano. La temporada finalizaría en un par de días y esperaba que él se hubiera decidido para entonces.

Jane se metió en la cama, sabiendo que Blake estaba a pocos metros de distancia, tan cerca y al mismo tiempo tan lejos. Se sentía orgullosa por el modo en el que le había hablado, como si su presencia no le importase, como si no estuviera rota por dentro. Él le había parecido extrañamente vulnerable, pero no quiso bajar sus defensas. No iba a consentir que volviera a herirla. Ojalá hubiera tardado más en regresar, pensó, le habría dado más tiempo a prepararse, más tiempo para olvidarlo. Un par de semanas más. O mejor un par de meses.

Quizá un par de años.

26

Aquella era la última fiesta de la temporada londinense. En los días siguientes, casi todos los miembros de la alta sociedad se marcharían a sus propiedades en el campo y la ciudad se quedaría prácticamente vacía. Oh, seguro que habría algún que otro evento, pero nada como aquello, Jane lo sabía muy bien. Cada año, su familia y ella se habían marchado a Bedfordshire a mediados de agosto y no habían regresado hasta enero, cuando comenzaban las sesiones del Parlamento. No sabía qué planes tenía Blake, y tampoco había pensado en preguntarle. Lo cierto es que le daba exactamente igual. Ella pasaría unos días con su familia, porque en un par de semanas celebrarían el decimoctavo cumpleaños de Emma, y luego quizá se quedase más tiempo. Tal y como estaban las cosas, dudaba mucho que a él le importase lo más mínimo.

Lo único positivo de aquellos últimos días había sido la petición de mano de Evangeline. El vizconde Malbury se había decidido al fin y su amiga estaba tan emocionada que no podía evitar sentir una pizca de envidia. Se la veía feliz, tanto como lo había sido ella hasta hacía muy poco. Albergaba la esperanza de que el matrimonio de su amiga fuese más dichoso que el suyo.

En el carruaje que los conducía a la fiesta, Jane apenas miró a Blake, que parecía ignorarla también. Desde su regreso apenas habían intercambiado una docena de frases y no habían vuelto a compartir el lecho.

El vehículo se detuvo y un lacayo abrió la puerta. Blake bajó primero y la ayudó a descender.

—Estás preciosa esta noche —musitó.

Jane lo miró, vio el brillo de su mirada y un atisbo de sonrisa que le calentó todas las partes del cuerpo.

—Gracias. Tú también estás muy elegante.

Él le pasó un brazo por la cintura para acompañarla al interior, y sintió el calor de aquella mano atravesando las capas de ropa. Le hubiera encantado recostarse contra él y pedirle que la llevara a casa y que le hiciera el amor hasta el amanecer, pero no se atrevió. Temía su posible respuesta, temía su rechazo.

El bullicio en el salón era casi ensordecedor. Nadie había querido perderse la última fiesta y se vieron obligados a avanzar sorteando a los invitados. Hasta su padre, Oliver Milford, había acudido, y lo vio en compañía de lady Ophelia y lady Cicely.

Tras saludarse, intercambiaron algunas frases sobre el caluroso tiempo de agosto y sobre otras banalidades, hasta que Blake la sacó a bailar. Jane recordó la primera vez que había estado entre sus brazos, y recordó que lo había pisado sin querer de lo nerviosa que estaba. Quiso comentárselo, pero él parecía totalmente ausente, bailando con ella como si lo hiciera con cualquier otra mujer del salón.

Cuando la acompañó junto a su familia, musitó una vaga excusa y desapareció.

—¿Me concederías un baile, hija? —le preguntó su padre.

—Por supuesto, papá.

Aunque el conde no tenía por costumbre asistir a aquel tipo de eventos, era un excelente bailarín, como Jane había podido comprobar en la intimidad de su hogar. Con Lucien y con él había practicado antes de ser presentada en sociedad.

—Estás distinta, Jane.

—Estoy como siempre, papá —sonrió ella.

—Pareces... triste.

—¿Cómo se puede estar triste en una noche como esta?

—Lord Heyworth... ¿te trata bien?

—Blake es un buen hombre, papá. —Jane no mentía del todo. Se resistía a creer que el hombre al que había llegado a conocer durante su luna de miel fuese solo un espejismo—. Es solo que este año voy a echar de menos Bedfordshire.

—¿No vas a venir al cumpleaños de tu hermana?

—Oh, por supuesto que sí —contestó—. Pero no podré quedarme hasta enero.

—¿Iréis a Kent?

—Probablemente. —Jane no quiso decirle que aún no sabía dónde iba a pasar los siguientes meses de su vida.

—Nuestra casa siempre será tu casa, no lo olvides. En Bedfordshire, en Londres, o dondequiera que nos encontremos.

—Lo sé, papá —dijo ella, apenas sin voz.

—¿Sabes que bailas muy bien? —le guiñó un ojo.

—He tenido a los mejores maestros.

—Bueno, teniendo en cuenta que yo enseñé también a Lucien y a Nathan, creo que merezco todo el mérito.

Jane rio y se relajó lo suficiente como para disfrutar de aquel baile con su padre. Cuando volvieron junto a lady Ophelia, le dio un beso en la mejilla y luego fue en busca de Evangeline, que había llegado ya con sus padres y su prometido.

Jane estaba tan bonita que le dolía mirarla. Durante la pieza que habían bailado, apenas se había atrevido a posar sus ojos en ella, por miedo a no poder controlarse, a alzarla en brazos en medio del gentío y a llevársela a casa. La vio bailar con su padre e incluso le pareció verla reír. Le encantaba la idea de que fuesen una familia tan unida. Así, cuando él faltase, no estaría tan sola.

En ocasiones, tenía la sospecha de que sus miedos eran absurdos, de que se había dejado arrastrar por una estúpida superstición. Él, un hombre de acción, un hombre inteligente y capaz, arrinconado por la posibilidad de una muerte cercana. ¿En qué lo convertía eso? ¿En un cobarde? Tal vez sí, quizá fuese exactamente ese su problema. Solo que nunca había tenido miedo de perder algo importante, tan importante como Jane.

En el trayecto de regreso a la mansión, el deseo de tocar a su mujer fue cobrando una dimensión contra la que se vio incapaz de luchar. Hacía tantos días que no la sentía junto a él que iba a perder la cordura. Así es que, cuando la acompañó hasta el piso de arriba, y se detuvieron junto a su puerta, la besó. Primero con algo de timidez, por si ella decidía rechazarlo, y luego con la arrolladora pasión que había estado conteniendo. Jane respondía con una sed casi tan grande como la suya.

No intercambiaron ni una palabra. La siguió al interior del cuarto y la desnudó con presteza antes de hundirse de nuevo en su boca. ¡Cuánto la había echado de menos! La acarició con delicadeza y con furia, a ratos suave y a ratos con voracidad, y ella se dejaba llevar, aunque sin el entusiasmo de otras veces. Cuando al fin estuvo lista y entró en ella, Jane tenía los ojos cerrados. Por su respiración acelerada y por el modo en el que alzaba las caderas, buscándole, sabía que estaba disfrutando, pero sin la entrega de ocasiones anteriores, como si se guardase una parte de sí misma, una parte que ya no deseaba compartir con él.

Blake jamás habría imaginado que hacer el amor pudiese ser un acto tan triste. Tras derramarse en ella, se dejó caer a su lado y la estrechó entre sus brazos unos minutos porque, si no lo hacía, tenía el convencimiento de que se moriría. Se mordió la lengua para no decirle que la amaba, que la amaba tanto que le dolía respirar, que le dolía la luz del sol y el verde de los campos, y todas las palabras que se le marchitaban en el pecho.

Percibió cómo ella comenzaba a adormilarse y, con suma delicadeza, abandonó la cama. La cubrió y le dio un beso en la frente antes de regresar a su cuarto para meterse en sus sábanas frías, en su propia mortaja.

Oliver Milford no tenía por costumbre visitar ninguno de los clubes de moda. Pertenecía a varios de ellos, como había pertenecido su padre y, antes de él, su abuelo. Frecuentaba un par de ellos, más discretos, en los que compartía agradables charlas con científicos e intelectuales.

Cuando entró en el Brooks's comprobó que apenas había cambiado en las casi dos décadas que hacía que no lo frecuentaba. Todo seguía prácticamente igual, hasta aquel absurdo libro de apuestas que prefirió no mirar. Tuvo que presentarse, claro, porque el personal no le reconoció al llegar y, una vez en el interior, se vio obligado a saludar a algunos de sus conocidos, sorprendidos de encontrarlo allí.

Oliver Milford no se entretuvo mucho. Había acudido a aquel lugar en busca de una persona en concreto y recorrió parte del edificio hasta que lo localizó. Blake Norwood, marqués de Heyworth, se encontraba sentado en un butacón junto a la ventana, con una copa casi llena en una mano y una pierna cruzada sobre la otra. Mantenía la vista fija en algún punto más allá del cristal, totalmente ajeno a su entorno.

—Lord Heyworth —lo saludó al llegar.

—¡Lord Crampton! —El joven se levantó y le tendió la mano—. ¡Qué inesperado placer! No sabía que frecuentase usted el club.

—Oh, en raras ocasiones —contestó Oliver—. ¿Me permite acompañarle unos minutos?

El conde señalaba la butaca frente a Blake.

—Por supuesto.

Un camarero se aproximó y tomó nota del pedido del conde de Crampton, que en pocos minutos tenía ya una copa de brandy entre las manos.

—Creo que Lucien ha estado por aquí hasta hace un rato —le dijo Heyworth.

—Qué pena no haber coincidido con él —mintió Oliver, que sabía perfectamente que Lucien se encontraba en otro lugar en ese momento.

Ambos guardaron silencio, como si no tuviesen nada que decirse, como si no fuesen capaces de encontrar el puente que los unía.

—Lord Heyworth, ¿puedo hacerle una pregunta?

—¿Tengo modo de evitarla? —contestó con una mueca que pretendía ser burlona.

—Me temo que no. —Oliver sonrió—. ¿Ama usted a mi hija?

—Milord, creo que esa es una cuestión excesivamente personal.

—Oh, ya lo creo que sí. —Oliver dio un sorbo a su copa—. ¿Me la va a contestar?

—Creo que eso es algo entre Jane y yo.

—Sin duda alguna. Pero me gustaría que me respondiera. ¿La ama?

El marqués le sostuvo la mirada durante unos segundos, una mirada dura y, al mismo tiempo, cargada de una extraña fragilidad.

—Más que a mi vida —contestó el joven al fin.

—Bien, bien. —Oliver asintió, satisfecho con la respuesta—. ¿Podría decirme entonces por qué mi hija parece tan infeliz?

—Lord Crampton...

—Si usted la ama, como acaba de confesar, y ella le ama a usted, como sospecho, ¿por qué parecen ambos tan desgraciados?

—Jane no me ama —contestó Blake al punto—. No puede hacerlo.

—Oh, ¿y usted se lo va a impedir? —Oliver rio, divertido ante aquel despropósito.

—Es lo mejor para ella.

—¿Lo... mejor?

—Usted debió de sufrir mucho cuando perdió a su esposa —comentó el marqués—. Jane me dijo que estaban muy unidos.

—Sí, en efecto.

—Mi madre también padeció tras la muerte de mi padre... Jamás se recuperó.

—¿Y qué tiene eso que ver con Jane?

—Lord Crampton, ¿no habría preferido no estar enamorado de su mujer?

—Eso es absurdo.

—¿Lo es? Apenas habría sufrido tras su muerte.

—Es posible, lord Heyworth. Pero también me habría perdido los años más emocionantes de toda mi vida. Y esos no los cambiaría aunque tuviese que padecer esa pena una y mil veces.

Blake se limitó a asentir.

—Escuche bien, hijo —continuó Oliver—. Si no está dispuesto a amar a Jane, déjela. Vuelva a América si es allí donde quiere estar, nosotros la cuidaremos y nos ocuparemos de ella.

—¿Me está pidiendo que abandone a su hija?

—Le estoy pidiendo que no la haga más desgraciada de lo que ya parece ser.

—No, no, creo que se equivoca —comentó el marqués, un tanto lívido—. Jane no es... no es desgraciada.

—Créame, conozco a mi hija mejor que usted. —Oliver dejó

la copa casi intacta sobre una de las mesitas auxiliares—. Y ahora, si me disculpa, tengo otros asuntos de los que ocuparme.

—Eh, sí, sí, claro.

Lord Heyworth se levantó y le estrechó la mano y Oliver salió del club con el ánimo más liviano. A veces, lo jóvenes eran unos completos idiotas.

Blake no había podido quitarse aquella conversación de la cabeza en toda la tarde. ¿De verdad Jane era desgraciada? Era cierto que últimamente no le había prestado excesiva atención, pero se habría dado cuenta de algo así, ¿verdad? Podía estar molesta, enfadada, decepcionada... ¿pero triste? No, el conde de Crampton se equivocaba, seguro.

Esa noche, durante la cena, la observó con detenimiento. Seguía estando hermosa, pero no encontró aquella luz que había visto en ella el primer día y que ahora parecía haber desaparecido. El brillo de su mirada también había perdido intensidad y la piel bajo sus ojos se había oscurecido.

—¿Qué sucede? —le preguntó ella, con el tenedor a medio camino de su boca.

—¿Eh?

—Me estás mirando —respondió Jane—. ¿Tengo restos de comida entre los dientes?

—No, estás... —Blake carraspeó—, estás preciosa, como siempre.

—Quisiera comentarte un asunto.

—Sí, claro.

—Me gustaría irme a Bedfordshire con mi familia.

—Por supuesto, iremos a pasar unos días cuando quieras.

—Yo sola, Blake —puntualizó—. Hasta enero, como cada año.

—¿Qué? No, pero... ¿tu padre te lo ha pedido?

—¿Mi padre? Ni siquiera lo he comentado con él, pero seguro que no tendrá inconveniente.

—Bueno, como desees.

—¿Eso es todo lo que tienes que decir?

—¿Prefieres que te lo prohíba?

—La verdad, Blake, no sé lo que prefiero. —Jane soltó el tenedor junto al plato y se levantó—. Voy a retirarme ya, esta noche tengo dolor de cabeza.

Blake se levantó también y se limitó a asentir pero, cuando ella desapareció por la puerta, se dejó caer de nuevo sobre la silla. Jane quería marcharse, quería alejarse de él.

Y él debía permitírselo.

Jane se ahogaba con todas las lágrimas que se le habían agolpado de repente en la garganta, y que soltó en forma de sollozos en cuanto cerró la puerta de su habitación. Blake ni siquiera se había inmutado. No había ni pestañeado cuando ella le había dicho que quería marcharse con su familia. Llevaba días valorando esa posibilidad, porque la idea de encontrarse en el campo, a solas con él, era más de lo que podía afrontar. Aquel matrimonio se había roto y no sabía cómo arreglarlo. No sabía qué piezas se habían perdido por el camino ni en qué momento.

Se sentó frente a la chimenea apagada, intentando serenarse, pero el llanto no menguaba.

—Jane...

Alzó la cabeza y vio a Blake en el umbral de la puerta que comunicaba las habitaciones. Había olvidado echar la llave.

—Déjame sola, por favor.

—Estás llorando...

—Ya... te he dicho que... me duele la cabeza. Vete.

—Está bien.

Blake cerró la puerta y ella se llevó el puño a la boca para ahogar los sollozos. ¿Cuándo iba a terminar aquel dolor? ¿Cuándo iba a dejar de sentir como si se estuviese muriendo por dentro?

Entonces, la puerta volvió a abrirse, solo que esta vez no se molestó en alzar la cabeza.

Blake no había tardado en seguir a Jane hasta el piso de arriba. Una vez en su cuarto, pegó el oído a la puerta. ¿Estaba llorando? Abrió una rendija y la vio allí sentada, deshecha. Las palabras de Oliver Milford volvieron a su mente. Jane era desgraciada, y era por su culpa. En su intento de protegerla del dolor, le estaba causando más dolor.

Entró dispuesto a consolarla, y aceptó que ella le echara de su habitación. Pero solo durante unos instantes. Tenía que arreglar aquello, como fuese.

Volvió a cruzar la puerta, se aproximó y se arrodilló frente a ella.

—Jane, por favor, no llores...

—Blake, déjame.

—No voy a irme, no voy a irme a ningún lugar.

—Maldita sea, Blake. ¿Qué quieres de mí? —le espetó, furiosa de repente. Las lágrimas bañaban sus mejillas y algunas colgaban de sus pestañas húmedas.

—Podemos ser amigos, Jane. Llevarnos bien —contestó él, que tomó una de sus manos—. Y en la cama nos divertimos mucho. Sé que puedo arreglar esto.

—No es suficiente, Blake. Y esto ya no tiene arreglo —repuso ella, retirando la mano.

—¿No? ¿Por qué no?

—Porque no puedes darme lo que necesito.

—¿Qué quieres, Jane? Te bajaré la luna si es lo que deseas.

Jane volvió a llorar y Blake no supo cómo consolarla, cómo volverla a hacer sonreír.

—Déjame, Blake, por favor. Déjame.

—Ya te he dicho que no voy a marcharme.

—¿Sabes? —Jane lo miró, con una tristeza tan grande en aquellos ojos grandes y oscuros que Blake quiso morir—. Ojalá nunca te hubiese conocido. Nunca.

—¿Tanto me odias? —le dijo, herido.

—¿Odiarte? Ojalá pudiera odiarte, Blake, odiarte con toda mi alma, del mismo modo en el que te amo.

—¿Me... amas? —Blake sintió que todas sus costuras se descosían a la vez.

—Más de lo que quisiera. Más de lo que te mereces.

—No puedes amarme, Jane —le dijo, asustado—. No debes.

—Oh, pues me temo que tu aviso llega un poco tarde. Varias semanas de hecho —replicó mordaz, antes de dejar escapar un nuevo sollozo. Blake nunca había visto a nadie llorar y enfurecerse al mismo tiempo.

—Pero sufrirás, Jane. Yo...

—¿Más que ahora?

—Cuando me muera, tú, no...

—¿Qué? —Lo miró con los ojos muy abiertos, tan asustada de repente que se puso lívida—. ¿Estás enfermo?

—Eh, no, no que yo sepa. Pero la maldición...

—¿La maldición? ¿Qué maldición? Oh, por Dios, no me digas que crees en esa estupidez.

—No sabemos si es cierta, Jane. Y yo... no soporto la idea de que puedas sufrir cuando yo no esté. Con maldición o sin ella, algún día moriré.

—Como todos, Blake. Yo no voy a vivir para siempre.

—Pero te amo tanto que solo imaginar que puedas padecer por mi causa me destroza el alma.

—Me amas...

—Sí, sí... —repitió mientras limpiaba sus mejillas con ambos pulgares.

—Me amas....

—Te amo, Jane, más que a mi vida, más que a mi cordura.

Ella le echó los brazos al cuello y Blake perdió el equilibrio, hasta que ambos quedaron tumbados sobre la alfombra. Jane le besó, una y otra vez.

—¿Te has comportado como un cretino para que no te amase?

—Sí, pero tengo la impresión de que no lo he hecho muy bien.

—Oh, sí, lo has hecho estupendamente —reconoció ella, que volvió a besarlo—. Solo que has llegado demasiado tarde.

—Pero Jane...

—¿Crees que me importa la idea de poder sufrir en el futuro, cuando tú no estés? ¿Piensas que prefiero vivir una existencia gris sin ti para ahorrarme el dolor de mañana?

—Eh, ¿sí?

—¡¡¡No!!! —Jane rio y luego volvió a mirarlo, muy seria—. Blake, si te marchas antes que yo, no puedo prometerte que estaré bien, porque ambos sabemos que no será así. Pero tendré, espero, un millón de recuerdos que alegrarán mis días. Tú estarás siempre conmigo, siempre. Y para entonces espero que hayamos tenido unos cuantos hijos y algunos nietos, o al menos un buen montón de sobrinos.

—Dios, te amo tanto que me duele hasta respirar.

—Creo que eso es porque estoy tumbada encima de ti —rio ella.

Blake alzó una mano y le acarició la mejilla, aún húmeda.

—Lady Jane, ¿crees que deberíamos volver a empezar?

—¿Vas a volver a casarte conmigo?

—Todas las veces que sean necesarias.

—Hummm, creo que podemos saltarnos el cortejo.

—Coincido. ¿Vamos directos a la luna de miel?

—Oh, sí, por favor —contestó ella, mientras él comenzaba a besar su cuello.

—De acuerdo, lady Jane. Vamos a recuperar el tiempo perdido. Nos harán falta muchos días para eso.

—Tenemos todo el tiempo del mundo. —Jane lo miró con los ojos brillantes y la piel tan luminosa que parecía una estrella.

—Todo el tiempo del mundo —repitió Blake, antes de atrapar su boca de nuevo.

EPÍLOGO

Londres, primavera de 1816. Dos años después

Las caricias de Blake la despertaron al alba, arrancándola del sueño. Las manos de su marido recorrían sus piernas desnudas, mientras sus labios besaban su hombro y se deslizaban por su clavícula. Jane se estremeció, emitió un gemido suave y se giró de espaldas a él, para ofrecerle su nuca. Había descubierto que era uno de sus puntos erógenos preferidos, y Blake había aprendido a sacarle todo el partido.

Pegó su cuerpo al de ella y comenzó a besar y a mordisquear esa parte tan sensible, mientras su miembro se deslizaba entre las piernas de Jane y se encontraba con aquella zona ya húmeda y resbaladiza. Pasó un brazo por debajo de su costado y comenzó a acariciar uno de sus pezones, y con la otra sujetó su muslo con delicadeza para alzarlo, lo suficiente como para acoplarse a ella. Estar dentro de Jane se había convertido en su momento favorito del día, de la noche y de los períodos intermedios.

Se introdujo en ella con suavidad, maravillándose una vez más de las sensaciones que lo recorrían de la cabeza a los pies, y aspiró el aroma de su mujer, a vainilla y a sol, mientras comenzaba a moverse ya dentro de su cuerpo. Jane echó un brazo hacia atrás y lo agarró de una de sus nalgas para atraerlo más hacia ella, como si eso fuese posible, como si quedara siquiera un hueco entre piel y piel. Con la otra mano se agarró con fuerza a su antebrazo, mientras jadeaba y gemía, hasta que Blake sintió los espasmos que indicaban que iba a alcanzar el clímax y aumentó la cadencia de sus movimientos. Entonces él explotó también y la abrazó con tanta fuerza que temió hacerla astillas.

Ninguno de los dos cambió de postura, ni se movió un milímetro. Aún dentro de ella, Blake besó sus hombros, la rodeó con sus brazos y cerró los ojos.

Jane se despertó sola en su cama. No necesitó siquiera abrir los párpados para saber que su marido no estaba con ella. Se desperezó con languidez y se dio la vuelta. Al otro lado del lecho, sentado en una butaca junto a la ventana, estaba su esposo, con el torso desnudo y vestido solo con un pantalón. Sobre su pecho dormía su hija de seis meses, Nora Clementine Norwood, y el sol de la mañana los bañaba a ambos como si fuesen un milagro.

—Buenos días, mi amor —la saludó Blake, con aquella sonrisa de medio lado que tan bien conocía.

—Hummm, ¿qué haces ahí?

—La niña tenía hambre y mandé que le preparasen un biberón. Ahora duerme como un ángel.

Blake acarició la cabecita de su hija y depositó un beso en la suave pelusa castaña que la cubría.

—¿Por qué no me has despertado? —le preguntó ella, que se resistía a abandonar el lecho. La imagen que tenía ante sí era demasiado preciosa como para perdérsela.

—¿Para qué? Yo también puedo darle de comer a nuestra hija. Lo sabes, ¿verdad?

—Sí, claro que sí, pero...

—Te recuerdo que esta noche es la fiesta de presentación en sociedad de Emma.

—Como si pudiera olvidarlo —bufó.

—Y nos acostaremos tarde.

—Es probable, aunque me gustaría regresar temprano.

—No estaba pensando en quedarnos mucho rato en el baile. —Blake acompañó sus palabras con un guiño—. Si vas a ponerte el vestido que me enseñaste ayer, intuyo que nuestra fiesta privada será mucho más placentera e infinitamente más divertida. Y no quiero que estés cansada cuando comience a quitártelo.

Jane rio y se estiró sobre la cama de forma provocativa.

—Si sigues haciendo eso —la amenazó su marido—, avisaré a la niñera de inmediato para que se lleve a nuestra hija y volveré a la cama contigo.

—¡No! —Jane detuvo su contoneo y alisó las sábanas—. Tráela aquí, y túmbate con nosotras.

Blake hizo lo que su esposa le pedía. Se levantó, depositó con delicadeza a la niña en el centro de la cama y se acostó junto a ella. Acarició la mejilla de Jane, que contemplaba arrobada a la pequeña.

—Es preciosa —musitó ella.

—Como su madre.

—Y como su padre. —Jane lo miró, emocionada—. Te amo, Blake. Más de lo que jamás creí posible.

—Y yo a ti, lady Jane. —La besó en los labios con dulzura—. Más de lo que nunca seré capaz de expresar con palabras.

Blake entrelazó su mano con la de su esposa. Pensó que así, unidos, no existía obstáculo que no pudieran vencer. Ni siquiera una maldición.

Juntos eran indestructibles.